Manfred Schloßer – Das Glück ist ein unsteter Gesell

für unsere Lilli,
* am 07.09.2006 in Dortmund-Aplerbeck
+ am 22.04.2022 in Hagen-Hohenlimburg
gewohnt vom 16.11.2006 bis zum 22.04.2022,
für 15 1/2 Jahre in Hagen-Fley,
nur einmal verreist: Weihnachten 2006
nach Müsenbach, Haunetal, bei Bad Hersfeld in Hessen

Lilli ging über die Regenbogen-Brücke

Lilli war eine schwarze Katze mit weißem Lätzchen, Halb-Norwegerin,
sie war unser Perlchen, unser Augenstern.
Wie alles Schöne war auch die Zeit mit ihr
zwar glücklich, aber endlich …

Manfred Schloßer

Das Glück ist ein unsteter Gesell

Roman

Bibliografische Information der Deutschen Nationalbibliothek
Die Deutsche Nationalbibliothek verzeichnet diese Publikation in der Deutschen
Nationalbibliografie; detaillierte bibliografische Daten sind im Internet über
http://dnb.d-nb.de abrufbar.

Umschlagdesign, Satz, Herstellung und Verlag:
BoD – Books on Demand, Norderstedt

ISBN 978-3-7578-3329-9

Inhalt

Über den Autor

Manfred Schloßer, geboren 1951 in Selm, aufgewachsen in Datteln, wohnt seit 1980 in Hagen. Also ein Ruhri durch und durch: nach den Steinkohle-Städten Selm und Datteln wohnte er einmal in Meschede, im fernen Sauerland. Aber selbst dieser Ort liegt an der Ruhr. Danach folgten Wohnungen in der Ruhr-Metropole Dortmund und in seiner neuen Heimatstadt Hagen an der Ruhr. Ja, der Ruhrpott ist seine Heimat. Und eine ›Heimat haben‹ macht jeden froh.

Er studierte Sozialwissenschaft an der Bochumer Ruhr-Universität, Sozialarbeit an der Hagener Fachhochschule, Sozialpädagogik an der Dortmunder FHS und machte drei Diplome.

Zur Belohnung durfte er sein Geld als Leiter eines Abenteuerspielplatzes, eines Jugendzentrums und eines Jugendinformations-Zentrums verdienen und danach in einer Betreuungs-Behörde arbeiten.

Seit nunmehr 10 Jahren im ›Unruhestand‹ hat er zwar noch viel mehr Zeit für seine verschiedenen sportlichen Aktivitäten, die aber altersgemäß eingeschränkter als früher geworden sind: Hauptsache in Bewegung, also mobil bleiben. Dazu kommt nach wie vor, seiner Leidenschaft fürs gedruckte Wort zu frönen.

Mit dem Roman ›Das Glück ist ein unsteter Gesell‹ erscheint 2023 bereits der sechzehnte Danny-Kowalski-Roman.

Bisher erschienen:

›Abenteuer & Impfen‹, Roman 2022
›Brexit in Westfalen‹, Krimi 2021
›Textilfrei unter Straßenräubern‹, Reise-Roman, 2020
›Die sieben Leben eines Fußball-Fans‹, Fußball-Roman, 2019
›Es geht eine Leiche auf Reisen‹, Krimi, 2018
›Die sieben Jahreszeiten der Musik‹, Musikroman, 2017
›Das Ekel von Horstel‹, Krimi, 2017
›Wer andren eine Feder schenkt‹, 2016
›Das Geheimnis um YOG'TZE‹, Krimi, 2015

›Zeitmaschine STOPP!‹, Öko-Science-Fiction-Story, 2014
›Leidenschaft im Briefkuvert‹, Liebesroman, 2013
›Der Junge, der eine Katze wurde …‹, 2012
›Keine Leiche, keine Kohle…‹, Ruhrgebiets-Krimi, 2011
›Spätzünder, Spaßvögel & Sportskanonen‹, 2009
›Straßnroibas‹, Reise-Roman, 2007

Weitere Informationen im Internet: www.petmano.jimdofree.com

Personen

Abteilung Kindheit und Familie:
Mutter Marie, Vadder Götz, Bruder Gerry, Sister BärBel und Schwager Bert sind voll dabei

Abteilung Freundschaft:
aus der Nachbarschaft Ronny und Uli G., sowie Pitter O., später aus der ›Runkeltaiga‹, hat alles im Blick.
Von der Realschule Florian, Frankie, Charlie und Niki, sowie die Mädels Babsi, Inge und Jutta aus der Parallelklasse.
Vom Aufbaugymnasium in Recklinghausen mit Toni, Zippy, Fritz, Lucas, Herbie, Pit, Rolle, Kenki, Bobo, Peace, Rally, dazu die Mädels Thea L. aus D., Gabse, Grit und Nati

Aus Datteln und aller Welt: Matthes, denn der kannte alle, wie Harry Kreuzer, der kannte Achim, alle kannten Carlos
Gina aus Waltrop, Ann aus Leeds
Nicole aus Recklinghausen, Lulu aus Hannover
die dänischen Schwestern Inger-Lise und Jytte
Kommilitonin Maggie ›Angel‹ Blissenbach aus Essen
›Tetraeder‹, die Holy Flips Laufi, Baku, Sigurd Helikopter und die Dattelner Freizeit-Kicker
Laura, Isolde, Fritzie und Yvonne, fröhliche Mädels aus Datteln
mit der Schweizerin Sandra durch Amerika
Lydia, Studentin aus Witten
Kirsten und June aus Hagen
mit Lia Böchterbeck in der Karibik
mit Moni fünfmal in Thailand, zwar nur je einmal auf der philippinischen

Insel Palawan und den Malediven, dafür zweimal auf Sri Lanka und gleich dreimal zum Schnorcheln in Ägypten.

Aus Hagen Danny Kowalski
Moni, Dannys Frau,
und ihre Katzen Lilli und Nelly schnurren sich einen
Igel Ignaz wird für den Winter aufgepäppelt
Dannys Sportkameraden vom FunOut Hohenlimburg Gerd ›Bobesch‹
Mattes, Stefan P. und Enrico V. und sein Sohn Carlitos V.
Dannys frühere Arbeitskollegen/Innen Hannes, Werner Sperling, Tobias
Langhelm und Carlotta
Dannys Hagener Literaturfreund Claudius vom Eilperfeld
aus Hessen: Monis Schwester Bine und ihre Mutter

*›Der Glückliche ist mit sich und seiner Umgebung einig‹**

Oscar Wilde

****

*»Er war dem Glück begegnet, wusste, wie es schmeckt, wie es riecht, wie es sich anfühlt und dass es vor allem nicht umsonst ist. Man muss es bezahlen. Auf eine gewisse Weise bezahlt man es mit dem eigenen Leben, mit dem, was vom Leben übrigbleibt, wenn das Glück wieder gegangen ist. Und dass das Glück geht, dass es verschwindet, ist wahrscheinlich sein wesentlichster Zug. Ohne diesen Plan des Verschwindens könnte es gar nicht existieren …«***

Heinrich Steinfest über das Glück und seine begrenzte Laufzeit

---

*   *Oscar Wilde, irische Lyriker, 1854 – 1900, aus: westf. Rundschau vom 10.06.2022*
** *Heinrich Steinfest – Die Haischwimmerin, München 2011, S. 15*

Vom Glück, von Traumfrauen und Traummännern …

– Eine Art Einleitung –

Das Glück, das Glück, mal hast du es, dann ist es wieder fort …
… ist ein rastloser Gesell und immer von Endlichkeit geprägt.

Ähnlich wie die ewige Jagd nach der Traumfrau oder nach einem Traum-Mann. Viele erreichen sie nie. Aber diejenigen, die sie mal zu fassen bekommen, zu sehen, zu erleben, zu berühren oder gar zu lieben können …, die merken dann irgendwann, nach einem Jahr, oder drei oder sieben, dass aus der Traumfrau, dem Traum-Mann ein ganz gewöhnlicher Mensch geworden ist, mit allen Macken und Fehlern, ein ganz und gar unsteter Gesell …

Jeder kennt ja dieses Phänomen des Märchenprinzen oder der Traumfrau, wie man es bei anderen erlebte oder zu mindestens schon mal von gelesen hatte …? Diese Traummänner oder Traumfrauen, die dann nach einem Jahr Gewöhnungszeit innerhalb einer Beziehung keine Traummänner oder Traumfrauen mehr sind, sondern ganz normale Menschen mit ihren Vorzügen und Nachteilen, mit ihren guten wie auch den schlechten Eigenschaften. Oder gar nach 15-jähriger Alltagsroutine?: da hat sich dann ganz bestimmt das frühere Glanzbild etwas abgenutzt …!?!

Merke: jeder Traummensch hat nur ein kurzes Haltbarkeitsdatum, bis er – spätestens im Alltag – zum ganz normalen Menschen auf den ›harten Teppich‹ der Wirklichkeit herabgestiegen sein wird!

Bei einer Reha in der Till Eulenspiegel-Stadt Mölln im Jahre 2011 gab ein Psychotherapeut dem bis dahin von Nackenschmerzen geplagten Danny den Ratschlag, statt minutiös sein Schmerztagebuch zu führen, auf einen sogenannten Glückskalender umzusteigen. Das empfand Danny als eine hervorragende Idee, sodass er sofort sein ›Glücks-Tagebuch‹ begann und es von 2011 bis 2017 führte. Da war es nämlich voll und konnte erfolgreich beendet werden. In der Zwischenzeit hatte Danny immer wieder kleine Glücksmomente, die er aufschrieb. Doch der größte Glücksfall war, als er im Sommer 2013 zum letzten Mal eine Schmerz-Tablette gegen seine Nackenschmerzen nahm …

… und ganz stolz – heute, also 10 Jahre später – verkünden konnte, dass er seitdem nicht eine einzige Schmerztablette mehr genommen hat …: mehr von diesem lebensentscheidenden Glücksfall später in diesem Roman.

›Das Glück ist ein unsteter Gesell‹ heißt dieser 16. Roman des Autors. Wieder erfährt sein literarisches Alter Ego Danny Kowalski so allerlei an Glück, Glück im Unglück, Glück in der Liebe, Glück im Spiel und Glück in besonderen Momenten …

… was fast alle seiner Leser und Leserinnen selber schon erlebt haben.

Aber trotz des Titels, also das Glück als unsteter Geselle, ist dieses Buch kein Plädoyer für Skeptizismus, nach dem Motto ›hat eh keinen Sinn‹ …

… nein, nein, im Gegenteil:

Die Suche nach Glücksmomenten sollte immer einen hohen Stellenwert im Leben haben. Nie solltest du aufgeben, das Glück zu suchen, das Glück zu finden, das Glück zu erleben …,

dass es, das Glück in Erfüllung geht.

Das große Glück in jungen Jahren,

das kleine Glück der Zufriedenheit im Alter …

Aber andererseits macht das Streben nach dem Dauerglück alles andere als glücklich. Zwar ist der Optimismus im Prinzip für jedes psychische Leben sehr wertvoll: also immer lieber ein ›Glas halbvoll‹ als ein ›Glas halbleer‹ zu haben. Doch sollte dieses Streben nach Glück, dieser Dauer-Optimismus um jeden Preis vermieden werden. Es bringt also gar nichts, wenn Mann oder Frau auf Gedeih und Verderb hin einem Optimismus frönen, der vielleicht gerade mal überhaupt nicht angemessen erscheint. So schreibt auch Anna Maas zu Recht, dass »Gefühle zum Fühlen da sind! Jedes gibt uns einen Hinweis über unsere Bedürfnisse.«[*]

Sie führt dazu weiter aus, wo die Grenzen von ›gesundem‹ zu ›ungesundem‹ positiven Denken liegen: »Optimismus ist gesund und kann in schwierigen Phasen durchaus helfen. Doch wenn diese Positivität zwanghaft wird, sodass gar kein Raum mehr für unangenehme Gefühle bleibt, kann das dazu führen, dass wir Gefühle bei uns selbst und bei anderen kleinreden. Anders gesagt: Positives Denken wird immer dann toxisch, wenn es Druck aufbaut und zur Verdrängung von Emotionen führt. Wenn wir Gefühle unterdrücken, kann das krank machen.«[*]

Ja, ja, das ist schon hypermodern, dieses immer gut drauf sein, sich immer mega-gut zu fühlen. Aber ist es auch wirklich im Inneren der entsprechenden Menschen so …? Oder wird da nicht viel durch die positive Außendarstellung als Maske verdrängt …?

Das bezeichnet Anna Maas in ihrem Buch ›Die Happiness-Lüge‹ als toxische Positivität: Denn »›*Good vibes only! Mach das Beste draus! Sieh's doch mal positiv!‹ Auf Instagram und Co. wird Optimismus bis zum Umfallen gepredigt. Aber lassen sich negative Gefühle wirklich einfach weg meditieren? Können wir uns allen Ärger und Frust beim Yoga von der Seele atmen? Und ist tatsächlich etwas dran an dem viel zitierten ›Law of Attraction‹, das unser Schicksal ganz allein in unsere Hände legt, frei nach dem Motto ›Wer positiv denkt, dem widerfährt Gutes‹? Anna Maas ist sich sicher: Nein! Denn durch die allgegenwärtige Glückssuche entsteht Druck: Jede*r muss immer positiv denken, für negative Emotionen ist kein Platz. Wer es nicht ›schafft‹, optimistisch zu bleiben, hat versagt. Dieses Phänomen hat einen Namen: ›Toxic Positivity‹. In ihrem Buch untersucht die Journalistin, was wirklich dran ist an dem Zwang zum Glücklichsein. Anhand ihrer eigenen Erfahrungen und der Meinungen zahlreicher Expert*innen erklärt sie, warum eine positive Lebenseinstellung um jeden Preis oft nicht nur wenig hilfreich ist – sondern uns sogar schaden kann.*«[*]

---

[*] Anna Maas – Die Happiness-Lüge – Wenn positives Denken toxisch wird, Hamburg 2021, in Viactiv, Bochum, Herbst 2022, S. 34/35

Fürwahr, wohl gesprochen, und nicht zu vergessen, bei allem Streben nach dem Glück. Das Glück kann eh nicht dauerhaft sein, dafür ist – wie wir inzwischen wissen – das Glück ein viel zu unsteter Geselle …

I. Glück durch besondere Momente

Das Glück

»Wer dem Glück nachjagt, muss leichtes Gepäck haben.«[*]
Honoré de Balzac (1799 – 1850),
französischer Philosoph und Roman-Autor

Das Glück ist ein unsteter Gesell, manchmal ein unsteter Kamerad oder oft ein launischer Gefährte.

Glücks-Beispiel gefällig? Dannys Bergsteiger-Erlebnis im Schwarzwald 1972. Mit zwei Jugendlichen, die er dort während seines Urlaubs kennen gelernt hatte, lernte er das richtige Klettern mit Seilen und das dazugehörige Abseilen. Erst am ›Fingerwändle‹ machte Danny als leichtes und klettergewandtes Fliegengewicht eine gute Figur. Die Felswand war zwar nur vier Meter hoch, aber es gab nur Festhalte- und Kletter-Fassmöglichkeiten für die Fingerspitzen. Da er diese Wand mit Schwierigkeitsgrad 6 locker schaffte, machten sie gerne mit ihm weiter. Das hieß, an Felswänden erst hochklettern, natürlich mit Seilen gesichert, und hinterher wieder abseilen. Ging ja prima. Und dann kam der Höhepunkt des Tages, eine circa 20 m hoch frei-stehende Fels-›Nadel‹, die stand echt frei in der Landschaft herum. Zusammen hochklettern war dabei die leichteste Übung. Stolz schrieben sie sich oben auf der Nadel-Gipfelplatte von vielleicht zwei Metern im Durchmesser in das dort in einer Blechkiste lagernde Gipfelbuch ein. Und dann kam das eigentliche Abenteuer: das Abseilen von da oben. Dafür musste sich jeder der drei nacheinander oben mit dem Rücken zum Abgrund an den Rand der

---

[*]   *Honoré de Balzac, in Westfälischer Rundschau Hagen, 13.10.2022*

Gipfelplatte stellen, sich das um den Körper gewickelte Seil mit der Hand greifen und ruckweise ›Seil lassen‹ .

»Boah, ich sach euch, das möchte ich auch nicht jeden Tag machen, dieses Gefühl, rückwärts in den Abgrund zu fallen, nur von dem Seil um deinen Körper gehalten … Der Abgrund war schließlich 20 m tief …!« Danny war dabei so aufgeregt, dass er kurz unterhalb der Gipfelplatte durch einen kleinen Abseilfehler seitlich gegen den Felsen knallte und sich dabei die Oberfläche der Greifhand blutig aufschrappte. Aber weitermachen, durchhalten, Kneifen ging eh nicht, also Meter für Meter Seil lassen, dabei immer mit den Füßen von der Felswand abstoßen, die ganze Zeit immer mit dem Rücken zum Abgrund in der Luft hängen, auf das Seil-System vertrauend.

»Puuuuh, und dann war ich heile unten angekommen: stolz und zittrig, beides zusammen. Aber Glück …? Naja, vielleicht oben auf der ›Nadel‹ glücklich, dort so easy rauf gekommen zu sein. Und hinterher unten: ich weiß nicht, glücklich, vielleicht ein bisschen, aber mehr war ich erleichtert, das alles lebend überstanden zu haben …«

Während seines Studiums der Sozialwissenschaften an der Ruhr-Uni in Bochum lernte Danny 1974 die Kommilitonin Maggie ›Angel‹ Blissenbach aus Essen kennen. Sie war eine junge Frau mit langen blonden Haaren und lächelte ihn von der gegenüberliegenden Wand des Seminar-Raumes öfters an. Er lächelte zurück und nannte sie im Stillen für sich ›Angel‹ . Daraus wurde eine mehrwöchige Lächel-Beziehung, bis Danny sich eines Tages traute, sie nach dem Ende des Seminars anzusprechen. Sie war erleichtert, dass er es endlich geschafft hatte, aus dem Dauerlächeln zu einem Gespräch mit ihr zu kommen. Na ja, Danny fand sie auch im wirklichen Leben ganz nett. Und sie konnten sich ganz gut miteinander unterhalten, denn sie ›schwammen‹ auf der gleichen Wellenlänge.

Einmal hatten sie in der Pause zwischen zwei Uni-Veranstaltungen ein sehr interessantes Gespräch über die Liebe, das Glück und Stressvermeidungs-Strategien. Maggie fragte ihn nämlich nach dem Stand seines Liebeslebens. Danny war aber nach einem schmerzhaften Beziehungsende und auch schon einem halben Dutzend gescheiterter Beziehungen davor gerade solo und deswegen sehr skeptisch gegenüber jedweder Art von

Liebesbeziehungen. Im Gegenteil hatte er sich für Liebesangelegenheiten sozusagen ein ›Stressvermeidungs-System‹ bzw. eine ›Stressvermeidungs-Strategie‹ zurecht gelegt. Nach dem Motto: Gar nix erst anfangen, dadurch hatte er auch keine Chance auf Pech in der Liebe, natürlich aber auch keine Chance auf entsprechende Glücksgefühle …

Diese Theorie eröffnete er gegenüber Maggie. Die jedoch blieb positiv: »So kannst du nicht leben, Danny. Du musst positiv denken. Sonst wird das nie was mit dir und ner neuen Frau …!« Tja, da hatte sie ja auch wieder total recht, die gute Maggie.

Und was wurde aus Danny und Maggie? Er besuchte sie mal in Essen, fuhr dann aber nachts wieder nach Hause. Und sie beglückte ihn 1975 mit einem Besuch an seinem 24. Geburtstag in Datteln, wo sie als einer der 24 Gäste auf der Garten-Party mit Live-Musik auch dabei war … Irgendwann trafen sie sich nicht mehr zufällig an der Uni in Bochum. Aber keiner von beiden machte Anstalten, den anderen privat zu erreichen. So blieb ›Angel‹ nur eine ferne Erinnerung für Danny, mit der er einst über das Glück und die Liebe diskutiert hatte.

Epikur – ›Philosophie des Glücks, Lebensbejahung und ekstatisches Leben‹

Der Kernsatz von Epikurs (*341 v. Chr. auf Samos; †271 v. Chr. in Athen) ›Philosophie des Glücks‹ lautet: ›*Jedes lebende Wesen strebt, sobald es geboren ist, nach Lust und freut sich daran als das höchste Gut, während es den Schmerz als das höchste Übel vermeidet.*‹*

Epikur siedelte sich als Siebenunddreißigjähriger in seinem Garten vor den Toren Athens an, wo er zusammen mit seinen glücklichen Jüngern wohnte, also mit Bruder, Schwägerin, anderen Ehepaaren, Junggesellen, Mädchen und wechselnden Gästen. Er beantwortete in seinen Schriften eine der größten Fragen der Menschheit: Wie kann ich ein glückliches Leben führen? Er schrieb ebenso verständlich wie tiefgründig. Epikur

---

*   *Epikur, in: Ludwig Marcuse – Philosophie des Glücks, München 1962, S. 38*

wollte mit seiner von ihm entwickelten hedonistischen Lehre von allen verstanden werden. Da sich Epikur und seine Anhänger häufig in einem Garten versammelten, wird seine Schule nach dem griechischen Wort für Garten auch ›Kepos‹ genannt. Epikur begrüßte seine Gäste am Eingang des Gartens mit folgender Inschrift: ›*Tritt ein, Fremder! Ein freundlicher Gastgeber wartet dir auf mit Brot und mit Wasser im Überfluss, denn hier werden deine Begierden nicht gereizt, sondern gestillt.*‹ Die sinnlichen Begierden, deren Berechtigung nur eingeschränkt akzeptiert wurde, sollten sich auf die kleinen, leicht erreichbaren Freuden richten: ›*Schicke mir ein Stück Käse, damit ich einmal gut essen kann.*‹*

Zwar heißt die Grundmelodie aller Epikuräer: »*Keine Lust, keine Freude, kein Glück ist schlecht an sich.*«** Aber man würde Epikur als ununterbrochenem hemmungslosen Genießer Unrecht tun, denn er lehrte auch das Verzichten: allerdings nicht Verzicht auf Glück, sondern auf das eine Glück für ein anderes.

Epikur wandte sich in seinen Schriften ›über die irdische Glückseligkeit‹ gegen den irdischen Besitz und forderte lieber einfache Freuden.

›*Seelenfriede und Schmerzlosigkeit sind ruhige Freuden; aber Lust und Frohsinn beschwingen den Tatendrang.*‹

Oder er warb für das einfache selbstgenügsame Leben: ›*Die schönste Frucht der Selbstgenügsamkeit ist die Freiheit.*‹

Aber die wichtigsten philosophischen Erkenntnisse machte Epikur auf dem Gebiet der Vernunft. Einmal durch die Entmystifizierung der griechischen Götterwelt: »*Man soll sich vor keinem Gott fürchten, sondern sich freimachen vom Wahnglauben.*«** Er war gegen die Götter, weil sie die Menschen unnötig unglücklich machten und weil sie sowieso nicht existieren.

Alles Glücksstreben ist folglich auf das endliche Leben verwiesen und mündet in eine ›Philosophie des Augenblicks.‹ Deshalb auch seine Befreiung von der Todesfurcht, denn »*der Tod braucht uns überhaupt nicht zu interessieren, weil er nicht ist, solange wir sind, wir aber nicht mehr sind, sobald er einmal da ist.*«**

---

*   *Epikur, aus: Wikipedia vom 21.08.2022*
**   *Epikur, in: Ludwig Marcuse – Philosophie des Glücks, München 1962, S. 38*

Diese Überwindung der Todesfurcht – nach einem guten Leben erfüllt und zufrieden zu sterben – findet man häufig bei sogenannten ›Primitivvölkern‹ ; und sie steht im krassen Gegensatz zur abendländischen Todesangst und Diffamierung des Todes, der alles nimmt.

Ganz im Gegensatz zu der weitverbreiteten Meinung fühlte sich laut einem dpa-Artikel * die Mehrheit der Deutschen 2019 glücklich: »*Klischees zufolge sind die Deutschen ja eher mürrisch. Eine neue Umfrage zum heutigen Weltglückstag zeigt nun das Gegenteil. Zwei Drittel der Erwachsenen in Deutschland (66 %) sagen demnach, dass sie momentan glücklich sind – nur etwa jeder Vierte (27 %) ist dagegen aktuell unglücklich. Frauen und Männer unterscheiden sich bei diesen Ergebnissen übrigens nicht, auch beim Blick auf Ost und West ergeben sich keine nennenswerten Unterschiede. Das zeigen Ergebnisse einer repräsentativen Umfrage des Sinus-Instituts gemeinsam mit YouGov.*« *

Denselben Artikel ›Mehrheit der Deutschen fühlt sich glücklich‹ hatte wohl auch Uwe Depping gelesen, da er in seiner Glosse ›Widerhaken‹**im HAKEN vom April 2019 schrieb: »*Endlich, liebe Leserinnen und Leser …*

… endlich schreibt es mal jemand: ›Mehrheit der Deutschen fühlt sich glücklich‹, las ich jüngst in der Lokalpresse. Vielleicht kennen Sie das ja … Stress, Hetze im Beruf, dann kommt man heim, die Partnerin zickt rum, weil der Müll nicht raus gebracht wurde, die Kinder nerven, weil sie endlich ihr erstes Smartphone haben wollen. Wer hat da noch Zeit, in sich hineinzuspüren und festzustellen, dass man eigentlich glücklich ist? Letzten Freitag habe ich so ein hauchzartes Glücksgefühl verspüren können. Bei mir sind die letzten beiden Unterrichtsstunden ausgefallen, weil meine Schüler an der Fridays-for-future-Demonstration teilgenommen haben. Mal zwei Stunden früher nach Hause, dem Wochenend-Stau entronnen … das kleine Glück des Lehrers.«** »Haha, hihi …«, sagte Danny nur dazu.

Und schließlich meldete sich auch die warmherzige brünette Schweizerin, Sandra Leoni von der Taoheart-Dimension, über Instagram am 19.08.2022: »*Lieber Danny, wie wunderbar, dass du über das Glück schreibst. Denn über*

---

*   *dpa-Artikel – ›Mehrheit der Deutschen fühlt sich glücklich‹, in Westf. Rundschau, 20.03.2019*
**   *Uwe Depping – Glosse ›Widerhaken‹, im HAKEN vom April 2019*

das Glück kann man nie genug schreiben, ist es doch das, wonach wir alle am meisten suchen. Finden kann man es wohl lediglich nur durch Innehalten und Sein im bewussten Atem und des Gewahrseins des Momentes. Richtig, richtig glücklich können wir Menschen wohl nur dann werden, wenn wir das Glück einfach in uns tragen und jederzeit in uns abrufen können. Und zwar solange, bis es in einen weisen Dauerzustand übergeht und nichts mehr im Außen es zu trüben vermag. So lass uns alle die Reise beginnen, auf ein Neues. Ich wünsche dir viele weitere Muße zum Schreiben, und ja, ›im Draußen‹ kann man gut mit seinem Inneren Kontakt aufnehmen. Alles Liebe für dich, bis bald wieder mal, Sandra.«

Das hat sie aber wirklich schön formuliert. Kein Wunder, sie unterrichtet ja auch im Fach ›Tao‹.[*]

Wie wirkt sich Lachen auf das Glück aus?

»Das Lächeln, das du aussendest, kehrt zu dir zurück.«
(indische Weisheit)

Danny erinnerte sich gerne an Fred Bertelmann, der sich mit seinem lustigen Schlager »Der Lachende Vagabund‹ 1957 auf einer Schellack-Platte durch ihr Wohnzimmer der späten 1950er Jahre lachte und nudelte.

Erst hatten die Deutschen in der Nachkriegszeit nix zu lachen, aber durch das Wirtschaftswunder der 1950er Jahre wurde es besser. So war Fred Bertelmann wie ein Symptom der guten Laune des Jahrzehnts. Vielleicht wählte Dannys Vaddern Götz den guten alten deutschen Schlagersänger und Schauspieler Fred Bertelmann ja gerade deshalb, weil er selber einige Parallelen zu ihm hatte …? Bertelmann wurde am 07.10.1925 in Duis-

---

[*] *Über das Tao-De-Ging von Laotze, aus Wikipedia vom 10.05.2020: »Dào heißt wörtlich übersetzt ›Weg‹, ›Straße‹, ›Pfad‹ und bedeutet im entsprechenden Kontext auch ›Methode‹, ›Prinzip‹, ›der rechte Weg‹, Lehre oder Schule – im Sinne einer Denkrichtung u. v. A., was dem Wort im Konfuzianismus entspricht.«*

burg geboren und wuchs im Ruhrgebiet auf.[*] Seine Familie übersiedelte ins fränkische Nürnberg, als er neun Jahre alt war. Götz wurde nur ein Dreivierteljahr später am 04.05.1926 in Selm geboren, auch im Ruhrgebiet, lebte aber als Junge und Schüler einige Jahre bei den Verwandten in Bamberg, ebenfalls in Franken.

Nach dem Abitur wurde Bertelmann während des 2. Weltkriegs 1944 als Soldat in die Wehrmacht eingezogen und geriet an der Westfront mit einer schweren Verwundung in US-amerikanische Kriegsgefangenschaft. Er wurde nach Alabama gebracht und kam in einem Camp mit dem amerikanischen Swing in Berührung.

Dannys Vadder kam ebenfalls 1944 als Soldat an der Westfront (›Aachener Kessel‹) in US-amerikanische Kriegsgefangenschaft. Die Amis brachten ihn in die Südstaaten zum Orangen- und Baumwollpflücken. Womöglich hatten sich Götz Kowalski und Fred Bertelmann sogar in der US-amerikanischen Kriegsgefangenschaft kennen gelernt? Allerdings kam Götz nicht mit dem Swing in Berührung, sondern mit der Malaria, die er sich bei einem Fluchtversuch nach Mexiko einfing. Außerdem mit einem Waschbären, der mit ihnen im Camp lebte. Nach seiner Entlassung am 6. Mai 1946 begab Bertelmann sich nach Füssen, wo seine Mutter lebte, und spielte dort in einem Club der US-Armee als Trompeter im Orchester. Dagegen wurde Dannys Vaddern Götz von den USA als Kriegsgefangener weiter nach Belgien gereicht, wo er im Bergbau arbeiten musste und dort erstmalig mit dem Steinkohlenbergbau in Berührung kam, ehe er 1947 nach Deutschland zurück kehren konnte. So wurde aus dem ehemaligen Kaufmann und Schaufenster-Dekorateur ein Steinkohle-Bergmann im Ruhrgebiet. Als Steiger hatte er – wenn es auch eine schwere Maloche war – nicht zuletzt auf Grund der besseren Verdienstmöglichkeiten sicherlich eher was zu lachen gehabt. So kommen wir also wieder zurück zu Fred Bertelmann mit seinem ›lachenden Vagabund‹:

---

[*] *Fred Bertelmann, in Wikipedia vom 10.07.2022*

»Was ich erlebt hab',
Das kann nur ich erleben,
Ich bin ein Vagabund.
Selbst für die Fürsten
Soll's den grauen Alltag geben
Meine Welt ist bunt!
Meine Welt ist bunt!
Ha-Ha-Ha-Ha-Ha! …«

Und wie wirkt sich das Lachen auf Hormone, Geist und Glück aus? Das wurde in einem Interview von Lena Vanessa Müssig am 05.05.2019 erörtert.

»Lachen ist gesund, heißt es. Doch ist dem wirklich so? Kann regelmäßiges Lachen für bessere Gesundheit und einen zufriedenen Geist sorgen? Glücksforscherin Judith Mangelsdorf verrät Interessantes rund um das Thema Lachen.

Seit 1998 versammeln sich am 5. Mai Tausende Menschen weltweit, um gemeinsam herzhaft zu lachen. Seinen Ursprung hat der Weltlachtag im Yoga. Sein Erfinder, der Yogi Madan Kataria, wollte für den Weltfrieden lachen und darauf aufmerksam machen, wie wichtig es für Körper und Geist ist.

Anatomisch betrachtet bewegen sich beim Lachen 135 Muskeln im Körper. Es fängt an der mimischen Muskulatur an den Augen an, danach folgen die Muskeln seitlich des Mundes. Wird kräftig gelacht, sind nicht nur die Mimikmuskeln im Gesicht aktiv. Auch verschiedene Hals- und Rippenmuskeln sowie Zwerchfell und Bauchmuskeln wirken mit.

Auch im Verborgenen arbeitet der Körper dann auf Hochtouren. Der Blutdruck steigt. Durch die veränderte Atmung beim Lachen gelangt mehr Sauerstoff in die Lunge – und über den Blutkreislauf in die Zellen.

Zudem werden verstärkt Glückshormone ausgeschüttet. Stresshormone hingegen werden gebremst. Auch das Glykoprotein Interferon-γ kann nach Erkenntnissen des US-amerikanischen Immunologen Lee S. Berk durch Lachen vermehrt im Blut nachgewiesen werden. Es hat antivirale Wirkung und stimuliert das Immunsystem.

Ist der Lachanfall vorbei, beginnt der Körper sich wieder zu entspannen

und Stresshormone abzubauen. Dieser positive Stresszustand soll laut Lach-
forschern – auch Gelotologen genannt – für schnelle Entspannung sorgen. Nur
eine Minute intensives Lachen wirke auf Körper und Geist so belebend wie ein
45 minütiges Entspannungstraining.

Die Diplompsychologin und Glücksforscherin Judith Mangelsdorf von der
Deutschen Gesellschaft für Positive Psychologie (DGPP) hat mit uns über das
Thema Lachen gesprochen.

Frau Dr. Mangelsdorf, laut und offen, zurückhaltend kichernd oder ver-
schämt grinsen – die Art des Lachens scheint viel über das Gemüt einer Person
auszusagen. Ist das so?

Dr. Judith Mangelsdorf: Ja und nein. Die Art, wie wir lachen, zeigt einen
Teil unserer Persönlichkeit. Bin ich eher introvertiert, werde ich womöglich
häufiger zurückhaltend lächeln, während sehr extrovertierte Menschen oft
offensiver lachen.

Aber die Art des Lachens sagt nicht nur etwas über den Menschen aus, sondern mindestens genauso viel über die Situation, in der gelacht wird.

Wer sich wohl und sicher fühlt, zum Beispiel bei einem ausgelassenen Abend
mit Freunden, wird eher offensiv und herzlich lachen als in anderen Situationen,
wie beispielsweise einem Bewerbungsgespräch, in dem ich seriös wirken möchte.

Die Lachtherapie ist aus dem Yoga bekannt, sie soll vor allem Stress lösen.
Als Therapie im engeren Sinne, also als Möglichkeit, psychische Krankheiten
zu heilen, ist diese Methode aber weder erforscht, noch können Sie Ihre Kran-
kenkasse bitten, Ihnen das professionelle Lachen zu finanzieren.

Die Wirkweise ist die gleiche wie in allen anderen Situationen des Lachens:
Durch die Ausschüttung von Glückshormonen werden Stresshormone wie Cor-
tisol abgebaut und man entspannt sich.

Muss man ›richtig‹ lachen, also sich quasi vor Lachen schütteln, damit der
Körper davon profitiert? Oder wirkt sich auch ein leises Lächeln positiv auf
das Immunsystem aus?

Wissenschaftlich gesehen, ist der Satz ›Lachen ist gesund‹ gar nicht ganz
korrekt. Was gesund macht, ist nämlich nicht das Lachen selbst, sondern es
sind die positiven Gefühle, die wir erleben, wenn wir lachen.

Dazu zählen zum Beispiel Glück, Freude, Amüsiertheit, Gelassenheit,
Dankbarkeit, Stolz, Hoffnung und Liebe. Diese sind mit der Ausschüttung

von Glückshormonen, wie Serotonin, Dopamin und Oxytocin verbunden, die stresslösend wirken und auch kardiovaskulär (Herz und Gefäße betreffend, Anm. d. Red.) hilfreich für unsere Gesundheit sind.

Das äußere Lachen – egal wie stark es ist – ist nur der soziale Ausdruck dieser Gefühle, um anderen zu zeigen, wie es in uns aussieht.

Auch wenn Sie zu tiefst glücklich sind, es nur grade nicht nach außen zeigen können, wirkt sich dies positiv auf Ihre Gesundheit aus. Umgekehrt – also beim Lachen ohne inneres Glückserleben – funktioniert das nicht.

Es heißt, man könne das Gehirn austricksen, wenn man grundlos lächelt. Kann man die persönliche Stimmung durch ein aufgesetztes Grinsen überlisten?

Die Idee, durch ein aufgesetztes Grinsen glücklicher zu werden oder indirekt auf die eigene Stimmung zu wirken, ist nicht neu, aber bislang wissenschaftlich kaum belegt.

Statt morgens fünf Minuten grundlos in den Spiegel zu grinsen, sollten Sie sich fragen: Was kann ich nach dem Aufstehen in fünf Minuten für mich tun, das mich glücklich macht? Dann haben Sie tatsächlich einen echten Grund zu lachen.

Ist Lachen in der Gruppe gesünder als alleine?

Ja, davon ist auszugehen. Wenn Sie allein lachen, zum Beispiel beim Lesen eines guten Buches oder beim Fernsehen, lachen Sie meist nur kurz.

Wenn aber gleichzeitig andere im Raum sind, dann steckt man sich sprichwörtlich gerne gegenseitig wieder an, weil wir auf das Lachen anderer reagieren. In Gemeinschaft lacht man also meist mehr, länger und intensiver. Und das wirkt dann auch stärker auf unser Immunsystem.

Wie wichtig ist Lachen in der Gesellschaft? Hilft es uns bei sozialen Interaktionen?

Extrem wichtig. Das Lachen als Ausdrucksform hat eine ganz klare evolutionäre Wurzel. Jede Form der Mimik, wie auch das Lachen, erfüllt vor allem den Zweck, dass unser Gegenüber besser einschätzen kann, wie es in uns aussieht.

Lachen signalisiert dem Gegenüber: Ich tue Dir nichts. Ich möchte Dich nicht bekämpfen, sondern Freundschaft schließen.

Früher sicherte die Fähigkeit, zu lachen und es richtig zu deuten, das soziale Überleben. Und auch heute fühlen wir uns im Kontakt mit anderen, gerade *fremden Menschen gegenüber, sehr viel wohler, wenn sie uns zumindest ein Lächeln schenken.*

Was passiert mit uns, wenn wir einen lachenden Menschen angucken?

Im Gehirn setzt sich sofort etwas in Gang. So wie wir unwillkürlich innerlich zusammenzucken, wenn wir mit ansehen, wie jemand anderem etwas Schweres auf den Fuß fällt, reagiert unser Hirn auch auf das Lachen anderer.

Dieses Phänomen ist vor allem unter dem Begriff der Spiegel-Neuronen bekannt, die uns dann in einen ähnlichen emotionalen Zustand versetzen wie unser Gegenüber. Wir sind dann im wahrsten Sinne des Wortes mit-fühlend.

Haben Sie einen persönlichen Tipp für den Alltag?

Seien Sie authentisch. Lächeln oder lachen Sie nicht, weil es von Ihnen erwartet wird. Was auf Ihr Gegenüber am stärksten wirkt, ist nicht, was Ihr Mund zum Ausdruck bringt, sondern Ihre Augen. Und das können Sie nicht fälschen.

Ein ›fake smile‹, das aufgesetzte Lächeln, transportiert Ihrem Gegenüber nicht Wohlwollen, sondern das Gefühl, dass hier irgendetwas falsch ist. Sorgen Sie lieber dafür, dass Sie in Ihrem Leben viele gute Gründe haben, wirklich glücklich zu sein. Das Lachen kommt dann ganz von allein.« [*]

Das Glücksgefühl, ein eigenes Buch zu veröffentlichen

Boah, was war Danny stolz wie Oskar, als er 2007 seinen ersten Roman ›Straßnroibas‹ veröffentlichte. Endlich, endlich, nach jahrzehntelangem Schreiben, hatte er das erste eigene Buch herausgegeben …

… und das in den Händen zu halten: da kann ein Amateur-Schriftsteller auch mal richtig glücklich drüber sein, oder …!!!

---

[*]   *Gespräch mit Dr. Judith Mangelsdorf, Diplompsychologin und Glücksforscherin*

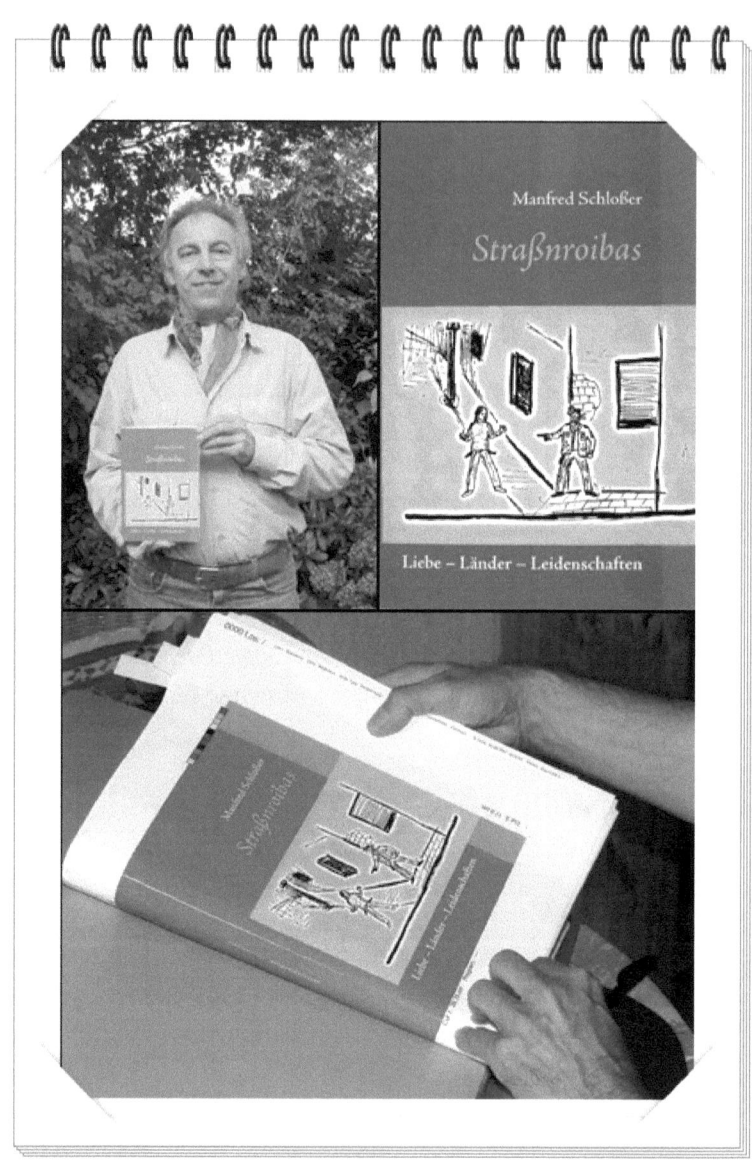

Erst die Korrekturfahnen, dann das erste eigene Buch in Händen zu haben, da kann ein Hobby-Autor schon mal stolz wie Bolle sein …*

---

* *Manfred Schloßer – Straßnroibas, Norderstedt 2007*

Danny schrieb immer schon viel. Erst in den 1960er Jahren Kurzgeschichten, wie zum Beispiel ›Die sieben Leben einer sich für intellektuell haltenden Stecknadel‹, oder kleinere Novellen. Da erinnerte er sich besonders an ›Der Wurm Boris‹, was er für die jüngere Schwester seiner damaligen Freundin 1972 in Recklinghausen schrieb.

In den 1980er Jahren sollte die erste Fassung von ›Straßnroibas‹ als eine Sammlung von Reise-Kurzgeschichten bereits im Dattelner Rodriguez-Klüvenstein-Verlag als deren fünfte Veröffentlichung raus kommen. Der Roman war damals von Danny schon druckfertig mit einer elektrischen Schreibmaschine geschrieben und an den RKV weiter geleitet worden. Aber vor der Veröffentlichung 1981 ging der Kleinverlag von Harry und seinem Bruder Eddie wegen Rechtsstreitigkeiten und Finanzamt-Steuerforderungen in Insolvenz. Nichts wurde es mit der Veröffentlichung der ›Straßnroibas‹ 1981.

Aber das war ja vielleicht auch ganz gut so. Denn in den 1990er Jahren holte sich Danny das Manuskript noch mal hervor und schrieb es vollkommen um: zu einem fortlaufenden Roman. Damals alles mit der Hand auf DIN-A-4-Blättern.

Dann kam das Zeitalter von PC und Laptop. Auch Danny und Moni hatten seit Beginn des neuen Jahrtausends erst einen Laptop, dann einen PC. Etwa im Jahre 2001 begann Danny, das handschriftlich umgeschriebene Manuskript neu in seinen PC zu hämmern. Circa 2005 war er mit der neuen Version von ›Straßnroibas‹ fertig. Aber kein Verlag wollte ›anbeißen‹. Bis er auf seiner Hochzeitsfeier mit Moni 2007 vom damaligen Freund von Lia Böchterbeck etwas über BoD erfuhr. BoD steht für ›Books on Demand‹, also Bücher auf Nachfrage. Nach ihrer Hochzeitsreise nach Ägypten sandte Danny im Frühsommer 2007 das Manuskript zum BoD-Verlag in Norderstedt bei Hamburg.

Und im Herbst 2007 wurde ›Straßnroibas‹ mit 408 Seiten und einigen teilweise bunten Fotos veröffentlicht. Danny konnte somit stolz sein erstes selbst veröffentlichtes Buch in der Hand halten.

Aber – wie bei allen Dingen – war auch hier das ›Glück ein unsteter Gesell‹. Denn nach der ersten Euphorie, und obwohl sich das Buch trotz des viel zu hohen Ladenverkaufspreises von 23,80 € über 100 mal verkaufte, schrieb Danny direkt weiter …

… er war im ›Flow‹, und schon 2009 kam sein zweiter Roman heraus. Bis 2022 schaffte er es dann sogar auf schier unglaubliche 15 veröffentlichte Romane in 15 Jahren.

Glücksgefühle durch Musik

»Glück ist, was jeder sich als Glück gedacht.«[*]
Friedrich Halm (1806 – 1871), österreichischer Dramatiker

Danny hatte zahlreiche Glücksgefühle, als er in verschiedenen Bands und bei Auftritten Musik machte. Als Erklärung für diejenigen, die noch nie auf der Bühne standen: ein unheimlicher Strom von Adrenalin fegt dir durchs Blut, dort oben zu stehen, vor dem zahlreichen Publikum im Saal. Du bist alleine dadurch ›high‹, dort zu stehen, besonders beim allerersten Mal. Aber auch bei den späteren Auftritten war es für Danny immer wieder aufregend und löste Glücksgefühle aus, denen dort unten im Publikum von oben auf der Bühne etwas darzubieten … Es begann für ihn mit seinen Bongos bei ›Charly Brown‹ 1971, wurde gefolgt mit ›Dattelner Kanal‹ 1972, beides bei den Beat-Shows in der Recklinghäuser Vesthalle. Dann mit seinen Kongas der legendäre Auftritt von ›Söppel im Zirkuszelt‹ 1979.

Später in den 1980er Jahren hatte er neben seinen Kongas eine ganze Palette an Percussion-Instrumenten, mit denen er bei ›Vogelfrei‹ von 1980 bis 1987 und bei ›Mazo Mazo‹ 1984 mitspielte. Wie alles anfing mit Dannys Musik-Auftritten …? Ja, der wollte mit seinen Musikfreunden den Dattelner Beat-Legenden nacheifern und 1971 bei der Beat-Show in der Recklinghäuser Vesthalle auch mal mitmachen. Eigentlich wollten sie nur die Star-Gruppe ›Golden Earring‹ aus Holland umsonst gucken. Deshalb hatten sie sich für den Beat-Wettbewerb angemeldet, gründeten spontan zwei Wochen vorher eine Gruppe, nannten sich ›Charly Brown‹, probten einmal ›Hey Capello‹ von Heino, und dann legten die fünf los: der lustige Bollo an der Bass-Gitarre und Gesang, Nobse mit seinen blonden

---

[*]   *Friedrich Halm, in westf. Rundschau vom 08.05.2021*

Sauerkraut-Haaren an der Lead-Gitarre, der sportliche Ruderer Mattin an der Rhythmus-Gitarre, der hoch aufgeschossene Heini an den Drums und der kleine drahtige Danny an den Bongos. Ihr Auftritt dauerte wie für alle anderen 24 teilnehmenden Musikgruppen nur ein Stück lang oder ca. 5 – 6 Minuten. Ihr Stück begann mit Dannys Bongo-Solo als Intro, danach sangen und spielten sie ›Hey Capello‹ von Heino:

> »... es lebt eine Frau in Spanien,
> ihre Augen so braun wie Kastanien,
> ihre Haare so schwarz wie die Nacht,
> ganz Sevilla lebt auf, wenn sie lacht ...
> Hey Capello, Hey Capello, Hey Capello ...«,

das am Ende immer mehr verfälscht und Freejazz-mäßig verzerrt wurde, so dass Heino aus seinem Bett fallen würde, wenn er es je hören sollte. Passend dazu setzte Danny sich ans Schlagzeug, wo da schon mal ein stand. Er spielte dabei zum ersten Mal im Leben an den Drums, was ihm sichtlich zu gefallen schien. Nach dieser ›überzeugenden‹ Leistung wurden sie unter den 24 Beat-Gruppen sogar Publikumssieger, bekamen 150,– DM Preisgeld für ihren Sechs-Minuten-Auftritt, was einem Stundenlohn von sage und schreibe 1500,– DM entsprechen würde: hahaha. Und auch in der Jury-Wertung landeten sie immerhin auf dem 17. Platz, wegen des besonderen künstlerischen Beitrags: Glück, totales Glück, happy-happy-happy ...

Diese Art von Happening gefiel ihnen so sehr, dass sie gleich ein Jahr später Ähnliches noch mal versuchten. 1972 machten sie das gleiche Spielchen mit Dannys zweiter Band. Da wollten sie die Star-Gruppe Can mit deren Macher und Bassisten Holger Czukay (gestorben 2017 mit 79 Jahren) umsonst sehen. Dieses Mal stiegen sie als nur noch Drei-Mann-Kapelle mit dem Namen ›Dattelner Kanal‹ auf die Bühne, dafür aber ›als Geck‹ schwer bewaffnet mit Krücken und Krückstock, um damit aufzufallen. Auf den aus dem Altersheim besorgten Rollstuhl mussten sie leider verzichten, weil der nicht ins Auto passte. Als Kapelle diente ihnen – mangels Musikern – ein Kassettenrekorder, zu dessen vorher aufgespielter Musik sie dann parodistisch mimten. Bei ›Words‹ von den Bee Gees sank Danny vor Bollo schwer gerührt auf die Knie, um schließlich beim abschließenden Rock-Klassiker ›Judy in Disguise‹, intoniert von John Fred & his Playboyband, die Krücken von sich zu werfen. »Hah, da war es wieder, das aufregende Auftritts-Glücksgefühl … diese Adrenalin-Spritze, oben auf der Bühne zu stehen,« erinnerte sich Danny an diese eher schauspielerische Darbietung. Mit ihrer Gruppe ›Dattelner Kanal‹ wurden sie dieses Mal nur Vierte. Dafür betitelte die Dattelner Morgenpost ein paar Tage später in ihrem Artikel über die Beatshow dieses Happening mit ›BeeGees auf Krücken‹. Leider war das fürs Erste die letzte Beat-Show dieser Art. Sie hätten jederzeit einen neuen Gag auf Lager gehabt. Aber sie mussten sieben Jahre warten, bis acht Männer und eine Frau von der Gruppe Söppel mit ihrem Polit-Rock-Kabarett beim Vest-Rock das Zirkuszelt im Dattelner Süden erzittern ließen.

Söppel im Zirkuszelt

Im Sommer 1979 stand wieder Vest-Rock an, ein Rock-Festival für den ganzen Kreis Recklinghausen, dem so genannten Vest Recklinghausen. So wie früher Anfang der 70er Jahre die Beat-Shows in der Recklinghäuser Vestlandhalle, an der Danny mit seinen Bands Charly Brown 1971 und Dattelner Kanal 1972 teilgenommen hatte. Bloß gab es 1979 Vorentscheidungen in den einzelnen Städten des Kreises, also auch in Datteln. Da gab es die Vorauswahl unter vier heimischen Gruppen aus dem Ostvest, sprich Datteln und Waltrop, und der Sieger durfte an der Endausscheidung in der Recklinghäuser Vestlandhalle teilnehmen. Die Anmeldung für das Festival fand im Dattelner Rathaus statt. Auf dem Weg dorthin überlegten der blond gelockte Carlos, Eddie mit den Fusselhaaren und Danny, wie sie sich überhaupt nennen sollten. Die endgültige Namensfindung ihrer Musikgruppe kam aus dem hohen Norden: ›Söppel‹ ist der norwegische Begriff für ›Müll‹. So waren sie also Söppel. Der Name war auch Programm, allerdings politisch, da Stücke wie ›Cadmium-Reggae‹ oder die ›Zentral-Mülldeponie‹ zu ihren Hits gehörten.

Erst probten sie mal ein paar Stücke ein, wofür sie einen Kellerraum in der St. Josefs-Schule zur Verfügung gestellt bekamen. Das war genau das

Gebäude, in dem Danny von 1958 bis 1963 in die Volksschule ging. Zu den drei Gründungsmitgliedern Carlos (Gitarre), Eddie (Gesang und Tamburine) und Danny (Trommeln und Ansage) kamen dann noch der dünne Schlagzeuger und ›Spargeltarzan‹ Timmy und der ruhige dunkelhaarige Bassist Benny hinzu, so dass die Gruppe dadurch ein solides musikalisches Fundament erhielt. Für ein paar Performance-Nummern holten sie noch den freakigen Blondschopf Sven und Eddies damalige Freundin, die gut aussehende dunkelbraun-haarige Thea, mit an Bord. Und Freund Achim, wie immer mit John Lennon-Brille und langer Matte bis zum Po, spielte auf der Querflöte und war als Sänger des Söppel-Liedes natürlich auch mit von der Partie. Weil es sich in Datteln rum gesprochen hatte, dass da was Tolles im Proberaum zusammen wuchs, bereicherte schließlich noch der rothaarige Ecki mit den vielen Sommersprossen mit seinem Saxophon die Gruppe. Er kam ein paar Tage vor dem Festival zu ihnen: ein guter Musiker, der später als Jazz-Saxophonist sogar Berufsmusiker werden sollte. So hatten sie ordentlich musikalische Substanz in der neunköpfigen Combo: vier Sänger, eine Sängerin, Gitarre, Bass, Drum, zweimal Perkussion, Saxophon und Querflöte. Dazu Sven: »*Mir fallen nur die ätzenden Proben ein. Anfangs wollte keiner mehr auftreten, der Herzschlag zertrümmerte allen Mut. Nur die starke Freundschaft und der einigende Schwur, dies zu Ende zu bringen, brachte uns auf die Bühne. Der Alkohol trat auch helfend zur Seite.*«

Der große Tag war Söppel's Auftritt im Zirkuszelt im Sommer 1979 auf dem Platz vor der Böckenheck-Schule im Dattelner Süden, genau dort, wo später das Dattelner Jugendzentrum errichtet werden sollte. Ein Zirkus gastierte in Datteln. Und in dessen riesigem Zelt durften die Musikgruppen auftreten. Und Fans hatte Söppel reichlich mit gebracht. Sie waren auf jeden Fall gut drauf im Zirkuszelt. Ihr Auftritt begann mit dem Titel ›Ouvertüre‹. Darauf folgte ›Tag Tripper‹, was Dannys deutsche Übersetzung von ›Day Tripper‹ der Beatles war. Aber da Danny nur für Ansagen zuständig war, übernahm der hellblonde Sven den Gesangsteil vom ›Tag Tripper‹: »*Ich wäre so froh gewesen, nur einen Ton richtig zu treffen, Beatles sind eben anspruchsvoll.*«

Dann der so genannte ›Türkenbomber‹, wobei Carlos den dadaistischen Text von Hugo Ball zur türkischen Haremsmusik total verfremdete:

»Fuschka Toballoball Zicki Zitopp …!« Danach folgte schon einer ihrer Höhepunkte, wenn nicht gar ihr Hit: der ›Cadmium-Reggae‹ mit seinem lokalpolitisch brisanten Thema. ›Wir sind die Nr.1‹ war eine Parodie auf die deutsche Volksmusik, das Söppels liebliches Paar ›Marianne & Michael‹ trällerte, also Thea und Carlos.

> *»Wir sind die Nr. 1,*
> *Ich – Du – Er – Sie – Es – Wir,*
> *sind die Nr. 1,*
> *heute Abend hier …!«*

Es folgte mit dem Söppellied noch eine politische Nummer. Der aufgeweckte Danny erklärte dem Publikum einleitend ihren Gruppennamen: »*Söppel heißt Müll und hat mit all dem zu tun: Müllabfuhr, Gerd Müller oder Mülldeponie.*« Danach sang Achim mit nasaler Stimme erst von der ›Zentral-Mülldeponie‹ und schrie sich dann die Stimme aus dem Leib: » … *und dann gibt es hier eine Atom-Mülldeponie ….!!!*« Sie waren ja auch alle dementsprechend fantasievoll verkleidet: Ecki hatte schlicht eine durchsichtige Plastiktüte über den Kopf gezogen, Danny in dunkelblauer Latzhose als Müllmann, Carlos mit weißer Gipsmaske vor dem Gesicht und Eddie in Frauenkleidern. Als letztes Stück brachten sie den ›Sabbelbamba‹, ihr einziges Instrumentalstück, eben ein Samba, wobei alle Musiker sich zum Abschluss noch mal richtig austoben konnten.

Nach dem Ende des Auftritts versicherte ihnen der Zirkusdirektor, der sich das muntere Treiben der jungen Menschen interessiert angeschaut hatte: »*Zu mir könnt ihr jedes Jahr wieder kommen, mit eurer Show …!*« Ein besonderes Lob für Söppel aus berufenem Munde eines Fachmanns fürs Show-Business. Das machte Danny weitaus glücklicher als die Platzierung beim Vestrock: Söppel wurde Zweiter, mit nur zwei Stimmen weniger als der Sieger ›High Voltage‹ aus Waltrop. Beim Feiern hinterher in ihrer Stammkneipe stellte sich sogar noch heraus, dass zwei Söppel-Fans ihre Stimmzettel immer noch in der Hosentasche hatten. War egal, denn Danny und seinen Freunden ging es mehr darum, den Gig erfolgreich durchzuziehen. Das war trotz Stromausfall zwischendurch gut gelungen. Also hatte er wieder mal eine Menge Glücksgefühle in Leib und Seele erlebt. Seit den Beat-Shows 1971 und 1972, als Danny mit 19 und 20 Jahren noch Schüler und Zivildienstleistender und tatsächlich noch nicht volljährig war, entwickelte er sich bis 1979 natürlich enorm. Er hatte sein Studium beendet und den ersten Job im Beruf. Das veränderte auch für die jungen Burschen das Glücksgefühl bei Auftritten. Anfang der 70er Jahre waren sie noch voller Lampenfieber und Glücksgefühle bei den Gigs. 1979 dagegen waren sie eher darüber glücklich, dieses Musikprojekt mit neun Individualisten erfolgreich zu einem Abschluss gebracht zu haben.

Neunzehn-Siebzig-Sechs, Winterzeit. Da erlebten Harry, Achim und Danny mal eine Spontan-Session, als sie eigentlich Karla und Ella in einem kleinen alleinstehenden Häuschen in Waltrop besuchen wollten. Danny war damals an Karla interessiert. Sie war jedoch noch nicht zu Hause. Deshalb schickte Ella die drei in den Keller, wo eine Musikanlage mit Drums, E-Gitarre und Mikro spielbereit aufgebaut war. Da durften sie ran und machten sich über die Instrumente her. Achim hatte seine Querflöte dabei und koppelte sich damit ans Mikro. Perkussionist Danny versuchte sich mal wieder an den Drums, hatte er doch selber mal für ein Jahr ein Doppel-Schlagzeug zu Hause gehabt. Und Harry schnappte sich die E-Gitarre und eine leere Flasche, womit er nach der Bottleneck-Methode über die Saiten schrabbelte und entsprechend heulende Musik verursachte. Danny trieb sie mit einem Blues-Rhythmus an und die Drei schafften es, sich in einen Einklang zu spielen. Rausch und Ekstase bei der spontanen Musik machte sie glücklich.

Sieben Jahre später hatten sich Harry und Danny viel zu erzählen, als sie im Februar 1983 wieder mal mit ihrem alten Kumpel Osko aus Datteln zusammen kamen, der vor Jahrzehnten nach Norwegen ausgewandert war. Sie suchten und fanden das kleine Örtchen Godheim. Das lag bei Spydeberg, Nähe Askim, und sie besuchten Osko und seine schwangere Frau Berit im verschneiten Norwegen. Tagsüber trainierten Harry und Danny Ski-Langlauf auf der 5 km langen Loipe, nachts zechten sie mit Osko. Einen Abend waren sie mächtig breit und gingen dann in den Schuppen mit dem ausgebauten Musik-Studio. Nach anfänglichen Schwierigkeiten klappte es dann mit der Technik. Mit der folgender Besetzung Osko an der E-Gitarre, Harry an der Rhythmus-Gitarre und Gesang, und Danny an den Drums und Geschrei, fuhren sie in einer dreistündigen Session ganz schön ab, als ihre Mucke durch die Scheune waberte. Dabei machte Harry einen auf Jagger. Und Danny war zusammen mit Harry ›Jagger‹ am Mikrophon wieder unschlagbar. Zwischendurch übten sie sich immer wieder an ihrem Urlaubsthema ›Hauptsache Labern‹, haha …

Vogelfrei

Vogelfrei war das Produkt vom dunkelhaarigen Sonnyboy Pedro Fisch und seinem Freund Danny Kowalski. Durch den braunhaarigen Posaunisten Nobse Rüther, der damals Honorarkraft im Jugendzentrum Hohenlimburg war, kamen Pedro und Danny Ende 1979 musikalisch zusammen. Und es war nach zehn Minuten gemeinsamen Musizierens Freundschaft auf den ersten Blick, sowohl musikalisch als auch persönlich. Die Beziehung hielt auch noch bis ins neue Jahrtausend an, obwohl nach dem letzten Auftritt von Vogelfrei am 17.01.1987 die Gruppe auseinander fiel. Denn Pedro zog ins Münsterland, wo er auch heute noch in vielen musikalischen Projekten mit seinem Saxophon weiterwirkt.

Anfangs trafen sie sich regelmäßig im Partykeller ihres ersten Drummers, dem jungen Chris, in Hagen-Dahl. Dann fanden sie im Luftschutzkeller des Schutzengel-Kinderheims, der damalige Arbeitsstelle von Pedro, einen idealen Übungsraum. Der verschluckte mit einem halben Meter dicken Mauern jedweden musikalischen Krach. Den renovierten sie, indem sie erst mal eimerweise alten Staub zusammenkehrten und raus trugen. Dabei roch es dort durch die staubgeschwängerte Luft wie beim Steinkohle-Abbau. Fertig gestellt hatten sie ihr Übungsdomizil: vogelfrei im musikalischen Urwald. Vogelfrei war eine Gruppe von wechselnden Musikern, die Jazz, Latin-Jazz, Freejazz, Polit-Rock und African Music machten. Ihr erster Auftritt war am 15.05.1982 im Hagener Haus Waldfrieden. Fast immer spielten sie ohne Gage, zumal sie meistens bei Solidaritätsveranstaltungen auftraten, oder just for fun. So war der wöchentliche gemeinsame musikalische Übungsabend über sieben Jahre lang auch der Antrieb für ihre Schaffensfreude, sozusagen: der Weg ist das Ziel. Ihr Hit war ›Helmut zuckt noch‹, ein politisch-musikalisches Happening, noch zu Zeiten von Helmut Schmidt vor der Wende

1982 entstanden, als Helmut Schmidt gerade einen Herzschrittmacher bekommen hatte. Aber auch der neue Helmut, nämlich Kohl, konnte nach der politischen Wende 1982 von Vogelfrei mit leicht verändertem Text per ›Helmut zuckt noch‹ durch den Kakao gezogen werden. In den letzten Jahren konzentrierten sie ihre musikalischen Ergüsse hauptsächlich auf Latin-Jazz, wobei es mit teilweise bis zu vier Bläsern gut nach vorne abging, wie beim Auftritt am 06.02.1984 im Info-Zentrum Hagen-Volkspark.

Aber als dann Pedro nach dem letzten Auftritt am 17.01.1987 in der Pelmkeschule ins Münsterland verzog, verlor Vogelfrei damit die Seele der Gruppe, denn die drei Übriggebliebenen: Bassist, Drummer und Perkussionist, die Rhythmussektion, übten nur noch einmal zusammen. Sie waren geradezu nur das Herz von Vogelfrei gewesen, das noch schlug, aber ohne Saxophon entseelt war.

Unvergessen jedoch bleibt für Danny ihr gemeinsames Erlebnis mit musikalischem Partnertausch. Neunzehn-Achtzig-Vier beim Zelten mit Pedro im Sauerland. Auf einer Lichtung auf der Spitze eines Berges bauten sie Dannys Dreipersonenzelt auf, räumten das Saxophon von Pedro und Dannys Perkussions-Instrumente aus dem Kofferraum ihres Autos, um sich selber ein Freilichtkonzert zu geben. Und ab ging's mit der Mucke: Pedro ließ die Finger in gewohnter Weise elegant über sein Tenor-Sax gleiten. Und Danny schlug mit seinen Händen afrikanische und lateinamerikanische Rhythmen dazu. Dann machten sie mit ihren Musikinstrumenten Partnertausch: Danny übernahm das Saxophon und Pedro die Trommeln. Dabei muss gesagt werden, dass Danny vorher in seinem Leben noch nie ein Geräusch, geschweige denn einen Ton, aus einem Saxophon herausbekommen hatte. Pedro zeigte ihm jedoch den Trick dabei, dass der Bläser bei einer bestimmten Mundstellung mit den Zähnen des Oberkiefers von vorne gegen das hölzerne Mundstück drückt, um so beim gleichzeitigen Blasen ins Horn eben die beliebten, erst Geräusche, später dann Töne herauszubekommen. Eine feine Sache: gut zehn Minuten flippte Danny mit dem Saxophon total aus, weil er es raus hatte und eine Explosion von Geräuschkaskaden über die Waldlichtung versprühte, dass er geradezu einen halben Meter über den Boden schwebte …, wie ihm Pedro hinterher berichtete. Wegen dieses kleinen etwa drei Zentimeter langen Holzmundstückes gehört das sonst nur aus Metall bestehende Saxophon ja interessanter Weise zu den Holzblasinstrumenten. Weil Danny bei seinem ausgeflippten Free-Jazz-Solo das Holzmundstück dermaßen mit Spucke besabbert hatte, bekam er dann anschließend das Holzmundstück von Pedro zur steten Erinnerung an diesen unvergessenen Moment des persönlichen musikalischen Durchbruchs geschenkt. Denn Pedro konnte dieses vollgesabberte Stück Holz sowieso nicht mehr gebrauchen. Nach dieser ekstatischen Darbietung hielten die beiden glücklich und erschöpft inne: sie hörten die Stille des Waldes. Nur das Rauschen des Windes in den Zweigen der Bäume gab der Situation eine akustische Harmonie.

Oben links: Isle of Wight-Festival 1970; rechts: Söppel 1979; links unten: Vogelfrei 1981 – 1987.

Musik hören & erleben:

Musik hören und erleben, das begann bei Danny früher in den 1960ern erst im Radio, teilweise noch bei ›Radio Luxemburg‹ oder später im Urlaub auch mal an der belgischen Nordsee-Küste über den Piraten-Sender ›Radio Caroline‹. In der Zeit nahm er fleißig Musik mit seinem kleinen Kassetten-rekorder auf, den er sich von seinem durch Ferienarbeit auf dem Holzplatz des Pütts verdienten Geld gekauft hatte. Das war so ein kleines Ding, aber trotzdem war alles drin: ein Fach für die Kassette, ein Lautsprecher, ein Verstärker, und der Clou von dem ganzen Apparat: ein kleines eingebautes Mikrophon. Beim Hören seiner Lieblings-Sängerinnen oder –Musikgrup-pen fühlte er sich wie viele aus seiner Generation sehr wohl, teilweise sogar richtig glücklich. Das begann in den 60ern mit den deutschen Schlagern, gesungen von der fröhlichen Norwegerin Wencke Myhre oder der hüb-schen französischen Blondine France Gall, und endete bei den Beat- und Popgruppen wie den BeeGees, Beatles, Stones, Monkees oder Animals.

Später in den 1970er Jahren mochte er anfangs die schnelle rhythmische Musik von Creedance Clearwater Revival und natürlich die Hippie-Musik vom grandiosen Isle of Wight-Festival 1970. Nach dem Knebworth-Festi-val 1976 schwenkte er auf Southern Rock um, wie Lynyrd Skynyrd oder Marshall Tucker Band. In den 1980er Jahren kaufte er sich von seinem ersten Lohn eine Musikanlage mit Verstärker und Plattenspieler. Da kamen dann jede Menge LP's dazu. Aber er nahm sich auch viele aktuelle New Wave-Platten auf seinem Tapedeck auf, wie Talking Heads, Sade oder die Italienerin Gianna Nannini.

Noch später in den 1990ern erwarb er sich erst einen Disc-Man, dann einen richtigen CD-Player. Die kleinen runden Silberlinge – auch unter CDs bekannt – lösten die LP's von früher ab. In der Zeit waren seine ab-soluten Lieblingsgruppen die Neville Brothers und der unvergessene Willy DeVille, den Danny sogar zusammen mit Freund Harry 1992 live im Köl-ner Tanzbrunnen erlebte. Und – moderne Zeiten – im neuen Jahrtausend hörte Danny über seinen Laptop oder PC Musik aus dem Internet bei ›YouTube‹ oder sonstige Streamings. Ja, er hatte auch noch einige CDs sei-ner kolumbianischen Lieblingssängerin Shakira und der Halb-Portugiesin

Nelly Furtado, aber Neues von der Musikfront gab es für Danny immer frisch aus dem Internet.

Woodstock & Isle Of Wight Festival

Zwar war Danny nie in Woodstock. Denn das war ja schon 1969 und somit noch viel zu früh für ihn. Seine Festival-Karriere begann erst ein Jahr später, und das auch mehr zufällig, im Sommer 1970, auf dem Isle of Wight-Festival. Aber es gab ja den Film ›Woodstock‹ . Der zeigte die ganze Entwicklung von der Idee über Planung und Aufbau bis zur Durchführung des Festivals. Immer wenn Danny die ersten Takte dieses Songs ›Woodstock‹ von Crosby, Stills & Nash aus dem Jahre 1971 hörte, und dann die ersten Bilder des Woodstock-Filmes sah, wo ein junges langhaariges Paar auf ihren Pferden durchs hohe Gras ritt …

… dann kam bei ihm sofort ein gutes Feeling auf: love & peace & drugs & rock …., wunderbaaa …

Danny's ›Woodstock‹ hieß ›Isle Of Wight‹ und war das dortige Festival 1970. Da spielten 50 Gruppen, u.a. Jimi Hendrix, nur drei Wochen vor seinem Tod, und The Who mit noch lebendem Keith Moon. Dort hörte Danny auch die damalige Hymne der Who, ›Pinball Wizard‹, später auf der LP ›Live At The Isle Of Wight Festival‹ verewigt. Es war für Danny ebenfalls etwas Besonderes, The Doors mit dem noch lebenden Sänger Jim Morrison zu erleben. Wenn dieser Hits wie ›Light my Fire‹, ›Backdoor Man‹ oder ›When the Music is over‹ sang, die Danny sonst nur aus dem Radio kannte. Ja ja, so was live zu hören, war wirklich sehr schön, aber direkt glücklich war Danny deswegen nicht gerade. Allerdings fühlte er sich Jahrzehnte später total happy, dabei gewesen zu sein und all diese tolle Musik erlebt zu haben. Besonders als er 52 Jahre nach dem Festival eine Doku bei ARTE im TV sah, die The Doors auf dem Isle of Wight-Festival 1970 zeigte. Das erwies sich nämlich gleichzeitig auch als der letzte Live-Mitschnitt eines Doors-Auftritts. Und Danny war live dabei gewesen.

53 Jahre war das Festival nun vorbei, und Danny und sein dunkelblonder Freund Zippy waren dabei gewesen. Dabei stolperten die beiden, mit ihren

für damals typische Parkas bekleidet, völlig überraschend in das fünf Tage lang dauernde Isle-of-Wight-Festival 1970. Die beiden waren in dem Sommer nach London getrampt. Dort stöberten sie gerne in den Plattenläden der Carnaby Street herum. In einem der dortigen Shops hatten sie zufällig ein Plakat vom Isle-of-Wight-Festival gesehen. Spontan trampten sie dort hin, jeder nur mit einer praktischen Umhängetasche bewaffnet. Dabei rauschten dann dort viele bekannte Gruppen an Danny, dem damaligen Musikbanausen, leider fast völlig unbeachtet vorbei. Denn er hatte nur Ohren für Fetziges, das er dann aber auch von Jimi Hendrix, The Taste, Ten Years After, Jethro Tull und Emerson, Lake & Palmer zu hören bekam. Danny, der Glückliche, sah und hörte damals anerkannte Musikgrößen, ohne dies überhaupt geplant zu haben. Und dann auch noch als Mega-Event. Denn ein Jahr nach der Regen- und Friedens-Schlammschlacht von Woodstock 1969 versammelten sich beim ›europäischen Woodstock‹, dem Isle of Wight-Festival, eine halbe Million friedliebender junger Menschen bei fünf Tage strahlendem Sonnenschein. Danny erlebte fünfzig verschiedene Rockgruppen und Folksänger: neben den oben genannten Rockstars noch Moody Blues, Procol Harum, Supertramp und Folk-Größen wie Donovan, Joan Baez, Joni Mitchell, Melanie, Kris Kristofferson und den inzwischen verstorbenen Leonard Cohen.

Damals 1970 erlebte Danny das Festival eher wie ein riesiges Sommerfest mit ausgezeichneten Musikbeiträgen. Es war Sommer, das Wetter war gut, und sie fühlten sich wohl. Besonders warme Gefühle voller Wonne hatte Danny bei den Gesprächen und der Schmuserei mit der blonden Ann aus Leeds, während im Hintergrund Jimi Hendrix musizierte. Und später in der Nacht bekam er eine Gänsehaut beim klaren Gesang von Joan Baez. Dabei verabschiedete er sich von Ann. Das alles waren für ihn Glücksmomente.

Aber noch mehr und noch größere Glücksgefühle empfindet Danny heutzutage, wenn er sich nach über 50 Jahren daran erinnert, dass er Zeitzeuge bei diesem großartigen historischen Ereignis gewesen war, dem größten europäischen Musikfestival aller Zeiten.

II. Glück durch Freundschaften

Glück durch die richtigen Leute

Danny hatte schon früh in seiner Kindheit und Jugend das Glück, die richtigen Leute getroffen zu haben. Dieses Glück bemerkte er nicht direkt beim Kennenlernen der Kameraden, sondern erst Jahrzehnte oder gar ein halbes Jahrhundert später. Denn da war immer noch was, das sie zusammenhielt, dass sie sich wieder trafen: entweder die Chemie passte oder sie hatten sich damals gegenseitig geholfen, unterstützt oder voran getrieben. Denn nach 35 oder 50 Jahren jemanden wieder zu treffen, das macht man ja sicherlich nicht mit Menschen, die einem egal sind oder die einem gar geschadet haben. So ist dann das ›Glück durch die richtigen Leute‹ gleichzeitig auch ein Kontrapunkt zum Pech, an die falschen Leute geraten zu sein, also dadurch womöglich auf die schiefe Bahn gekommen zu sein, wie es aus Film oder Literatur bekannt oder auch beim ein oder anderen Bekannten geschehen ist.

Das begann für Danny schon als kleiner Junge, als er aus der Nachbarschaft in Datteln den schwarzhaarigen Pitter O. aus der Meistersiedlung, den kleinen Ronny und den großen schlanken Uli G. vom Schürenheck kennen und schätzen lernte. Mit Volksschul-Klassenkamerad Pitter verband ihn seit den 1950er Jahren die Liebe zum Fußball: sie pöhlten zusammen, diskutierten und ereiferten sich über ihre Fußball-Idole. Das wurde zwar für fast ein halbes Jahrhundert unterbrochen, aber sie ließen ihre alte Freundschaft im neuen Jahrtausend so etwa ab 2010 wieder auferstehen. Erst durch ein langes Telefonat und dann regelmäßig Briefe, in denen Danny dem Pitter auf dessen Wunsch seine veröffentlichten Romane aus Hagen schickte, oder per E-Mails als Rubrik ›Neues aus der Runkeltaiga‹, wie Pitter seine neue Heimat in Dorsten-Lembeck scherzhaft nannte. Gegenseitig konnten sie sich ihres Humors, an Witzen über Fußball oder dem aktuellen Weltgeschehen erfreuen.

Ronny war Dannys Sandkastenfreund, sie spielten auf der Straße, kickerten und sammelten Fußballbilder. Und was war das schön, sich nach Jahrzehnten, inzwischen beide Rentner, in einem Restaurant am Hengsteysee wieder zu treffen.

Uli dagegen war der Abenteurer, der zur See fuhr und sich später in Kalifornien mit Frau und Haustieren nieder ließ. Und trotzdem freuten sich beide einen ›Ast ab‹ . Denn sie trafen sich 2022 nach 60 Jahren wieder, als Uli seine alte Mutter in Halver besuchte.

In der Realschule in Oer-Erkenschwick war er von 1963 bis 1968 zusammen mit dem großen braunhaarigen Florian, mit dem ihn seitdem eine Seelenverwandtschaft verbindet. Sie trafen sich immer wieder, auch heutzutage – über 50 Jahre später – immer noch und immer wieder: Besuche, E-Mails und Anrufe, oder auch mal als verbindende Besonderheit eine gemeinsame Fahrt zum Möhnesee. Sie quatschten über Fußball, Familie und das ganz normale Leben.

Dann gab es da Frankie mit der dicken Brille, der inzwischen in Oberstdorf wohnt. Trotz der großen Entfernung hielten sie auch im neuen Jahrtausend ihre alte Freundschaft aus den 1960er Jahren aufrecht: Treffen in Datteln wie das 50-jährige Jubiläum ihrer Mittleren Reife, oder Briefe, Anrufe oder E-Mails lassen den Kontakt weiter leben.

Danny erinnerte sich an den langen Charlie und den ewig grinsenden Niki.

Außerdem besonders an drei der zahlreichen Mädels aus der Parallelklasse: die hellblonde schlanke Babsi, die 1968 Dannys Tanzpartnerin auf dem Abschlussball war. Mit der hatte er auch heuer noch E-Mail-Kontakt, wenn sie sich regelmäßig schrieben und sich gegenseitig aktuelle Fotos sandten. Die schöne dunkelhaarige Inge traf er später in den 1970er Jahren immer mal wieder. Und die aufgeweckte rothaarige Jutta mochte er schon immer. Sie freuten sich beide über ihr Wiedersehen beim 25-jährigen Jubiläum der Mittleren Reife. Und sie kam sogar zu seiner ersten öffentlichen Lesung 2008 in Datteln.

In Recklinghausen ging Danny von 1968 bis 1971 auf das Aufbaugymnasium. Da hatten sie – obwohl nur drei Jahre zusammen – damals noch als klassischem Klassenverband einen außergewöhnlichen Zusammenhalt bekommen, der sicherlich auch mit zwei gemeinsamen Skiurlauben im Kleinwalsertal und regelmäßigen Kegelnachmittagen zu tun gehabt hatte. Das führte immerhin dazu, dass sich Danny mit Vieren davon ab 2008 regelmäßig in Recklinghausen, am Halterner Stausee, am Hengsteysee oder am Harkortsee traf: und zwar mit dem großen schlanken Fritz, der auch auf Dannys Hochzeitsfeier in Herdecke 2007 mitfeierte, mit Lucas, der mit den hellblonden gescheiteltem Haar, der Danny 1971 die Hocke über das Hochreck beibrachte, mit dem blonden Krauskopf Herbie, der genauso wie Danny ein Weltenbummler wurde und mit Zippy, der mit Danny 1970 zusammen nach London trampte.

Mit dem blonden Lockenkopf Toni Renner, ihrem Klassensprecher, verband Danny eine besondere Herzensfreundschaft, die im nächsten Kapitel ›Mein Captain, mein Captain …‹ ausführlich beschrieben wird.

Außerdem gab es in der Klasse den schwarzhaarigen Pit, den großen hellblonden Rolle, den intellektuellen Kenki mit dem tiefen Blick, den großen dunkelhaarigen Bobo, den immer friedliebenden Peace mit seinem Vollbart und den unauffälligen Rally aus Lippramsdorf. Dazu kamen die Mädels, die hübsche Thea, in die Danny und die halbe Klasse vergebens verknallt war, die brünette Grit und die große Nati mit dem Pferdeschwanz, alle drei aus Dorsten, und die hellblonde Gabse aus Oer-Erkenschwick.

Paris 1972

Da gab es ein überraschendes erstes Wiedertreffen in der Notre Dame-Kathedrale von Paris, als Danny dort im Sommer 1972 an einem Sonntagabend ab 18.00 Uhr einem Orgelkonzert lauschte. Die Kirche war rappelvoll. So setzte er sich mit seiner hübschen und blonden holländischen Mitreisenden Toos auf den Kirchenboden, schloss konzentriert die Augen und genoss das regelmäßige Sonntagsabend-Orgelkonzert. Irgendwann öffnete er einmal die Augen und sah Nati vorbeigehen, seine Ex-Klassenka-

meradin von 1968 bis 1971. »Ja klar«, dachte er, »da geht die Nati vorbei.«
Als wäre das was Alltägliches. Sie hatten sich ja auch drei Jahre lang bis
zum Mai 1971 im Freiherr vom Stein-Gymnasium in Recklinghausen fast
täglich gesehen, weil sie in einer Klasse zusammen das Abitur gemacht
hatten. Aber seit über einem Jahr hatten sie weder was voneinander gesehen
noch gehört. Also beschloss er doch, sie wenigstens zu begrüßen. Er stand
auf, ging ihr hinterher und stellte sie vor dem Altar. Sie war nicht minder
überrascht: »Danny, was machst du denn hier?« »Ja, ich höre mir hier das
Orgelkonzert an. Und du?« »Ich bin hier mit meinen beiden Freundinnen
auf Urlaub.« »Aha, aha.« Das war's dann aber auch schon! Sie trafen sich
zufällig, und unspektakulär war dann auch wieder der Abschied …!

Diese Klasse des Aufbaugymnasiums in Recklinghausen – obwohl sie nur
drei Jahre von 1968 bis 1971 zusammen waren – schien für Danny immer
was besonderes zu sein.

In den letzten Jahren und Jahrzehnten waren allerdings schon sechs der
Jungens gestorben: erst Rolle, dann Pit, später Kenki, Peace und Bobo,
und zuletzt auch noch Toni. Die überlebenden Klassenkameraden/Innen
wollten sich eigentlich zum 50., also zum Gold-Abi, 2021 treffen, das we-
gen Corona aber ausfiel. Das Treffen wurde dann ein Jahr später als 50 + 1-
Gold-Abifeier 2022 nachgeholt. Sie trafen sich zu sieben: von den Damen
Grit und Gabse, von den Herren Fritz, Lucas, Zippy, Herbic und Danny.
Als Live-Zuschaltung mit Bild war die verhinderte Thea über Handy da-
zugeschaltet und hatte so die Möglichkeit, mit jedem einzelnen einige
Sätze zu sprechen.

Das war doch ein voller Erfolg, im Mai 2022 am Halterner Stausee und
an der Stever entlang geschlendert zu sein, vom Lakeside Inn zum Hei-
mingshof. Alle waren glücklich und zufrieden, dieses Event noch erlebt
zu haben.

In Datteln lernte Danny Anfang der 1970er Jahre über den dunkelhaarigen Matthes mit der wilden Matte viele andere Freunde kennen. Mit
Matthes trampte Danny 1974 durch Südeuropa bis nach Istanbul, später
1979 durchreisten sie zusammen Mexiko und die Karibik. Und Matthes

kannte alle, durch ihn machte Danny 1974 die Bekanntschaft mit dem dunkelblonden schlanken Harry Kreuzer, der Dannys Freund fürs Leben wurde. Harry kannte Achim, mit dem Danny 1976 durch Irland trampte, und alle kannten Carlos, mit dem Danny 1988 Thailand bereiste.

Dazu passend Dannys Musikgruppe Söppel, die 1979 nur einen Sommer ›tanzte‹, sich aber 2019 zum 40-jährigen Söppel-Treffen in Datteln wieder zusammen fand.

Und in Hagen lernte Danny Pedro durch die Musik bei Vogelfrei kennen, aber auch andere Musiker, und dabei noch gleich Pedros damalige hellblonde Freundin Carlotta, die Danny später glücklicherweise das Jonglieren beibrachte. Im Gegensatz zu Pedro, der in Lüdinghausen wohnte, den Danny aber schon seit Jahren nicht mehr getroffen hatte, gab es den Kontakt mit Carlotta immer noch. Sie wohnte ja schon seit Längerem mit ihrer Familie in Hessen, aber so vielleicht einmal im Jahr trafen sie sich doch unregelmäßig, entweder mal durch Besuche ihrerseits in Hagen, oder seinerseits in Ishta bei Kassel.

Mein Captain, mein Captain …

Der Toni, der Toni, der war dem Danny immer ein besonderer Mensch, besonders in jungen Jahren, als sie beide von 1968 bis 1971 Mitschüler in Recklinghausen waren. Sie waren nur eine kleine Klasse von 18 Schülern. Aber immerhin lernte er dadurch den lebensfrohen Toni kennen und schätzen, was ein großes Glück für Danny war.

Als sie zum Beispiel zusammen zwei Ski-Urlaube im Kleinwalsertal machten. In jener Zeit hatte Danny zu seinem großen Bedauern leider noch gar nix mit Mädels am laufen. Zwar schwärmte er 1969 und 1970 auf dem Aufbaugymnasium für die kleine hübsche brünette Mitschülerin Thea aus Dorsten, aber es blieb bei einer Schwärmerei. Diese entstand in jener Zeit, als seine Klasse zwei Skiurlaube im Kleinwalsertal machte. Durch die Enge und dichte Atmosphäre einer einfachen Skihütte über jeweils zwei Wochen hatte sich eine noch intensivere Schwärmerei für dieses Mädchen entwickelt. Aber keine Chance für Danny, der ja damals noch ein schüchternes Jüngelchen war. Da gab es andere Kaliber in der Klasse oder der Parallelklasse, die für Thea sicherlich interessanter waren. In einem dieser Kleinwalsertaler Nächte hatte ihr Klassensprecher Toni unterwegs eine gleichaltrige Französin aufgegabelt, mit der er rum machte. Mit der knutschte er schon nach kurzer Zeit. Ja, ja, der Toni war schon ein Sonnyboy, hatte Charme, und die Mädels wurden schnell bei ihm weich. Diese Französin hieß Colette und hatte so einen niedlichen Akzent. Das imponierte Danny sehr. So beschloss er spontan, dass für ihn in der Zukunft auch nur eine Ausländerin als Freundin in Frage käme – eine wie diese süße Französin Colette. Toni hatte ihn also durch sein Draufgängertum auf die Idee gebracht: »Jau, Mensch. So ne Französin, boah eh, datt wäre es. Wenn ich mal ne Freundin hätte, dann sollte sie auch Französin sein, oder vielleicht auch Engländerin …?« Kein Wunder also, dass er seine internationale Brieffreundschafts-Karriere durchstartete. Denn sein Interesse am anderen Geschlecht blieb groß. Also sublimierte er – mangels direkter Kontakte – exzessiv durch weibliche Brieffreundschaften in aller Welt. Und daraus entstand dann Dannys großes Brieffreundinnen-Thema: suchen, finden, treffen.

Und wie schaffte es Danny überhaupt, an Brieffreundinnen ran zu kommen? Klar, dafür bedurfte es ja irgendwelcher Annoncen. Er musste also erst mal da dran kommen. Möglich machte das die Mitgliedschaft in einem Club für Brieffreundschaften. Ja, und wie schaffte er das? Das kam so: Danny kaufte sich hin und wieder die BRAVO, um auf den neuesten Stand in Sachen Pop-Musik und Beat-Gruppen zu kommen. Die BRAVO war in den 60er Jahren die angesagte Zeitschrift für junge Menschen. Allerdings für die normalen Teenies wie Danny, denn die alternativen rebellischen Jugendlichen lasen da schon eher den Musik-Express. Na, Danny jedenfalls kaufte sich die BRAVO, wo alle die bunten Poster von den Bee Gees, Beatles, Rolling Stones, Monkeys und Dave Dee, Dozy, Beaky, Mick & Tich zu sehen waren. Die Fotos schnitt er sich aus, um sie an seine Zimmerwand zu heften. Und in solch einem BRAVO-Heft fand Danny hinten bei Vermischtes die Adresse des Pen-Club ›Penny Lane‹. ›Pen‹ ist ja englisch und heißt eigentlich ›Stift‹, aber in diesem Zusammenhang bedeutet es

›Brieffreundschaft‹ . Und dann auch noch der sympathische Name einer Beatles-Single, die Danny gerade total gerne hörte: »Penny Lane is in my ears !« Na super, dann passte ja alles. Also schrieb er die ›Penny Lane‹ an. Sie antworteten, und er wurde Mitglied in diesem Club. Der Pen-Club schickte ihm per Post einen Katalog mit Namen, Adressen und Fotos, woraus er sich aufs Üppigste bedienen konnte, um an Brieffreundinnen in den verschiedensten Ländern ran zukommen. Er hatte nun also ein kleines DIN-A-5 Heft mit jeder Menge Fotos von Mädels und Jungens und deren Adressen.

Denen, die ihn am meisten ansprachen, sandte er jeweils ein Foto von sich mit einem Brief mit möglichst flotten Sprüchen zu – entweder in Englisch oder Deutsch – und hoffte auf Antwort. Manchmal kam überhaupt keine Reaktion, manchmal entwickelte sich eine jahrelange Brieffreundschaft, ohne dass eine große Verliebtheit dabei heraus kam. Bis auf einmal, da gab es sie doch: bei Marion G. aus Leipzig. Eine wirklich leidenschaftliche Brieffreundschaft hatte er mit seiner ›Winny, dem Hexchen‹ aus Leipzig. Aber sie konnten nicht zueinander kommen …

… obwohl Danny zu einer erstaunlichen Hochform an Charme auflief. Bald entwickelte sich zwischen ihnen eine ausgeprägte ›Leidenschaft im Briefkuvert‹ . Es hagelte feurige Liebesbriefe. Und einmal bekam er sogar eine rote Rose in einem Päckchen von ihr geschickt.

»Ja, aber was bedeutet denn überhaupt eine rote Rose?« fragte sich Danny. Eine rote Rose hab ich ja noch nie bekommen. Was will sie mir denn damit mitteilen …? Es heißt: ›*Bei einer roten Rose ist von Unsicherheit bestimmt keine Spur mehr: Sie steht wie keine andere Blume für die leidenschaftliche Liebe! Schenkt Ihnen die Frau Ihres Herzens eine rote Rose, so ist sie nach alter Tradition in tiefer Liebe entbrannt. Seit jeher verspricht die rote Rose: ›Ich liebe dich über alles.‹*

»Ja, das ist ja man eine Ansage«, dachte sich Danny, »Mannomann! Da bekomme ich ne rote Rose von der tollsten Frau, die ich kenne. Das muss Liebe sein.« Seitdem verband Danny seine Brieffreundin aus Leipzig, sein ›Hexchen Winny‹, für immer und ewig mit dem zarten Rest-Duft der roten Rosenblätter, der ihm aus dem kleinen Päckchen entgegen strömte. Na, wenn das nicht ein riesiges Glücksgefühl in jungen Jahren war …!

Deshalb plante er also 1969, seine Winny in Leipzig bald zu besuchen. Aber das war einfacher gesagt als getan. Wenn sie in Ost-Berlin gewohnt hätte, dann wäre es mit einem Tages-Visum von West-Berlin aus gegangen. Wie Udo Lindenberg das später so schön in seinem Lied besungen hatte. ›Mädchen aus Ost-Berlin …‹ Oder wenn er wenigstens ein Besucher der Leipziger Messe gewesen wäre, dann hätten ihn die DDR-Behörden als potentiellen Wirtschafts-Handelspartner und Devisenbringer immer gerne willkommen geheißen. Verwandte waren sie auch nicht. Da schienen die Chancen für Danny ziemlich schlecht. Trotz alledem stellte er bei den DDR-Behörden einen Besuchsantrag für Leipzig. Aber aus dem geplanten Besuch, da wurde leider nichts draus. Der wurde ihnen verwehrt: er durfte sie nicht besuchen. Er bekam dafür keine Einreisegenehmigung, da sie nicht miteinander verwandt waren. Nur bei Verwandtschaft machte man damals eine Ausnahme für eine Besuchserlaubnis, wenn überhaupt. Es waren ja DDR-Zeiten; und Ende der 60er Jahre herrschte noch der ›Kalte Krieg‹ zwischen den NATO-Staaten und den Warschauer Pakt-Staaten. Der ›Eiserne Vorhang‹ ging mitten durch Deutschland, teilte die beiden Teile in zwei Staaten auf und stand als unüberwindbare Hürde zwischen den beiden Liebenden. Die Entspannungspolitik wurde erst von Willy Brandt ab Anfang der 1970er Jahre initiiert.

Danny bekam schließlich am 21. April 1969 den für ihn bedauernswerten abschlägigen Bescheid von der DDR-Behörde in Ost-Berlin: große Trauer – schade, schade! Also wurde es mit einem Besuch bei seiner Brieffreundin leider nie was …

… Denn sie konnten nicht zueinander kommen.

Bei dieser leidenschaftlichen Brieffreundschaft, da hatte Danny kein Glück, leider überhaupt kein Glück gehabt.

Bei anderen jahrelangen Brieffreundschaften führten diese sogar in drei Fällen zu Besuchen bei den ausländischen Mädels: im Sommer 1970 traf er ein paar Mal Suzanne Moses in London, im Herbst 1971 wohnte er sogar für 2 Wochen bei Inger-Lise Hansens Familie im dänischen Vandel bei Veilje, und 1974 besuchte Danny seine iranischen Brieffreundin Charlotte Bagheri in Teheran. Nun ja, aber große Verliebtheit kam dabei nie raus. Immerhin lernte Danny durch Inger-Lise ihre Schwester Jytte kennen, mit der er später für ein Jahr zusammen war …

Aber damals in Recklinghausen waren Danny und Toni öfters in wichtigen Gesprächen vertieft, auf der Suche nach dem Sinn ihres jungen Lebens. Danny erinnert sich: »Da war einmal ne geile Szene an der Bushaltestelle in Recklinghausen: Toni hatte so ne tolle Freundin mit kurzen blonden Haaren. Sie war so der Typ Gila von Weitershausen, damals eine angesagte deutsche Schauspielerin aus dem Film ›Nicht fummeln, Liebling‹. Jedenfalls die beiden, also Toni und seine Freundin, nennen wir sie mal ›Gila‹, die knutschten im Stehen, an eine Mauer gelehnt. Ich schaute mir das alles genau von der Seite an.« Das bemerkte Toni und fragte: »Was guckste so? Willste was lernen?«

»Ja, klar«, Danny wollte alles lernen und antwortete ungeniert: »Genau, Alter. Knutschtechnik ist wichtig. Leider bisher nur Theorie für mich. Praxis wäre besser.«

Beim gemeinsamen Lernen fürs Abitur hatten sich ein paar Jungens damals zusammen getan. Sie trafen sich in Tonis Zimmer bei seinen Eltern in Recklinghausen. Da verschwand der Toni doch einfach mal mit seiner Freundin Gila in ein Nebenzimmer: »Wir machen da nur mal eben einen klar …!« Aha, aha, ahaaa, nur mal eben ne schnelle Nummer mit ihr schieben: Mann-Mann-Mann, was war der für ein Filou. Kein Wunder, dass er im ersten Anlauf das Abi nicht schaffte. Dagegen machte Danny irgendwie mit Hilfe einiger äußerst wagemutiger Klassenkameraden und Leid-Genossen doch noch das Abi: in Form einer prähistorischen ABM-Maßnahme, haha, sozusagen eine Abiturbeschaffungsmaßnahme. Und Toni, tja, der musste im Sommer noch mal zur Nachprüfung ran. Aber dann hatte er das Abi ein paar Monate später auch geschafft.

Und aus ihm wurde die ›größte Nummer‹ der ganzen Klasse: Arzt, Dr. Toni Renner und Leiter einer orthopädischen Klinik in Rheinland-Pfalz.

Danny hatte Toni nicht nur aus seiner Jugendzeit in bester Erinnerung, nein, auch in späteren Jahren, als sie sich als erwachsene Männer 1990 wieder trafen. Aus Toni war inzwischen Dr. Toni Renner geworden, der damals als junger Arzt in Lüdenscheid-Hellersen arbeitete. Und Danny leitete als Sozialarbeiter das Hagener Jugendinformations-Zentrum. Dabei hatten die beiden wirklich einige tolle Momente, als Toni einen Besuch bei Danny in Hagen machte, und sie für einen langen Abend und eine halbe Nacht am Lagerfeuer saßen. Sie redeten und redeten und redeten. Als Danny merkte, dass Toni aufbrechen wollte, war er sehr verwundert, als Toni fragte, ob er eben mal kurz in Dortmund anrufen könne …? »Er kannte da noch ne Perle.« Toni rief dort an und machte ein Spontan-Date mit der Frau in Dortmund klar. Fuhr dann mit seinem Porsche mitten in der Nacht noch weiter nach Dortmund …: ›man gönnt sich ja sonst nix, oder …!?!‹

Toni stand für Danny immer für große Lebensfreude und positives Denken, jemand, der Spaß an Sport, Freundschaft und einem guten Leben hatte.

Dann kamen im neuen Jahrtausend – moderne Zeiten – erst ein paar Jahre Facebook-Kontakt zwischen Danny und Toni, wobei sie sich gegenseitig Fotos, Storys und Infos sandten. Danny schickte ihm auch Fotos von den diversen Mini-Klassentreffen ihrer gemeinsamen Klasse, mal aus Recklinghausen, vom Halterner Stausee oder vom Hengsteysee. Und schließlich kamen E-Mails zu Tonis orthopädischer Klinik in Rheinland-Pfalz hinzu.

Am 02.04.2019 schrieb ihm Danny: »*Lieber Toni, letztens haben wir uns telefonisch verpasst, als du hier zu Hause bei mir anriefst, und ich grad im Fitness-Center war. Deshalb noch mal ein Versuch, dich zu kontaktieren. Du weißt ja, dass ich an meinem definitiven Fußball-Roman schreibe, der teilweise auch autobiographische Züge enthält. Im Kapitel ›das verpatzte Sportabitur‹ schildere ich, wie ich mit deiner Hilfe und der von Lukas die Angst vor dem Hochreck überwunden und hinterher erfolgreich die Hocke übers Hochreck geschafft habe. Weiter hinten im selben Kapitel kommt Hans-Peter Briegel vor, als Verbindung zwischen Leichtathletik und Fußball … Jetzt meine Frage: da ihr beiden im selben Kapitel vorkommt, dachte ich, das wäre doch eine nette Anekdote und sehr erwähnenswert, dass Ihr beiden sogar im späteren Leben miteinander in Kontakt standet, nur durch dein OP-Skalpell voneinander getrennt … Ich weiß, dass du ihn erfolgreich operiert hast, und sein Dank dir ewig hinterher wandert … Kann ich das im Roman erwähnen? Oder besser nicht? Falls ja: woran hast du ihn operiert? An der Schulter? Oder sonst wo …?*

So, mein Lieber: du kannst mir gerne eine Kurz-E-Mail zusenden. Oder wenn Dir das zu aufwendig ist, mich lieber anrufen. Alles Gute und viel Erfolg wünscht dir dein alter Schulfreund Danny Kowalski«

Statt einer Antwort von Toni, dem Vielbeschäftigten, erhielt Danny am

02.04.2019 eine E-Mail von Tonis Sekretärin, Frau Herzegut: »*Hallo Herr Kowalski, ich habe Herrn Dr. Toni Renner zwischen zwei OPs Ihre Email vorgelegt. Er sagt, dass Sie Hans-Peter erwähnen können. Der Kontakt besteht aktuell immer noch, und er hat sicherlich auch nichts dagegen. Mit freundlichen Grüßen Hanna Herzegut*«

Auf Dannys Nachfrage wegen Hans-Peter Briegel noch am selben Tag bekam er direkt von ihr eine Antwort: »*Toni hat Hans-Peter Briegel nach einem schweren Unfall auf Zypern bei erlittener Trümmerfraktur re. Ellbogen dort im Krankenhaus operiert, da die Ärzte auf Zypern dazu wohl nicht in der Lage waren. Das war der Beginn des gemeinsamen Urlaubes in 2011. Mit freundlichen Grüßen Hanna Herzegut*«

Dannys Fußballbuch ›Die sieben Jahreszeiten eines Fußball-Fans‹ kam im Sommer 2019 heraus. Und wie abgesprochen, schickte Danny seinem alten Kumpel Toni ein Exemplar zu. Danny wusste zwar von Frau Herzegut, dass Toni krank war und zu Hause lag, aber nicht, was es für eine Krankheit war. Deshalb schrieb er am 23.07.2019 an die Klinik: »*Hallo, liebe Frau Herzegut, liebe Grüße und gute Besserung an Toni Renner, falls er immer noch krank sein sollte. Auf jeden Fall scheint er ja den Sportroman von mir bekommen zu haben. Denn heute ist die Überweisung auf meinem Konto eingegangen. Dafür sagen Sie ihm bitte einen schönen Dank. Außerdem natürlich viel Spaß bei der Lektüre … wünscht mit lieben Grüßen an Sie und Toni Renner. Danny Kowalski*«

»Und dann war er auf einmal tot-tot-tot, der große Toni, Sportskanone, Zehnkämpfer, Frauenheld, Charmeur und Menschenfänger …!« Danny trauerte 2021 um seinen Captain, seinen Toni for ever …

Ihr gemeinsamer Klassenkamerad Herbie hatte es 2021 irgendwie raus gefunden, dass Toni nicht mehr lebte. Danny konnte es kaum glauben, weshalb er sich auch bei Tonis Klinik in Rheinland-Pfalz erkundigte. Denn in den letzten Jahren hatte er – wenn überhaupt mal Kontakt zu Toni – meistens eine Kommunikation per Telefon oder E-Mails mit seiner Sekretärin in der Orthopädischen Klinik, wo Toni operierte: »Schultern-Schultern-Schultern …, er war so gut in Schultern, dass er noch Schultern operierte, als die meisten seiner Klassenkameraden schon in Rente waren …«

Als die Sekretärin, Frau Herzegut, Danny die traurige Nachricht bestätigte, dass Toni inzwischen tatsächlich verstorben war, schrieb er ihr am 26.01.2021 ergriffen:

»Liebe Frau Herzegut, vielen Dank für Ihre rasche E-Mail-Antwort. Auch dafür, dass Sie mir mitgeteilt haben, warum und wie Toni Renner gestorben ist. Oje, wie schrecklich hatte es ihn auf einmal erwischt. Und wie schlimm es für Sie war, und wahrscheinlich auch immer noch sein muss, wenn Sie daran denken …

Ja, er war wirklich ein besonderer Mensch. Wie Sie sehen, kommen auch von mir aus seiner alten Heimat in Westfalen ›kleine Worte für einen großen Menschen‹ :

›*Mein Captain, mein Captain,*
lieber Freund und Klassenkamerad Toni,
wir haben zusammen intensive Jahre auf der Piste
(<- ich sag nur Kleinwalsertal)
und einige tolle Momente im späteren Leben erlebt
(<- eine halbe Nacht am Lagerfeuer).
Du standest für mich immer für große Lebensfreude und positives Denken,
jemanden. der Spaß an Sport, Freundschaft und ein gutes Leben hatte.
Deshalb wirst Du immer einen Platz in meinem Herzen haben.
Forever Danny‹

Mit freundlichen Grüßen und alles Gute und viel Gesundheit wünscht Danny Kowalski

Frau Herzegut antwortete noch am selben Tag: »*Lieber Herr Kowalski, ja, es hat uns alle unfassbar traurig gemacht. Er war unser Herz. In seinen Krankheiten, Prostata-CA (OP 10.07.19) und Glioblastom nur 14 Tage später diagnostiziert, OP am 26.07.19 sowie erneut am 29.08.19 mit Schlaganfall, war er ein liebenswerter Kranker. Er wurde zu Hause versorgt, hat sich nie beschwert, war immer glücklich bei meinen täglichen Besuchen. Es war schlimm, ihn so zu sehen und wenn mir die Tränen liefen, hat er mich noch getröstet. Er wird immer in unseren Herzen bleiben, wir vermissen ihn unendlich. Liebe Grüße und bleiben Sie gesund. Hanna Herzegut*«

Boah, das hieße ja auch, dass die letzten Kontakte zwischen Danny und Toni genau 2019 waren. Also Tonis vergeblicher Anruf bei Danny zu Hause und Dannys E-Mails an und von Frau Herzegut, waren alle in der Zeit, als Toni seine drei entscheidenden OPs und seinen Schlaganfall bekommen hatte, ohne dass Danny damals von der lebensgefährlichen Krankheit seines Schulfreundes gewusst hatte …

… und dann ging Toni am 13. Juli 2020 für immer über die Regenbogenbrücke, wahrscheinlich mit einem jugendlich verschmitzten Lächeln im Gesicht. Danny hatte Glück gehabt, diesen lebenslustigen Kerl überhaupt kennengelernt zu haben. Deshalb war er umso trauriger, als er so plötzlich starb. Und er war doch nur 69 Jahre alt geworden.

Als Danny und die anderen seiner Mitschüler und Mitschülerinnen mit inzwischen über 70 Jahre langsam doch über das Altern nachdachten …:

»Mein Captain, mein Captain …«

Holy Flip, die Kinder des Glücks

»Whanaùngatanga – dieses Wort der neuseeländischen Maori
steht für das elementare Gefühl von tiefer Verbundenheit in der Gemeinschaft.
Die Maori geben damit ihrer Überzeugung Ausdruck,
dass dem Einzelnen ein befriedigendes Leben nur dann vergönnt ist,
wenn er in einem größeren Gefüge aufgeht.
Weil das Geschick aller untrennbar mit dem eigenen verbunden ist.
*Also nur wenn alle gewinnen, gewinne ich auch.«**[*]
… so nennt Horst Lichter das ›Glück auf Maori‹

In Herten lernte Danny Mitte der 1970er Jahre den dunkelbraun-haarigen Laufi kennen, den langmähnigen und immer lustigen Zampano der Holy Flips, den Kommunikator, Multiplikator und Zusammenbringer.

---

[*] *Horst Lichter – Ich bin dann mal still, München 2020, S. 164 f.*

Und dadurch auch all die anderen von Holy Flip, den glücklichen Kindern aus den 70ern:

oben links: Laufi; oben Mitte: Holy Flip-Heft Nr. 2; rechts oben und unten Mitte: Laufi und Manolito;
links unten: Holy Flips in Herten; rechts unten: Tretraeder in Datteln.

Laufi und Danny hatten von Anfang an sehr starke ›Good Vibrations‹ zueinander. Die beiden ließen den Kontakt auch über Jahrzehnte hinweg und über das neue Jahrtausend hinaus nicht abreißen. Deshalb trafen sie sich auch 2020 immer noch persönlich, als Danny im Laufe der letzten Jahre Laufi mehrmals im Wendland besuchte.

Aus dem letzten Besuch von Danny bei Laufi resultierte auch ein Facebook-Posting von Danny vom Februar 2020: »Letztes Jahr besuchte ich Laufi im Wendland. Er versprach mir, die beiden fehlenden Holy Flip-

Hefte von Mitte der 1970er Jahre von damals in Herten raus zu suchen. Jetzt sind sie da. Voila oben in der Collage: ›Holy Flip 2‹ und ›Holy Flip 4‹, Zeitungen von Hippies, Freaks und Inter-Universalismus.

Woraufhin sich eine angeregte Facebook-Unterhaltung zwischen ehemaligen Holy Flips entwickelte. Danny an Sigurd Helikopter: »Das ist doch bestimmt ein Posting nach deinem Geschmack, Sigurd, oder ...?« Sigurd, der damals dunkelhaarige Vollbartträger aus Datteln, postete als Antwort: »Daumen hoch.«

Danny plauderte weiter aus dem Nähkästchen: »Damals bei diesen Holy Flips von Laufi und seinen verrückten Freunden und Freundinnen, gedda, liebe Baku, da waren jede Menge Freaks und Hippies aus ganz Deutschland oder England dabei. Die Zentrale war in Herten, aber es gab auch Ableger und Filialen in Recklinghausen und in Datteln, wie z.B. das damalige berühmt-berüchtigte Tetraeder um Carlos und mich.« Baku, die damals gemütliche junge Frau mit Afghanen-Mantel und langen dunkelblonden Haaren, fühlte sich direkt angesprochen: »Ja, remember the Future ... ...wir können ja ne neue Flipper-ÄRA ins Leben rufen ...: Rollstuhl schiebt Kinderwagen ...«

Danny ergänzte: »Dazu passt ja auch gut dein Beitrag, liebe Baku, aus dem Holy Flip 2.« Baku konterte: »Die Worte stammen aber vom Laufi, da hab ich in meinen Büchern auch noch so manche Geschichten, Fotos und Liebes-Erklärungen! Ja, lass uns ein ›Oldtimer-Sammelsurium‹ erstellen, du bist ja schon Profi ...«

Dann schaltete sich auch Willem ein, der flippige dunkelhaarige Afghanistan-Reisende, und benannte die Personen auf dem Foto, oben in der ›Holy Flip‹ –Collage: »Hinten Baku, Ischi, Moni.« Und Danny ergänzte: »Genau, Willem, und vorne Didi und ich, hihi ... Und hier noch was aus dem Holy Flip-Zentralorgan von Laufi & Willem.«

Willem erklärte sich: »Das Foto rechts wurde übrigens in Mashad/Persien gemacht, und zwar für das Afghanistan-Visum damals.« Danny erinnerte sich: »Genau, damals 1974, lieben Willem, waren wir beide in Afghanistan. Vorher war ich auch in Mashad. Ich war dort wegen meiner 2. Cholera-Impfung. Mein Visum hatte ich schon in Teheran bekommen ...«

Ja, das waren friedliche Zeiten damals, als Danny 1974 über seine Bekanntschaft mit der Dattelnerin Gila erstmalig mit den Holy Flips in Her-

ten zusammen traf: Laufi, Willem, Ischi, Didi, und wie sie alle hießen …
Sie trieben sich aber Mitte der 1970er Jahre auch in Recklinghausen oder
bei den Wildpferden im Merfelder Bruch herum …

Dazu passend gab es auch noch das ›Tetraeder‹ aus Datteln. Vier junge
Männer waren Mitte der 1970er Jahre ein extrem aktiver Ableger der Holy
Flips. Damals fühlten die vier Freunde eine super starke Verbindung zwischen sich: eben Achim, Carlos, Harry und Danny. Die vier brachten sogar
1977 mal zusammen zwei Autos von Dortmund nach Sizilien: ›Tetraeder-
Travelling-Company‹, haha … Deren gemeinsame Freundschaften hielten
zwar auch ganz schön lange, waren dann aber doch nicht so emotional
stabil, dass es für die Ewigkeit hielt. Denn heutzutage gibt es von den vieren
nur noch eine einzige aktive Beziehung, und zwar die ewige Freundschaft
zwischen Harry und Danny, forever …

Aber insgesamt verhielt es sich für Danny mit seinen Freundschaften so,
dass er die wenigen wichtigen Freunde im Leben nicht in dem Moment
des Kennenlernens als Glück empfand. Ja, wie sollte das auch gehen …!?
In diesen Momenten hatte er einen neuen Menschen kennen gelernt. Aber
dass sich dadurch eine Freundschaft, Jahre oder gar Jahrzehntelang, ent-
wickeln würde, das hatte sich ja erst in der Dauer der Freundschaft heraus
gestellt. Ja, dann kam erst das Glücksgefühl, einen Freund zu haben, irgendwann vor Jahrzehnten einen Freund gewonnen zu haben. Das ist und
war dann immer ein Kontrapunkt zum ›Glück als rastlosem Gesellen‹,
sozusagen das Glück einer Freundschaft als ›steter Geselle‹ …

III. Glück durch Lernen, Wissen, Studium

Vom ABC bis zur Mittleren Reife

In der Josef-Volksschule in Datteln-Hagem lernte Danny von 1958 bis 1963 erst das ABC und erfreute sich an so manchem Lob seiner Klassenlehrerin Fräulein Lordels, die mit dem ewigen Dutt. Danny war schon damals sehr kreativ. Und an den Wänden seiner Klasse hingen des öfteren von ihm gemachte frühe Collagen, in Form von auf Pappe geklebten Zeitungspapier-Ausreißbildern. Da freute er sich natürlich auch als Kind sehr darüber. Neben den kreativen Fächern hatte Danny besonders Spaß an Heimatkunde: die Länder, Flüsse und Städte von nah und fern interessierten ihn sehr.

Auf dem Schulhof der Volksschule ging es in den Pausen zwischen den Unterrichtsstunden immer hoch her. Da lief Danny mal als ›Freund‹ für eine halbe Stunde Arm-in-Arm über den Schulhof mit dem dunkelhaarigen Ecki Täusch, der später Dattelns bekanntester Zuhälter wurde. Oder dann war er mit dem Stoppel-kurzhaarigen Henner Zoppich befreundet, der später Dattelns berüchtigter Kleinkrimineller und Dealer wurde.

Ja, das waren Ende der 1950er Jahre Zeiten von kurzen Freuden und starken Freunden. Die suchte sich Danny als kleiner Pimpf gerne mal aus. Denn auf dem Rückweg von der Schule nach Hause lauerten öfters irgendwelche Banden oder größere Jungens, die den kleinen Pimpfen alles abnahmen, was die so an Wertsachen in der Tasche hatten: nen Groschen oder ein Bonbon, viel mehr kann es ja eh nicht gewesen sein.

Zeitgleich in den 50ern trieben – von Danny völlig unbemerkt – im fernen Kalifornien wilde junge Männer ihr Unwesen, wie der Schauspieler

James Dean oder der Schriftsteller Jack Kerouac mit seiner Beat Generation.

Später auf der Realschule in Oer-Erkenschwick eiferte Danny gerne ihrem runden und gemütlichen Erdkunde-Lehrer Herrn Tamich nach. Der begeisterte die ganze Klasse und interessierte sie für ferne Länder, indem sie mit dem Finger auf der Landkarte exotische Gegenden aufspürten und geheimnisvolle Routen nachverfolgen sollten. Er hatte so was, dass sich zumindest die Fantasie-begeisterten wie Danny in ihrer eigenen Imagination vorstellten, wie es vielleicht dort in den fernen Fremden aussah. Das hatte damals bestimmt schon ein fruchtbares Korn in Danny gepflanzt, das ihn später auch tatsächlich Abenteuer in fernen Ländern erleben ließ.

Außerdem freute Danny sich über andere Aufmerksamkeiten, wenn er für eine ›Zwei‹ in einer super Mathe-Arbeit ein Fünfzigpfennigstück von seiner Mutter Marie bekam. Oder sogar auch mal ein Zweimarkstück für nen ›Einser‹ oder eine Mark für ein ›gut‹ auf dem Zeugnis als Geschenk von Opa, Oma, Mutti, Vaddern, oder wer gerade da war.

Das waren dann so kurze Glücksmomente, die aber trotzdem dazu führten, immer weiter, immer weiter zu machen: lernen, lernen, oder einfach ohne Probleme durch die Schule zu ›rauschen‹. Das fiel dem Danny gar nicht schwer, so dass er auch den Sitznachbarn aus der Realschul-Klasse, Niki Siegwitz, locker zur Mittleren Reife durchgezogen hatte. Der große Niki mit dem ewigen Grinsen im Gesicht schaute während der Klassenarbeiten gerne bei Danny ab, weil der meistens richtige Ergebnisse wusste, und diese ließ er auch großzügig abschreiben …

Jedenfalls bestand Danny die Mittlere Reife in Oer-Erkenschwick 1968 ›locker vom Hocker‹ .

Pack die Badehose ein …

»… *nimm dein kleines Schwesterlein.*
Und dann nischt wie raus nach Wannsee.
Ja, wir radeln wie der Wind, durch den Grunewald geschwind.

Und dann sind wir bald am Wannsee.
Hei, wir tummeln uns im Wasser, wie die Fischlein, das ist fein.
Und nur deine kleine Schwester, nee, die traut sich nicht hinein.
Pack die Badehose ein, nimm dein kleines Schwesterlein,
denn um Acht müssen wir zuhause sein …«

… so hieß ein Schlager aus dem Jahre 1951, von Conny Froebess gesungen.

Lustigerweise war 1951 auch Dannys Geburtsjahr. Aber bevor er selber die Badehose einpackte, und gar sein kleines Schwesterlein zum Strandbad schleppen konnte, da musste er erst noch selber die Angst vor dem kalten Nass überwinden, und dann auch noch Schwimmen lernen …

Denn Neunzehn-Fünfzig-Sieben: im alten Dattelner Freibad am Dortmund-Ems-Kanal wollten ihn seine Eltern mit dem Element Wasser vertraut machen. Das löste jedoch bei ihm einen exzessiven Schreikrampf des Schreckens aus, da er doch nur das warme Wasser der heimischen Badewanne oder der Zinkbütt gewohnt war, nicht jedoch die als erfrischend geltende Temperatur eines ungeheizten Freibades. Wo andere Kinder vor Vergnügen jauchzten, musste der kleine Danny vom Vater auf dem Arm aus dem Wasser getragen werden. Noch mal Glück gehabt.

Erst später, Ende der 50er Jahre, im Hallenbad von Werne, im überdachten Nass eines geordneten Schwimmbeckens, lernte Danny unter Anleitung seines Vaters Götz die ersten Schwimmzüge …: das war toll, Stolz und Glück in einem bei seinen ersten Schwimmzügen, die ihn selbständig über Wasser hielten.

Dann kam auch ein paar Jahre später 1962 das Frei- und Fahrten-Schwimmerabzeichen, die er sich im Münsterländer Waldsee am Ladbergener Campingplatz erwarb, an seine Badehose. Und gar 1964 der Jugendschwimmschein obendrein: alle drei Urkunden erfüllten ihn mit Stolz, klar, ein wenig glücklich sein gehörte auch dazu. Aber ehrlich: das war dann eher kindliche Routine. Erst der allererste Schwimmzug, dann die offiziellen Schwimmabzeichen als Freischwimmer, Fahrtenschwimmer und später Jugendschwimmschein. Das war dann eher so die Rubrik: weiter, weiter, immer weiter machen …

Wer hätte das gedacht, dass Danny als Wasser-Angsthase der 1950er Jahre im Laufe von nur ein paar Jahren auf einmal ein super Schnellschwimmer in den 60ern wurde …!?

Die Ängstlichkeit vorm Wasser wurde ihm ja von seinem Vater Götz Ende der 50er Jahre genommen, der ihm dann sogar das Schwimmen im Werner Hallenbad beibrachte. Als er 1963 in die Realschule in Oer-Erkenschwick kam, hatten sie innerhalb des Sportunterrichts regelmäßig einmal pro Woche eine Stunde Schwimmen. Er entwickelte sich innerhalb von ein paar Jahren zum Spitzenschwimmer in Sachen Kraul- und Rückensprint. Nachdem sein älterer Bruder Gerry 1965 mit Mittlerer Reife die Realschule verließ, der vorher der schnellste Schwimmer der Schule war, übernahm kurzerhand Danny dieses ›Amt‹: nun war er der schnellste Schwimmer der Realschule. Das machte ihm Spaß, er glitt wie ein Fisch durch die Fluten des Hallenbades in Oer-Erkenschwick und schwamm beim Kraul und Rückenschwimmen allen anderen Mitschülern davon. Das bescherte ihm jedes Mal ein ›gut‹ oder sogar ›sehr gut‹ im Sport auf den Zeugnissen. Ja gut, das war eine schöne Bestätigung seiner Leistungen. Aber machte es ihn glücklich? Nur kurz, denn er war da sehr ehrgeizig. Und daher hieß es: immer weiter, immer weiter …

Deshalb meldete er sich auch beim TSG Datteln an, was eigentlich ein Turnverein war, der aber auch eine Schwimmabteilung hatte. Dort absolvierte er einige Jahre Leistungsschwimmtraining und machte jede Menge Schwimmwettkämpfe mit: zu Hause in Datteln und auswärts in Ahaus oder Waltrop. An einen Schwimmwettkampf erinnert sich Danny noch heute, den er mal als Arbeitstitel ›Reis mit Mette‹ benennen möchte. Seine Eltern waren an dem Sonntag weggefahren, als der Schwimmwettbewerb an einem Nachmittag 1967 im Dattelner Hallenbad stattfand. Seine Mutter hatte ihm was zum Essenkochen hingestellt, so dass er nicht zu verhungern brauchte: eine Tüte Reis und einen dicken Ballen Mette. Sie hatte aber versäumt, ihm zu erklären, wie er damit eine Mahlzeit hinzaubern konnte.

links oben: Frei- und Fahrtenschwimmer 1962 + Jugendschwimmschein 1964; rechts oben: Freibad in Datteln, 1950er Jahre; rechts Mitte + links unten: Rückenschwimmen im Dattelner Hallenbad 1967 mit dabei gewonnener Goldmedaille; rechts unten: Open Water Dive-Pass von 1995

So kochte er sich den Reis laut Angaben auf der Tüte 20 Minuten schön gar, und locker flockig – wie er sein soll – fiel er auf seinen Teller. Das Mett kannte er nur von Mettebrötchen: also würzte er es mit Salz und Pfeffer. Da stand er nun mit seinem Teller heißem weißen Reis und nem Batzen roher Mette. Er aß es abwechselnd, aber es war eine dröge Angelegenheit. Und nach dieser merkwürdigen Mahlzeit fühlte er sich dick und aufgebläht wie ein Ballon. Er dachte: »Oh je, wie soll ich so noch nen schnellen Schwimm-Wettbewerb hinkriegen!?« Aber: oh Wunder, bis zum Start am Nachmittag hatte sich das Völlegefühl verzogen, und er machte einen ordentlichen 50 m-Rückenwettkampf. Dachte er jedenfalls, als er als Dritter am Ziel anschlug. Zufrieden tappte er nach Hause. Als er dann beim nächsten Training seines Schwimmvereins erschien, fragte man ihn erstaunt, warum er denn nicht bis zur Siegerehrung gewartet hätte? Er hätte schließlich den ersten Platz im Jahrgangsschwimmen des Jahrganges 1951 im 50 m-Rückenschwimmen gemacht. »Wieso Siegerehrung, wieso Erster, wo ich doch als Dritter angeschlagen hatte?« fragte Danny. »Ja, die anderen beiden vor dir waren halt von nem anderen Jahrgang«, war die überraschende Auflösung. Da hatte er doch tatsächlich mit jeder Menge ›Reis mit Mette‹ im Bauch sogar den Wettbewerb gewonnen. Das muss ja ein wirklich gut wirkendes Doping gewesen sein …!? Aber immerhin ein kurzes Glücksgefühl im Nachhinein, ungefähr so ähnlich wie heutzutage ein später gegebenes Tor beim Fußball nach längerer Beratung des Schiris mit dem Video-Schiedsrichter.

Seine Mutter klärte Danny hinterher auf, wie er sich aus den Essenszutaten was Leckeres hätte kochen können. Ja, heutzutage, nach 20 Jahren Single-Haushalt und nach 6 Thailand-Urlauben und nach Hunderten von selbst gekochten leckeren Thai-Gerichten, da wüsste er auch, was er mit Reis und Mette alles Leckeres anstellen könnte: auf jeden Fall wäre heute ›Reis mit Mette‹ nicht so eine dröge Angelegenheit wie in den 60er Jahren, wo er fast an dem Gericht erstickt wäre.

Dafür würde er auch heutzutage nicht mehr so schnell schwimmen wie vor über 50 Jahren, egal welcher Jahrgang: obwohl, er käme da ja mittlerweile in die Seniorenklasse: »Vielleicht würde es jetzt doch wieder zum Jahrgangssieger reichen, haha …!?«

Später wurde aus Danny sogar noch ein richtig geübter Schnorchler, der 1978 an der mexikanischen Karibikinsel Isla Mujeres sogar zum ersten Mal ein tropisches Korallenriff mit all den bunten Fischen und Korallen umschnorchelte. Das war ja mal wirklich eine Ausgeburt von Freude und Glück für ihn, zum ersten Mal im Leben direkt vor den eigenen Augen zu sehen, wie Mengen von bunten Fischen die Korallen umschwammen, was er sonst nur aus dem TV kannte.

Er vertiefte das tropische Schnorcheln 1988 in Thailand am Pranang Beach bei Krabi, als er zusammen mit der kleinen hübschen brünetten MaryLou den ›Gorilla‹ -Felsen umschnorchelte. Später dann immer mit seiner Freundin, der mal rothaarigen, dann dunkelhaarigen schlanken Moni, erst auf der Kanaren-Insel La Palma 1992, und in Hikkaduwa an der Küste von Sri Lanka 1993. Und danach lernten die beiden zusammen sogar 1995 in Khao Lak, Süd-Thailand, das Tauchen. Und später 1996 und 1997 in Thailand und dann 1998 vor der Küste der Dominikanischen Republik erlebten sie diverse Tauchgänge an tropischen Riffs und Wracks. Alle diese Schnorchel- und Taucherlebnisse waren toll und von erheblichen Glücksgefühlen begleitet. Besonders der eine Moment, als nach vier Tagen harter ›Arbeit‹ unter und über Wasser, und dabei viel Theorie pauken, irgendwann am letzten Tag ihres Tauchkurses unter Wasser der dänische Tauchlehrer Bjarne zu jedem einzelnen schwamm und jedem die Hand schüttelte. Sie hatten bestanden und waren jetzt ›Open Water Diver‹, whow …! Sie durften somit von da ab überall auf der Welt mit ihrem Ausweis eine Tauchausrüstung leihen und tauchen: »Herzlichen Glückwunsch!«

»Og mange tak, kaere Bjarne.« Also: ›vielen Dank, lieber Bjarne‹ . Was aber niemand dort machen sollte, nämlich bloß nicht in diesem Moment vor Freude und Glück die Luft anzuhalten. Denn das wäre einer der Todsünden beim Tauchsport, auf keinen Fall, wirklich nie-nie die Luft anhalten. Immer weiter atmen, das war und ist die Devise fürs Unterwasser-Tauchen. Sie liebten es einige Jahre, überall in den Tropen zu tauchen, wo sie hinkamen und wo es möglich war: Glück-Glück-Glück … Doch eines Tages merkten sie, dass sie doch nicht so richtig glücklich mit dem Flaschentauchen waren. Denn das war auch immer viel Aktion mit den Gerätschaften. Und weiter unten, so ab 20 m Tiefe war die Unterwasserwelt sowieso nur noch blau.

Das wirklich Bunte und Farbenprächtige der Korallenriffe sahen sie eh nur beim Schnorcheln von oben von der Wasseroberfläche in der Tiefe von einem bis drei Metern, halt dort, wohin die Sonnenstrahlen noch relativ ungebrochen hinkamen und sie die Fische und Korallen in ihrem tropischen Farbenrausch erleben konnten. So wurden Danny und Moni von ehemaligen Tauchern zu begeisterten Schnorchlern, die sich an den subtropischen Korallenriffen des Roten Meeres in Ägypten und an den tropischen Unterwasserwelten der Malediven, Sri Lankas und von Mauritius erfreuten.

Die Reifeprüfungen

Nachdem Danny Ende der 1960er Jahre die Zärtlichkeit entdeckt und Anfang der 1970er Jahre das Feuer der ersten Liebe erlebt hatte, schaffte er auch 1971 das Abitur in Recklinghausen, zwar nur mit ›Hängen und Würgen‹, denn das fiel ihm besonders wegen der toten Sprache ›Latein‹ sehr schwer. Aber er erreichte dann immerhin überhaupt als Erster der Familie Kowalski das Abitur. Er war darüber nicht direkt glücklich, aber es fiel ihm doch ein ›Stein vom Herzen‹: polter-polter …

Und dann hagelte es nach dem Abi im Mai 1971 in den 1970er Jahren für Danny noch jede Menge Reifeprüfungen:

Er musste ab dem 1. Juni 1971 zur Bundeswehr (BW), bei den Fallschirmjägern ›dienen‹, schaffte dort aber nach 5 Monaten die Kriegsdienst-Verweigerung (KDV), noch während er bei der BW den ›Jäger‹ machte.

In dieser Zeit musste er leider aber auch das Ende seiner ›ersten Liebe‹ mit Nicole im September 1971 erleiden. Und das kurz vor der Anerkennung als KDV im Oktober 1971.

Danny lernte ja erst als Oberprimaner die Freuden und Qualen der Liebe kennen (›Meine Jugend hat spät begonnen‹, heißt dazu passend ein Roman von Henry Miller), als es bei Nicole und Danny zum ersten Male richtig funkte. Sie war jung und intelligent, total hübsch, hatte lange dunkelblonde Haare, eine gut gebaute Figur und wunderschöne blaue Augen. Diese Augen waren wie Sterne, sie blitzten und strahlten, verfolgten ihn in seinen Träumen. Sie war die Traumfrau und wurde seine erste Freundin, seine erste unvergessene Liebe, ein Sommer mit Nicole. Allerdings im gleichen Jahr erfuhr er auch den großen Schmerz des ersten Liebeskummers, weil sie ihn verließ.

Danach bastelte er dann allerdings eifrig an seinem Wendepunkt im Leben: aus einem relativ braven, wenn auch reichlich wirren Gymnasiasten wurde in einem Jahr ein Kriegsdienstverweigerer (KDV) und politischer Aktivist. Ende der 60er/Anfang der 70er Jahre machte er für einige Zeit in einem sozialistischen Gesprächs- und Diskutier-Club mit, von manchen auch als sogenannter ›Republikanischer Zirkel‹ betitelt. Da lasen sie Wilhelm Reich, diskutierten über Orgonen oder makrobiotische Ernährung. Nachdem sie sich bei der Lektüre von A.S.Neill's ›Summerhill‹ mit der antiautoritären Erziehung auseinander gesetzt hatten, stellten vier von ihnen in einer Begegnungsstätte vor dem KAB (Katholischer Arbeiterbund) in einer Zechensiedlung des Dattelner Südens A.S.Neill's antiautoritäre Erziehung vor. Die dortigen Arbeiter verstanden von der antiautoritären Erziehung wahrscheinlich ›nur Bahnhof‹, aber Danny lernte wenigstens über diese Aktion Matthes kennen, der in dieser Zechensiedlung wohnte. Ja, so waren die jungen Leute damals: von Tuten und Blasen keine Ahnung, aber mit großer missionarischer Begeisterung älteren gestandenen Menschen was über Erziehung erzählen wollen …, hahaha …!

Damals direkt nach dem Abi wollte Danny noch Volkswirtschaft studieren, um sich in die Freiwirtschaftslehre von Silvio Gesell zu vertiefen. Da gab's in der Schule den großen Knall. Ihre ganze Klasse hatte den unfähigen Mathe-Lehrer boykottiert und sollte komplett der Schule verwiesen werden. Das passierte natürlich nicht, weil man sich auf irgendeinen blöden Kompromiss einigte. Danny interessierte das sowieso alles gar nicht mehr, denn er wollte zusammen mit Nicole weg, endlich lostrampen durch die Welt oder wenigstens bis nach Katmandu, Nepal …

Aber irgendwie machte Danny dann mit Hilfe einiger äußerst wagemutiger Klassenkameraden und Leidgenossen doch noch das Abi: in Form einer prähistorischen ABM-Maßnahme = Abiturbeschaffungsmaßnahme.

Aber, oh Schreck! Zwei Wochen nach dem Abi fand er sich schon olivgrün eingekleidet in einer närrischen Fallschirmjägereinheit in Wildeshausen wieder. Er war verdutzt über das regelmäßige Strammstehen, im Gelände rumrödeln und ›Kleinkrieg spielen‹ . Da hatte Danny erst mal seine Reisepläne in eine andere Richtung umzulenken. Aber dieses Treiben beim Bund guckte er sich allerdings nicht lange an, verweigerte den

Kriegsdienst mit der Waffe und lernte dadurch endlich, sein Leben in die eigenen Hände zu nehmen.

Als Einzelkämpfer gegen militärische Institutionen und Pflichten, gegen schikanierende Uffze und Stuffze (=Unteroffiziere und Stabsunteroffiziere) lernte er schnell einzustecken, aber auch auszuteilen. Kurz Selbstbewusstsein durch eine fünfmonatige Militärstählung. Und dann ging's los: er floss über vor Selbstvertrauen. Denn gerade war er frisch als KDV anerkannt worden, als staatlich anerkannter und geprüfter Friedensschauspieler.

Er wechselte also endlich das Trikot der fallschirmjagenden Army-Hypochonder mit dem Eintritt in das zeitlose Blühen eines Freak-Lebens. Auch konnte er endlich das Militärhaarnetz, diese lächerliche Oma-Verkleidung für Langhaarige, für immer abstreifen und die Zotteln frei wehen lassen …

Seinen Wendepunkt erlebte er dann unterwegs nach Dänemark, als er auch gleichzeitig das so beeindruckende ›Unterwegs‹* von Jack Kerouac (von 1968, Original ›On the Road‹ von 1955) las und lebte. Auffälligerweise begann der erste Satz in ›Unterwegs‹ ungefähr folgendermaßen: »*Nicht lange, nachdem meine Frau und ich uns getrennt hatten, …. begann der Teil meines Lebens, den man mein Leben auf den Straßen nennen könnte.*« Und genau solches war ihm ja gerade eine Woche vorher selbst passiert, als das Ende seiner Beziehung mit Nicole ihn aus wohligen Liebesgefühlen nahezu sprichwörtlich in die Freiheit warf, wo er auf dem realistisch harten Pflaster der Straße landete: unterwegs. Dort wurde ihm der Geruch von Abenteuer-geschwängertem Wind derartig in die Nase eintätowiert, dass er seitdem seine Lebenstriebe so stark betörte wie die Leidenschaft der Lemminge für das Nacktbaden im Meer.

Danny war nach dem Lesen von ›Unterwegs‹ von Jack Kerouac so geflasht wie noch nie im Leben nach der Lektüre eines Buches. Denn Kerouac hatte ihm mit seiner ›On the Road‹-Literatur aus der Seele gesprochen wie nie jemand zuvor. Es fühlte sich so für ihn an, als ob er selber dort im Kerouac-Roman mitgespielt hätte. Danny war ja schon immer eine

---

* *Jack Kerouac – Unterwegs, Reinbek bei Hamburg, April 1968*

Leseratte gewesen, aber ab ›Unterwegs‹ war es um ihn geschehen … Er war regelrecht glücklich, diese Art Literatur kennen gelernt zu haben und lesen zu können. Direkt danach besorgte er sich die Nachfolger-Romane von Kerouac, ›Gammler, Zen und Hohe Berge‹* (von 1971, original ›The Dharma Bums‹ von 1958) und ›Engel, Kif und neue Länder‹** (ebenfalls von 1971, original ›Passing Through – Desolation Angels‹ von 1960).

Danny war nach der Euphorie durch das Lesen dieser Beatnik-Literatur regelrecht traurig, nachdem er alle drei Kerouac-Romane durch hatte. Denn er dachte: »Menno, schade, das war's jetzt – mit der tollen Literatur.«

Dabei wusste er damals gar nicht, dass es nach und nach noch ein Dutzend weiterer Kerouac-Romane geben würde, die ins Deutsche übersetzt wurden …

… und die sich heutzutage – 50 Jahre später – natürlich alle im Bücherregal von Danny gesammelt wieder treffen sollten.

Dann kamen die Zeiten in den 1970er Jahren, als Danny und seine Freunde die Bücher von den anderen Vertretern der ›Beat Generation‹ neben Jack Kerouac studierten. Dazu kamen dann weitere Autoren wie Hermann Hesse, Henry Miller, Lawrence Durrell, Charles Bukowski und später dann die Bücher von Carlos Castaneda, die sie gierig verschlangen und versuchten, von allen ein bisschen zu leben …

… sie waren Romane-Freaks und glücklich darüber, zur richtigen Zeit zu leben, um diese wichtigen Vertreter der alternativen Weltliteratur kennen und lieben zu lernen.

Und bei Danny folgten dann in den 1970er Jahren noch einige weitere Prüfungen des Lebens: er leistete seinen Zivilen Ersatzdienst (ZDL) von 1971 bis 1972 ab. In dieser Zeit hatte er 1972 dann auch endlich den ersten richtigen Sex mit der langhaarigen Lulu aus Hannover, die – als Protest-Zeichen der damaligen Zeit – keinen BH trug. Das machte Danny nicht nur Lust, sondern auch glücklich. Dummerweise begann er dann aber im Sommer 1972 was mit Paula, einer verheirateten Frau, anzufangen. Das war die erste Frau in Dannys Leben mit einer richtigen Kurzhaarfrisur.

---

* *Jack Kerouac – Gammler, Zen und Hohe Berge, Reinbek bei Hamburg, Mai 1971*
** *Jack Kerouac – Engel, Kif und neue Länder, Reinbek bei Hamburg, März 1971*

Da gab's erst Lust, dann eher Frust, statt Glück. Da erlebte er mal sprich-wörtlich das Glück als rastlosen Gesellen. Es folgte im Herbst 1972 sein Studienbeginn an der Ruhr-Uni Bochum. Und mit großer Bravour erlangte er 1977 den Diplom-Abschluss als Sozialwissenschaftler. Na, da konnte er aber auch mal richtig happy drüber sein. Denn er war der Erste in der Kowalski-Family mit Hochschul-Abschluss.

Aber diese Zeit erfüllte Danny auch mit großer Dankbarkeit, denn die Freizügigkeit seines Sozialwissenschaft-Studiums führte bei ihm zu einer klassischen humanistischen Schulung, wie sie im Buche steht. Er schaute überall mal rein, wo es ihm Spaß machte, was ihm zu lernen lohnenswert erschien. Er machte bei einem Inder ein Jahr lang Yoga, er stählte sich im Taekwondo-Kurs und lernte das richtige Abrollen beim Judo. Zwei Semester lernte er Dänisch, was er heutzutage – also 50 Jahre später – immer noch sprechen und schreiben kann. Der Ver-such, auch Persisch zu lernen, scheiterte allerdings schon nach der ersten Unterrichtsstunde. Die Besuche bei den Philosophen verwirrten ihn ob der dort vorherrschenden merkwürdigen Sprache. Bei den Psychologen dagegen wurden meist nur Versuche und Tests-Tests-Tests gemacht. Die Pädagogik sprach ihn schon mehr an, hatte er doch danach dieses Fach als eines seiner fünf Diplom-Prüfungsfächer gewählt. Bei den Wirtschaftswissenschaftlern vertiefte er sich in die Lehren des Freiwirt-schaftlers Silvio Gesell. Die Wissenschaftstheorie war genauso trocken, wie sich das Wort anhört, aber sich in die Meta-Ebene und Methodik von Wissenschaften generell einzuarbeiten, gehörte für ihn zu den Ba-sics. All diese nicht notwendigen Übungen erfüllten seine Neugierde nach Wissen und neuen Erkenntnissen, also das, was eine humani-stische Ausbildung ausmacht.

Er stieg auch mal auf die höchste Etage seiner Universität, die circa vier-zehn Stockwerke aus der Erde ragte. Von dort hatte er einen wunderbaren Ausblick über das Tal der Ruhr nach Osten und Westen. Einmal von oben gesehen, nutzte er auch mal eine Pause, um in diese Richtung von der Uni weg ins Grüne zu wandern. Er hatte sogar die Muße, seinen besten Freund Harry hin und wieder von Datteln nach Bochum mitzubringen. Zusammen besuchten sie den Botanischen Garten bei den Biologen und erfreuten sich an Leo Koflers außergewöhnlich menschelnden Soziologie-Vorlesungen.

Nur eines traute sich Danny nicht in all den fünf Jahren seines Studiums an der Bochumer Ruhr-Uni: den Besuch der Mensa. Er ernährte sich da lieber von mitgebrachten Butterbroten, Früchten oder mal einer Mohrrübe. Erst später an der FHS Hagen in den 1980er Jahren wagte er sich erstmals in eine Mensa, um dort mit anderen Studenten und Studentinnen zu speisen und zu diskutieren …

Unter Fallschirmjägern

Die Musterung vor dem Kreiswehrersatzamt in Recklinghausen verlief schon ziemlich grotesk. Danny hatte um sein linkes Knie eine elastische Binde, weil er mal wieder vom Schulsport ein dickes Knie hatte. Sein Hausarzt meinte vor der Musterung: »Mit dem Knie müsste er nie und nimmer zur Bundeswehr.« Der hatte ihn dann ja zu diesem Gelenk-Spezialisten in Herten überwiesen. Mit dem Attest über das unheilbare Kapselleiden wurde Danny bei der Musterung vorstellig. Die jedoch hatten nix eiligeres zu tun, als über ihn abzulästern: »Was haben Sie denn da für'n lustigen Verband ums Knie!?« Und das Ergebnis des Musterungsbescheides war entsprechend lachhaft, denn Danny war für fast alle Waffengattungen untauglich, bis auf vier, wovon eine tatsächlich die Fallschirmjäger waren. Als wollten sie sich über ihn lustig machen …!?

Nach dem Abitur, Neunzehn-Siebzig-Eins, nur zwei Wochen später, fand sich Danny tatsächlich in grün-oliv wieder, das 2. FschJgBat.272 in Wildeshausen war sein neues Zuhause. Sie hatten ihn tatsächlich zu den Fallschirmjägern eingezogen. Dort wurde er brav ein ›Jäger‹ und wohnte mit fünf anderen Kameraden auf einer Stube. Er hatte aber überhaupt keine Lust, sich am allabendlichen Kampftrinken im Casino zu beteiligen, weil er in der Zeit lieber Literatur über Kriegsdienstverweigerung las. Allerdings hatten nach einigen Monaten das allwöchentliche Rödeln im Gelände und das regelmäßige Training für die Springerprüfung den angenehmen Nebeneffekt einer unübertroffenen Fitness, so dass er im

50 m-Kraulschwimmen mit 32,0 Sek. gleich seine persönliche Bestzeit schwamm, obwohl er jahrelang nicht mehr fürs Schwimmen trainiert hatte. Als Jugendlicher war er in einem Schwimmverein, trainierte dort und nahm an Wettkämpfen teil, aber diese Zeit erreichte er damals nie. Nichtsdestotrotz war er wegen seiner Knieverletzungen häufiger ›marsch- und sportbefreit‹ .

Aber die militärische Elite-Einheit der Fallschirmjäger forderte ihre Soldaten extrem körperlich. Klaro, dass Dannys Knie öfters dick geschwollen waren. Einmal so stark, dass er ins Krankenhaus Wildeshausen gefahren werden musste. Dort machten sie eine Knie-Punktierung. Unangenehm, aber das Blut und die Flüssigkeit kamen raus aus dem Knie. Ja, und weil die Fallschirmjäger so harte Hunde waren, musste Danny danach die 6 km zur Kaserne zu Fuß zurückgehen, quasi als Reha. Nach dem Motto: »was uns nicht umbringt, macht uns noch härter …!«

Aber jeder Soldat – ob Jäger oder Schütze – lernt schnell das BW-ABC: ›TTV‹, also Tarnen, Täuschen, Verpissen …

Viele Vorgesetzte bei der Bundeswehr waren ein paar richtige ›Schweine‹, besonders unter den Uffzen und Stuffzen (Stabsunteroffiziere)!

»Sorry, liebe Schweine«, da musste Danny sich verbessern, »denn ihr seid ja Glückssymbole, wie kleine Schweinchen zu Silvester verschenkt werden …«

Also die Uffzen und Stuffze waren keine ›Schweine‹, sondern unangenehme Menschen … Sie waren ja die ›Haarnetzkompanie‹ in der Kaserne: alles Abiturienten, die Hälfte davon mit langen Haaren. So hatte auch Danny solch ein Oma-schickes Haarnetz, das sie einer Laune des damaligen Verteidigungsministers Helmut ›Schnauze‹ Schmidt zu verdanken hatten, dem dafür auch nicht zu unrecht der ›Orden wider dem tierischen Ernst‹ verliehen wurde. Jedenfalls hatten einige der kurzhaarigen Uffze und Stuffze die Langmähnigen eh auf dem Kieker. Besonders, da sie auch noch Abiturienten und teilweise KDV'ler waren und immer alles durchdiskutieren wollten. Danny war wegen seiner Knieverletzung mitunter ›marsch- und sportbefreit‹ und sollte deshalb als Innendienstler auch öfter mal ein Thema für den Gesellschaftskunde-Unterricht Freitagvormittags vorbereiten. Bei solch einer Stunde quatschte ihm ein besonders scharfer Macho-Stuffz dazwischen. Daraufhin sagte Danny zu ihm: »Wenn Sie was zu sagen haben, machen Sie hier doch selber mal einen Vortrag.« Der bekam eine ›rote Bombe‹ im Gesicht, hielt die Schnauze, aber Danny war in seinem inneren Kalender bereits zum Abschuss freigegeben. So geschah es Danny eines Morgens beim Durchzählen (er war da gerade die Nummer 17), als er die ›sieben‹ der 17 so laut rief, dass er selber darüber erschrocken war und eine leise zaghafte ›zehn‹ hinterher schickte. Das war die Gelegenheit für den rachsüchtigen Stuffz, Danny eins auszuwischen. Er bestellte ihn nach dem Durchzählen zu sich und verordnete ihm groß-kotzig als ›Diszi‹ Wochenendarrest, weil er nicht laut genug durchgezählt hatte. Das könnte dem so passen, Danny das Wochenende zu vermasseln. Denn das Wochenende war jedem Soldat heilig, war es doch die einzige Gelegenheit, in die Heimat zu fahren und seine Lieben zu besuchen: in Dannys Fall seine erste Liebe. Also beschwerte er sich bei seinem Haupt-mann über diese Ungerechtigkeit. Nach seiner vorgebrachten Beschwerde sollte er draußen vor der Tür warten. Daraufhin wurde der Stuffz über Lautsprecher ausgerufen und musste beim Hauptmann antanzen. Danny saß vor dem Büro des Kompaniechefs und hörte einen äußerst erregten und lauten Wortwechsel durch die Wand. Dort drinnen wurde gerade sein Stuffz gefechtsmäßig zusammengefaltet. Danach verließ er, wieder mal mit einer ›roten Bombe‹ im Gesicht, völlig zerknirscht das Büro und ging wortlos an Danny vorbei. Danach wurde er wieder zum Hauptmann rein zitiert, der ihm weise seinen Kompromiss verkündete: Danny sollte einen Aufsatz ›über den Sinn und Zweck einer deutlichen Aussprache bei der Bundeswehr‹ schreiben und den dann bis Mittag abgeben. Wenn Danny ihn fertig hätte, dürfte er auch ins Wochenende fahren. »Juhuu!«, das war ein Sieg der Vernunft. Den Aufsatz schrieb er mit links, zumal er mal wieder marsch- und sportbefreit war, und fuhr dann frohen Mutes in sein geheiligtes Wochenende …

Und dann war da noch die Sache mit seiner Zeit als UvD (=Unteroffizier vom Dienst). Jeder reihum musste mal den UvD machen, d.h. nachts den Portier seiner Kompanie mimen, also aufbleiben, im Eingangsbüro rumhängen und eventuell zu spät gekommene Soldaten in der Nacht reinlassen, und am nächsten Morgen alle Kameraden in der ganzen Kompanie um 06.00 Uhr wecken. Als Danny da mal als UvD dran war, hatte er sich was Besonderes zum Wecken einfallen lassen. Er hatte auf seinem tragbaren Kassettenrekorder die passende Hymne für Soldaten aufgenommen, nämlich ›Spiel mir das Lied vom Tod‹ von Ennio Morricone, ging damit in die einzelnen Stuben mit den schlafenden Kameraden und drehte den Rekorder auf volle Lautstärke auf. Makaber, wenn dann der tief melancholische Einsatz der Mundharmonika am Anfang des Stückes durch die Stuben waberte. Aber das hatten sie davon, seine lieben Kameraden, spielten sie doch mit dem Tod, oder …!?!

»Soldat, Soldat, in grauer Norm,
Soldat, Soldat, in Uniform,
Soldaten sehn sich alle gleich,
lebendig und als Leich …!« *

Danny hatte aber noch mal Glück gehabt, er brauchte als Soldat nicht nach Afghanistan, Irak oder Mali, wie es die modernen BW-Soldaten im neuen Jahrtausend reihenweise einholte. Er trat auf keine Tellermine, wurde nicht von einem Panzer überrollt und starb auch nicht im ›Kugelhagel‹ von Manöverpatronen, ersatzweise Tannenzapfen oder Eicheln, hihi …

Jäger Kowalski schaffte es schließlich, sich vor der BW zu retten: die Anerkennung als KDV ließ ihn gerade noch mal vom oliv-grünen Dauer-Outfit entfleuchen. Dafür musste er mit seinem Liebesglück bezahlen. Er war vor seiner BW-Zeit im ›siebten Liebes-Himmel‹ mit Nicole … Die beiden hatten noch so viel vor, wenn er denn endlich nach seiner BW-Zeit wieder frei sein würde …

Das Resümee für Danny in seinem speziellen Fall gegen die Bundesrepu-

---

*   *Wolf Biermann – Soldatenmelodie, 1965*

74

blik Deutschland (BRD) Anfang der 1970er Jahre fiel dann zwar knapp, aber verdient aus.

Bei der Musterung hatte er einen dicken Verband ums Knie und das Attest vom Hertener Spezialisten dabei. Die Recklinghäuser Bundeswehr-Chargen machten sich daraus einen Joke: »der Typ ist ja für fast alles untauglich, dann stecken wir ihn mal zu den Fallschirmjägern, haha …«

Also BRD – Danny 1:0.

Danach war er erst mal geplättet, musste sich sammeln und machte bei den Fallschirmjägern nach 6 Wochen den KDV-Mann.

Ergo Einstand: BRD – Danny 1:1.

Weitere drei Monate später hatte er seine KDV-Verhandlung in Recklinghausen gewonnen.

Endstand: BRD – Danny 1:2, haha …

»Und danke Deutschland, du hast mich durch dein BW-Mobbing zu einem selbstbewussten jungen Mann gemacht.«

Zwar würde Danny es niemanden wünschen, in solch eine schwierige Situation zu geraten. Und er würde auch niemanden raten, als KDV bei der BW zu landen. Aber ihm hatte dieser unangenehme Prozess ›Einer gegen alle‹ enorm in seiner Persönlichkeitsentwicklung geholfen. Das war zwar nicht direkt ›Glück im Unglück‹, aber immerhin eine positive Seite eines negativen Erlebnisses.

Tja, dann war er also endlich frei von der BW, aber kurz vorher musste er das Liebes-Aus von und mit Nicole erleiden. Denn das Allerschlimmste, was er in seiner fünfmonatigen Soldaten-Zeit erleben musste, war der Verlust seiner Freundin Nicole, seiner ersten Liebe. Er war halt nicht erreichbar für sie, wenn er durch die Ahlhorner Heide rödelte. Erreichbar und greifbar für sie war dann ein langhaariger Kiffer aus Recklinghausen. Nun gut, lange Haare hatte Danny auch, züchtig versteckt unter dem Oma-haften BW-Haarnetz. Rauchen tat Danny auch nicht. Allerdings das Entscheidendste: er war halt nicht da, in Recklinghausen, als es drauf an kam …

Vorteil: ›langhaariger Kiffer aus Recklinghausen‹.

Aber wer weiß, wofür diese schmerzhafte Trennung von Nicole für Danny und seinem zukünftigen Glück noch gut war …!?

Nach der Statistik-Prüfung ins Eichamt

Die schöne dunkelhaarige Inge traf Danny sieben Jahre später nach ihrer gemeinsamen Mittleren Reife wieder, und zwar im Bus nach Recklinghausen: was für ein freudiges Wiedersehen auf beiden Seiten. Danny war mittlerweile ein selbstbewusster Student der Sozialwissenschaften an der Ruhr-Universität Bochum geworden. Inge arbeitete auf dem Eichamt in Recklinghausen, hatte einen Freund in Erkenschwick, mit dem sie zusammen wohnte. Und die beiden schmückten – wie sie erzählte – einen Besenstiel als Weihnachtsbaum: wie putzig. Danny und Inge freundeten sich im Laufe der Monate etwas an.

Fürs Abitur hatte Danny schon erhebliche Probleme gehabt, die Mathematik-Prüfung zu bestehen. Dagegen fielen ihm die fünfstündigen Diplom-Prüfungen an der Ruhr-Uni relativ leicht. Aber das waren ja auch Wahlfächer wie Sozialpsychologie, Pädagogik, allgemeine Soziologie und Jugendsoziologie. Der am höchsten zu erklimmende Gipfel für jeden Sozialwissenschaftler innerhalb der Diplomprüfungen war im einzigen Pflichtfach ›Methodenlehre‹ die Statistik-Prüfung. Dabei wurde bei den Studenten schon früh die ›Streu vom Weizen‹ getrennt. Da kamen sie denn nämlich wieder, die hoch-abstrakten Gebiete von Differential- und Integral-Rechnung, womit Danny ja schon bei der Abitur-Matheprüfung seine Probleme hatte. Deshalb dachte er damals: »Da musst du jetzt aber mal so richtig reinhauen, um diese Diplomprüfung in Statistik zu schaffen!« Nun denn, gedacht – getan. Da lernte und paukte er mal ein halbes Jahr lang jede Nacht, wenn es so schön still war in Datteln. Er las und fraß sich Kapitel für Kapitel durch sein Statistik-Lehrbuch, bis er meinte: »Ich glaube, ich hab's kapiert.«

Hat dann auch gut geklappt: eine ›Zwei‹ (also ein gut) in der schriftlichen Diplom-Klausur ließ ihn schon sicherer werden, dass diese Lern-Tortur nicht umsonst gewesen war.

Aber er sollte das noch toppen. In der mündlichen Statistik-Prüfung waren sie als Arbeitsgruppe zu Dritt. Noch ehe der Prof., Herr Voss, groß, schlank und fesch, Danny die erste Frage gestellt hatte, mischte er sich selbstsicher in das Fachgespräch des Professors mit den anderen beiden

Kommilitonen ein, um ihm zu widersprechen. »Unerhört!« würde man denken. Aber Danny hatte gerade ein paar Nächte vorher dieses schwierige Teilgebiet der Statistik gelesen und konnte fröhlich mitdiskutieren. Von dem Moment an wurde er vom Prof. gar nicht mehr nach den üblichen Standard-Themen gefragt, sondern sie diskutierten munter drauf los, als wären sie Fachleute auf einem Symposium. So etwas hatte der Prof. bei einer Statistik-Prüfung anscheinend noch nie erlebt. Er belohnte deswegen Danny mit einer 0,7 (also eine 1 +), wovon Danny vorher gar nicht wusste, dass es solch eine Note überhaupt gab. Nicht nur hatte er die Statistik-Prüfung mit Glanz und Gloria bestanden, sondern er bekam dadurch auch noch eine ›Eins‹ (also: sehr gut) in diesem als besonders schwierig geltenden Fach aufs Diplom-Zeugnis. »Ta-taaa«, da glühte Danny vor Glück!

Es war im Frühling 1976, und da wollte er doch gerne im Hochgefühl nach der bestandenen Statistik-Prüfung seine Freude mit jemandem teilen. Er hatte gerade keine feste Freundin und fuhr deshalb spontan nach Recklinghausen, um dort Inge im Eichamt zu besuchen. Aber es kam anders. Die Sonne schien, und Danny war gut drauf und lachte aus seinem Vollbart raus: haha, lange Haare, Bärte, Ketten, wie halt das angesagte Hippie-Outfit der 70er Jahre so aussah. Er kam aber gar nicht bis zum Eichamt, weil er unterwegs dorthin vorher Laura und Isolde aus Datteln traf. Die beiden hübschen und flotten 17-jährigen Teenager hatten schulfrei und waren ebenfalls gut drauf. So nahm er sie in seinem Käfer mit nach Datteln. Sie lachten viel, und Danny gefiel die blonde Isolde gut. Aber sie wurden nicht ›Tristan & Isolde‹, und sie tranken auch keinen Liebestrank, wie es von der Literatur des europäischen Mittelalters häufig erzählt wurde. Stattdessen traf Danny abends die dunkelblonde Laura auf einer Fete, und sie knutschten heftig herum. Tja, das waren die wilden Zeiten der 1970er mit ihren spontanen Liebesbezeigungen, aber auch dem Glück als unstetem Gesellen …

In den 1970ern hatte Danny also mit Bravour sein erstes Diplom errungen. Er war jetzt Diplom-Sozialwissenschaftler. Geschafft hatte er es 1977 an der Ruhr-Uni Bochum.

Später in den 80er Jahren ließ er dem noch ein Diplom in Sozialarbeit folgen, als er 1986 an der Fachhochschule in Hagen Diplom-Sozialarbeiter wurde. Und das alles neben seiner Arbeit als Jugendzentrumsleiter im JZ Hohenlimburg.

Und weil er so gut im Schwung war, schaffte er in den 90er Jahren auch noch ein drittes Diplom, als er an der FHS in Dortmund 1992 Diplom-Sozialpädagoge wurde. Auch das ebenfalls alles neben seiner Arbeit als Leiter im Jugendinformation-Zentrum Volkspark in Hagen.

Da hatte er innerhalb von 15 Jahren in drei Jahrzehnten in den drei Ruhrgebietsstädten Bochum, Hagen und Dortmund jeweils einen Hochschulabschluss erreicht. Ja, und tatsächlich auch drei Diplomarbeiten geschrieben. Die Belohnung waren drei Diplome. Da konnte er mächtig stolz drauf sein, zumal er die beiden letzten neben seiner hauptberuflichen Arbeit abgeschlossen hatte. Stolz war er, und irgendwie auch glücklich, das erreicht zu haben. Aber es war jetzt nicht gerade so, dass sich dabei jeweils ein besonderes Glücksgefühl einstellte, als er sich seine Diplom-Zeugnisse von den drei verschiedenen Uni-Städten abholte. Das war doch eher Arbeit, was dahinter steckte: eher beharrliche Arbeit als Glücksache …

IV. Glück beim Reisen

Reisen in der Kindheit und Jugend

*Wenn du mit jemandem sprichst,
der noch den 2. Weltkrieg als Soldat miterleben musste,
wie Dannys Vadder einer war, erst dann merkst du,
dass auch wir ›jungen‹ 70-jährigen Menschen totales Glück hatten,
einen lebenslangen Frieden in Deutschland erlebt zu haben.
Erst durch den Angriffskrieg der Russen
auf die Ukraine 2022 wurde dieses Glück relativ.*

Vaddern Götz war ja schon immer das Vorbild von Danny, seit der Geburt an, und bis zu seinem Tod als 92-jähriger.

Er hatte das Glück gehabt, den 2. Weltkrieg lebend überstanden zu haben.

Glück gehabt, eine Familie gründen zu können, hatte Kinder, Enkelkinder und Urenkel.

Glück gehabt, ein langes Leben (92 Jahre als früherer aktiver Bergmann unter Tage) gelebt zu haben, während alle seine Kollegen und Freunde von früher schon längs tot waren.

Dabei viel gereist war, durch die verschiedensten Erdteile (Amerika, Asien, Afrika, Europa sowieso).

Und dann gab es ja auch noch die Sache mit dem roten Faden (›el filo rosso‹): wenn Danny mal als Jugendlicher irgendwelche Sachfragen an seinen Vadder hatte, dann musste er sich Zeit nehmen. Denn die Antworten führten oft zu stundenlangen Ausführungen von Götz. Aber dann – oh Staun-Staun, und whupps – kam Vaddern wie durch ein Wunder zurück zum roten Faden …

Dannys Vadda Götz, der drahtige Mann mit der frühen Halbglatze, verursacht durch Soldatenhelme und Unter-Tage-Schutzhelme, riet ihm, als er ihn während seines Studiums in den 1970er Jahren einmal fragte: »Sach ma, Papa, bald hab ich doch Semester-Ferien. Watt meinste, soll ich da nen Ferien-Job suchen und was dazuverdienen …?«

»Ach, Danny. Du reist doch so gerne in der Weltgeschichte herum. Mach das lieber. Geld verdienen musste später noch genug. Jetzt haste Zeit, da mach was raus und trampe in die Welt hinaus …«

Danny war sehr überrascht und fühlte sich von den großzügigen Äußerungen seines lebensklugen Vaters überwältigt. Spontan freute er sich: »Oh ja, danke, so mach ich's.«

»Und überhaupt«, übertrumpfte sich Dannys Vadda selber, »ist die Welt sowieso ziemlich ungerecht verteilt. Die Jungen, die das Geld gut gebrauchen könnten, haben es nicht. Und die Alten, die genug davon haben, können nix damit anfangen.«

Wie weise gesprochen. Auf jeden Fall hat sich Danny diese Devise seines Vaters gut hinter die Ohren geschrieben und nie vergessen.

Dannys Vadda hatte es seinen Kindern ja vorgelebt. Er hatte seine Wurzeln in der Wandervogel-Bewegung der 1930er Jahre, als er mit Zelt und seinem ›Affen‹ in die Welt hinaus wanderte. Der ›Affe‹, das war so ein flacher Rucksack, mit einem Fell außen drauf, deshalb ›Affe‹. Dann ließ er es sich in seiner Jugend auch nicht nehmen, trotz Kriegszeiten Anfang der 1940er Jahre Touren mit Fahrrad und Zelt zu machen. Puuh, dann aber, mit 17 Jahren, bremste ihn 1944 doch noch der zweite Weltkrieg aus, mitsamt einiger Jahre Kriegsgefangenschaft in Nord-Afrika, England, USA, Flucht nach Mexiko und schließlich im belgischen Kohlebergbau. Das alles zählte für ihn nicht als Reisen. Das holte er dann aber um so mehr in der Nachkriegszeit und in den 1950er Jahren wieder auf. Anfang der 50er Jahre fuhr er schon mit seinen beiden Brüdern per Fahrrad 1953 durch Holland und Belgien, zurück über das Saarland. Und dann die große Moped-Tour 1955 bis ans Mittelmeer: da war er alleine mit seiner ›Vicki‹, also der Victoria, ein Klasse 5-Moped bis nach Italien, Frankreich und Monaco gereist. Später in den 1960er Jahren mit seiner jungen Familie als Camper kreuz und quer durch Europa.

Ja ja, das hatte sicherlich damit zu tun, dass die Kinder von Vaddern Götz Kowalski so reisefreudig geworden waren bzw. sind. Das Ergebnis: Dannys Bruder Gerry wurde Seemann und bereiste alle Welt-Meere. Seine Sister BärBel mit den dunkelblonden langen Haaren wurde Völkerkundlerin, verbrachte dabei unter anderem ein Jahr bei den kanadischen Inuit. Und Danny selber reiste Jahrzehnte lang in der Weltgeschichte herum. Seinen Affen aus seiner Wandervogel-Zeit hatte der Vater Danny für seine erste Tramp-Reise 1970 nach England geschenkt. Aber irgendwann war der dann verschwunden.

Durch diese familiäre Reise-Sozialisation wurde auch Dannys Art des Reisens geprägt, die sich anfühlte wie in den Romanen von Jack Kerouac: »Beat – Beat – Beat«, der Herzschlag von ›On the Road‹, also ›Unterwegs‹*. Erst beim Trampen in den 1970ern, später mit dem eigenen Auto, machte es sich bei Dannys Reisen bemerkbar. Dieses weiter, immer weiter, fremde Städte, fremde Menschen, fremde Länder, fremde Kulturen, ähnlich wie in Kerouac's ›Engel, Kif und neue Länder‹.

Insgesamt empfand Danny es als großes Glück, in solch einer reiselustigen Familie aufgewachsen zu sein. Denn das Reisen in ferne Länder öffnete seinen geistigen Horizont für fremde Menschen und Kulturen …

Fast beim Schnorcheln im Lago Maggiore ertrunken

Der Lago Maggiore 1961 wird Danny immer in Erinnerung bleiben. Ursprünglich war die Kowalski-Familie am Bodensee zum Campen, aber wegen Dauerregens spontan über die Alpen in den sonnigen Süden nach Italien geflüchtet. Das war der Vorteil beim Camping-Urlaub. Wenn es einem nicht gefiel oder das Wetter nicht passte, alles zusammen packen und weiter reisen. Jedenfalls wäre Danny beim besagten Sommerurlaub 1961 im italienischen Cannobio am Lago Maggiore fast beim Schnorcheln ertrunken. Es war das Jahr des Mauerbaues in Berlin, die ja dann 28 Jahre bis 1989 hielt. Die Kowalski-Familie hielt sich unter südlicher

---

*   *Jack Kerouac – Unterwegs, Reinbek 1968 (›On the Road‹ im Original von 1957)*

Sonne auf einem Camping-Platz auf. Danny galt damals offiziell noch als Nichtschwimmer, da weder Frei- noch Fahrten-Schwimmerabzeichen seine Badehose zierten. Die erwarb er sich erst später im Münsterländer Waldsee am Ladbergener Campingplatz von Martin Harlamaat. ›Seepferdchen‹ gab es damals noch nicht. Dass er dann im Lago Maggiore fast beim Schnorcheln ertrunken war, das kam so. Er schnorchelte so in Strandnähe vor sich hin und war begeistert von der klaren Sicht. Denn dort hatte es keinen Sandstrand, sondern Kieselsteine im Wasser. Die Maske bedeckte damals noch das ganze Gesicht, wogegen der Schnorchel aus der Maske herausragte. Dabei machte der Schnorchel oben über dem Wasser einen 180°-Bogen nach unten, um in seinem Gummikörbchen einen Tischtennisball zu bergen. Der wiederum wurde gegen den Schnorchel gedrückt, falls man mal zu tief unter Wasser kam. So würde man zwar kein Wasser schlucken, bekäme dafür aber keine Luft mehr. So ganz ausgereift war dieses altertümliche Schnorchel-System nicht. Es wurde sogar später ganz verboten, mit dem Tischtennisball zu schnorcheln. Na ja, jedenfalls schnorchelte Danny so vor sich hin, ohne zu wissen, wo links und rechts, vorne und hinten war. Er dachte sich: »Es sieht so aus, als würde es hier tiefer. Also drehst du mal lieber um, damit du wieder zum Strand zurück schnorchelst.« Gesagt, getan. Er drehte um, und schnorchelte weiter. Auf einmal wurde ihm gewahr, dass sich der kieselige Seegrund immer weiter von ihm entfernt hatte. Er schaute auf und sah nur noch den weiten offenen Lago vor sich. Da bekam er aber sowas von Panik. Denn er galt ja doch als Nichtschwimmer und konnte dort schon lange nicht mehr stehen. Dabei hatte er anscheinend die ganze Zeit schon geschwommen, ohne es beim Schnorcheln überhaupt zu bemerken. Jedenfalls riss er sich voller Panik die Maske vom Kopf, schrie und strampelte herum, als würde er ertrinken. Das sah sein Vater, der am Strand im Camping-Stuhl lag. Der sprang auf und rannte, ohne sich auszuziehen, mit voller Montur ins Wasser, um seinen Sohn Danny zu retten. Eine tolle Aktion: »Danke, danke, et hätt ja noch mal jot jejange!«

Faustrecht an der Recklinghäuser Tramp-Stelle

Im Frühsommer 1970 war es an der Tramp-Stelle in Recklinghausen, Richtung Datteln, an der Bushaltestelle gegenüber der Vest-Bierbrauerei. Danny stand dort als erster, um nach Datteln zu trampen, als plötzlich Carlos älterer Bruder Rolf mit nem Kumpel auftauchte, die ebenfalls nach Datteln trampen wollten.

Es gibt da ja so ein ungeschriebenes Tramper-Gesetz über Fair-Play-Regeln, wobei sich der als nächster zur Tramp-Stelle Kommende immer hinten anstellt, und sei die Schlange noch so lang.

Entgegen dieser Tramp-Regel stellte sich Rolf – groß und breit, genauso wie sein jüngerer Bruder Carlos auch einen Kopf größer als Danny – baute der sich also bräsig vor Danny auf und meinte: »Schon mal was vom Faustrecht gehört? Das Recht des Stärkeren? Wir stellen uns jetzt hier an die erste Stelle, und du gehst nach hinten!«

Damals schleppte Danny immer sein Fallschirm-Kappmesser mit sich rum. Er wollte gerade in seine rechte hintere Hosentasche greifen, um ihm per Schnappmesser mit der imponierenden Länge einer 12 cm-Klinge seine Meinung über dieses Faustrecht und das Recht des Stärkeren zu vermitteln, als ein Auto an der Tramp-Stelle anhielt und sie alle drei mit nach Datteln nahm …

»Noch mal Glück gehabt, Rolf!«, dachte Danny sich. So hätte er um ein Haar Carlos um seinen älteren Bruder erleichtert, denn der ahnte ja gar nicht, dass er sich damals in Lebensgefahr befand …!?

Die erste Tramp-Reise

»Glück ist, wenn du zufrieden mit dir selbst bist
und dafür nicht die Bestätigung anderer brauchst«
(unbekannt)

Dannys erste Tramp-Reise ging zusammen mit Zippy 1970 nach London und zum Isle-of-Wight-Festival.

Es war vor langer Zeit, als die Rebellen der 68er-Generation noch Hochkonjunktur hatten: auch die Jungen wurden flügge und wollten es den heutigen Beat-Opas, aber damaligen Vorbildern von wilder Freiheit, nachahmen: Raus auf die Straße, rein in die große aufregende weite Welt …

Es war das Jahr 1970: Danny war 18 Jahre jung, aber damals noch lange nicht volljährig. Nach England wollten sie trampen – ins Swinging London einklinken. Zippy und Danny waren mit allem ausgestattet, was junge Leute so brauchten, um die Welt zu entdecken: Neugier, Jugend, Humor und sie verstanden sich auf Anhieb prächtig. Sie hatten good vibrations, Zippy mit seinen blonden Locken und Danny mit seinen dunkelblonden Haar-Fusseln. Er hatte eine durchschnittliche Körpergröße, war zwar drahtig-sportlich, aber unauffällig. Ähnlich an ihnen war der Sinn für Humor: manchmal subtil, mitunter derb. Durch ständiges Lächeln – Lachen – Gelächter werden sie wegen zwei Paar gut gestylter Lachfältchen um die Augen leicht wiederzuerkennen sein …

Überraschenderweise gaben Dannys Eltern ihm sogar das Einverständnis für diese Tramp-Tour: entweder waren sie dadurch schon abgehärtet, dass sein älterer Bruder Gerry seit seinem 16. Lebensjahr als Seemann die Erde umschwamm, oder es lag am allgemein erfolgreichen Aufruhr der Jugend als Folge der 68er-Rebellion.

Die Eltern von Zippy waren ebenfalls einverstanden. Jedoch durfte er nicht mit Danny trampen, weil seine Eltern die gemeinsame Tramp-Tour untersagten, und zwar wegen Dannys damaligen langen Haaren.

Deshalb mussten sie einen Kunstgriff anwenden. Zippy gab vor, mit dem kurzhaarigen Klassenkameraden Rally aus Lippramsdorf nach England zu trampen. So brachten seine Eltern ihn nach Lippramsdorf, um ihn dort für die Reise abzugeben, denn Rallys ganze Familie war eingeweiht und spielte mit.

Zur gleichen Zeit wartete Danny mit seinem Vater im Auto an einem Waldstück nahe Lippramsdorf, wo auch nach einiger Zeit – wie verabredet – Zippy mit Rucksack aus dem Wald trat und mit ihnen nach Datteln kam. Danny weiß wirklich nicht mehr, welch phantasievolle Erklärung er seinem Vater dafür gegeben hat, dass sie Zippy ausgerechnet auf diese mysteriöse Weise abholten …!?

Frisch und frei ging's los mit den beiden unbedarften Reisenden. Wenn ein junger Kerl so das erste Mal on the road ist, hat er natürlich nicht die Erfahrung eines alten Globetrotters, sondern er tapert dann auch öfters völlig naiv in gefahrvolle Situationen …

Danny erinnert sich noch gut an die scheinbar aussichtslose Situation auf dem ›Spaghetti-Knoten‹, einer riesigen Ansammlung von verschiedenen Autobahnen, die sich bei Duisburg trafen. Dabei führten die Trassen und Brücken wie in einer Achterbahn übereinander in gefährlichsten Kurvenführungen. Und genau dort mittendrin standen Zippy und Danny. Niemand wollte dort anhalten, um sie mitzunehmen. Da hatte Danny die grandiose Idee: er wollte sich hinlegen, und Zippy sollte wild winken und auf ihn zeigen, so als hätte er einen Unfall oder Anfall oder sonst was erlitten. Damit wollten sie einen Autofahrer täuschen, sie ins nächste Krankenhaus zu fahren. Somit wären sie erst mal von dieser vermaledeiten Stelle weg. Danny war gerade dabei, sich zurecht zu legen, als doch noch ein Autofahrer anhielt und sie mitnahm. Sie brauchten ihr ›Schauspiel‹ gar nicht mehr aufzuführen. Da hatten sie aber mal so was von Glück im Unglück gehabt …

Und in England selber, da hatten sie ja ursprünglich gar nicht geplant, das fünf Tage lang dauernde Isle-of-Wight-Festival 1970 zu besuchen. Dorthin ›stolperten‹ sie ja geradezu, auch für sie selber völlig überraschend. Deshalb waren die beiden Verpflegungs-mäßig auch nur jeder mit einer Umhängetasche ausgestattet: der eine mit Weißbrot und der andere mit etwas Marmelade im Glas bewaffnet. Da Danny seine Umhängetasche als Kopfkissen missbraucht hatte, sah ihre Reiseverpflegung nach der ersten Nacht entsprechend aus: ›ein schräger Klumpen Brot im Taschenmantel‹, haha …

Das Ende von Dannys ersten Tramp-Tour

Auf dem Rückweg ging es bis zur belgischen Hauptstadt Brüssel eigentlich ganz gut. Doch dann verließ sie das Glück. Insgesamt sechs Stunden verbrachte Danny am Stadtrand von Brüssel und seinem Nachbarort Löwen, wohin sie mit dem Bus fuhren, teils gehend, teils stehend, bis ihn endlich jemand beim Trampen mitnahm. Danny spricht jetzt bewusst nur noch von sich, weil Zippy und er sich in Löwen getrennt hatten. Und das kam so: sie bekamen mit, dass öfters einzelne Anhalter hinter oder vor ihnen mitgenommen wurden, während sie sich zu Zweit resigniert die Beine in den Arsch standen. Als sie sich deshalb trennten, bekam Zippy die Straßenkarte, deren Ausschnitt bis Aachen Danny sich abzeichnete, und er selber durfte dafür als erster an der Tramp-Stelle stehen. Aber Zippy ging kaum 10 m weiter, als er von einem LKW mitgenommen wurde; und Danny stand allein in Belgien. Lange wanderte er an dieser Straße entlang, bis er endlich einen Lift bekam. Kleckerweise kam er dann bis zur letzten belgischen Autobahnabfahrt vor der deutschen Grenze. Dort hatten sich schon ungefähr ein Dutzend Tramper aufgestaut. Die meisten von ihnen kamen auch vom Isle-of-Wight-Festival. Und einige von ihnen wollten gleich weiter zum nächsten Musik-Festival auf Fehmarn. Noch ballerte die Sonne unbarmherzig auf sie nieder. Und natürlich hatte Danny als Tramp-Greenhorn wieder mal einen völlig unpassenden Reiseproviant: eine Tüte gesalzener Erdnüsse. Die machten ihn so richtig durstig. Außerdem hatte er auch keinen müden belgischen Franc bei sich, um sich was zu kaufen, sondern nur deutsches und englisches Geld. Glücklicherweise lag an der Tramp-Stelle eine Flasche mit kalt gewordenem Kaffee. Den Danny aber – da ohne Zucker – auch fast zum Wieder-ausspucken brachte, weil er damals im Gegensatz zu heute seinen Kaffee süß trank. Aber er dachte sich: »Besser bitteren Kaffee im Mund haben als Austrocknen.« Die Lage schien aussichtslos. Denn die Sonne ging langsam unter. Und sie standen immer noch alle Mann an dieser Tramp-Stelle. Um ca. 21.00 Uhr abends überlegte sich Danny: »Es sind noch 18 km bis zur Grenze. Wenn ich jetzt stramm durchmarschiere, bin ich bis Mitternacht in Deutschland. Also los!« Er hatte nämlich absolut keine Lust, in einem belgischen Straßengraben zu übernachten. Gerade unten an der Autobahn angelangt, wollte er noch ein letztes Auto antrampen. Und das hielt: »Juhuu!« Welch ein Glück! Der LKW-Fahrer ließ ihn vorne einsteigen und alle anderen Tramper von der Tramp-Stelle hinten aufsteigen: das war ihre Rettung.

An der deutsch-belgischen Grenze suchte er sich ein Auto mit günstigem Kfz-Kennzeichen aus und entschied sich für ein ›D‹ wie Düsseldorf: mit sechs Mann saßen sie im LKW-Fahrerhäuschen vorne und fuhren zur Landeshauptstadt. Der Fahrer war so nett und brachte ihn sogar zum Hauptbahnhof. Dort genehmigte er sich erst mal, weil er so ausgehungert und durstig war, ein Bier und ein Mettbrötchen. Dann kam er über kompliziertes Umsteigen in Duisburg und Wanne-Eickel um 02.00 Uhr morgens glücklich in Recklinghausen an.

Tramper-Glück

Wenn jemand wie Danny oder die anderen jungen Leute in den 1970er Jahren kreuz und quer durch Europa trampten, später sogar nach Asien oder in Afrika oder Amerika ›hitch-hikten‹, also per Anhalter reisten …

… dann war es oft mühsam, weiter zu kommen. Aber manchmal, da gab es auch mal großes Glück beim Trampen.

Mit Paula 1972 nach Süddeutschland getrampt

Danny und Paula wollten eigentlich nur in den Bereich Südwest-Deutschland kommen, aber wie das beim Trampen manchmal so ist, waren sie stattdessen in München gelandet. Es war damals während Dannys Zivildienstjahr als Hausmeistergehilfe in einem Altenwohnheim, wo er aber eigentlich meistens in der Großküche im Akkord spülte. Er war mit der frisurmäßig gut gestylten, da kurzhaarigen Paula unterwegs, seiner Geliebten für einen Sommer – sie ›tanzten‹ nur einen Sommer. Die beiden trampten mit Zelt und Schlafsäcken bewaffnet gen Süden und wollten eigentlich nur im Raum Rheinland-Pfalz oder Baden-Württemberg ankommen, um dort ein romantisches Zeltwochenende zu erleben. Aber das Glück beim Trampen war ihnen überhold. Sie wurden nämlich von einem Autofahrer mit seinem schnellem Jaguar überraschend bis nach München mitgenommen, so dass sie kurz vor der bayrischen Landeshauptstadt improvisieren mussten. Denn sie konnten ja schlecht mitten in der Großstadt ihr Zelt aufschlagen.

Also stiegen sie in Garching aus, der letzten Autobahnabfahrt vor München, wo es noch ziemlich ländlich aussah. Dort wanderten sie rechts ins Grüne, wo sie ihr Zelt bei hereinbrechender Dunkelheit gerade noch so auf einem Wiesenweg neben einer eingezäunten Wiese aufbauen konnten, bevor der große Regen kam, der Spielverderber für Tramper und Zeltler …

Mit einer VW-Busladung Holländer in Paris gelandet

Zum Thema ›Glück beim Trampen‹ fiel Danny eine Story ein, die er beim Trampen durch Holland, Belgien und Frankreich erlebte: »Während meines zivilen Ersatzdienstes 1972 hatte ich viel Zeit und Muße, so zu reisen, wie ich es mir damals idealer Weise vorstellte. Nämlich ohne bestimmtes Ziel zu trampen, und demzufolge immer dorthin zu fahren, wohin mich die jeweiligen ›Lifts‹ gerade so hintrieben.« So machte Danny mit einer VW-Busladung von vier Holländern Bekanntschaft, gefahren vom gemütlichen Menschenfreund Wim und der attraktiven blonden langmähnigen Toos als Beifahrerin. Sie lasen ihn auf, als er in Holland trampte, nahmen ihn mit weiter Richtung Belgien, über Brüssel bis nach Paris. Das war ja mal ein Glück: ein riesig langer Lift durch drei verschiedene Länder. Und weil sie sich so gut verstanden, blieben sie in Paris gleich eine ganze Woche zusammen zu Fünft im VW-Bus.

Und von dort aus blieb Danny weiter unterwegs nach Süden: ›au sud.‹ Dabei hatte er ständig den damals aktuellen Song von Hannes Wader auf den Lippen: ›Ich bin unterwegs nach Süden und will weiter bis ans Meer …‹

Nun ja, das schaffte Danny dann auch, bis zum Mittelmeer in die Camargue.

›Magic Bus‹ auf Schwedisch

›Magic Bus‹ so hieß der Bus, der die Hippies und Freaks damals von Amsterdam nach Indien brachte. Ob es so was von Schweden aus wohl auch gab …? Jedenfalls fuhr Danny mit seiner damaligen dänischen Freundin Jytte mal mit so einem schwedischen ›Magic Bus‹ eine Nacht und einen Tag mit. Das kam so: 1973 trampte er mit Jytte für drei Monate durch Süd-Europa, durch Jugoslawien, Griechenland und Italien. Sie waren schon ein merkwürdiges Paar, die rotblonde Dänin mit den vielen Sommersprossen und ihrer Kurzhaar-Frisur trug immer gerne ›Entenschuhe‹, also vorne weit und rund. Danny bevorzugte Jesus-Latschen und hatte damals einen Vollbart und lange dunkelblonde Haare. Wenn man die beiden von hinten sah, beide auch noch etwa gleich groß, dann dachte man geschlechtsspezifisch eher, dass es andersrum war. Danny mit den langen Haaren, Jytte mit den kurzen Haaren, hätte von hinten auch Frau und Mann sein können, statt Mann und Frau. Aber damals in den 70er Jahren war das Haar-Design eh egal …

Na jedenfalls waren die beiden Tramper, das deutsch-dänische Pärchen, kurz vor der jugoslawisch/griechischen Grenze, also dem heutigen Nord-Mazedonien nach Griechenland unterwegs. Da stoppte ein schwedischer Reisebus und nahm die beiden mit. So was hatte Danny noch nie gesehen: Tag und Nacht waberte Rock-Musik durch den Bus. Die Fahrgäste waren alles junge Leute in bunter Kleidung und sie wollten nach Indien fahren. Im Bus herrschte eine unglaublich lockere Atmosphäre. Beim Trampen lernten sie ja allerlei verschiedenste Menschen kennen. Aber so was war für sie einmalig. Die nahmen sie dann bis zur griechischen Küste mit, nach Epanome, nicht weit von Thessaloniki entfernt auf der Halbinsel Kassandra in der Region Chalkidiki. Dort zelteten sie eine Woche lang wild am Strand. Vorher hatten sie sich schon von den freundlichen Schweden verabschiedet. Meinten sie jedenfalls. Denn eines Morgens kam jemand von den Schweden an ihr Zelt und fragte: »Hey, wir fahren gleich weiter nach Istanbul. Wollt Ihr mit?« Nee, das wollten sie dann doch nicht, ihr Ziel hieß nur ganz schlicht und einfach, nach Korfu trampen …

Sie hatten ja durch die friedvollen schwedischen Hippies das Glück, überhaupt nach Griechenland zu kommen. Denn das war ihr Tramper-Ziel. Zwar hatten sie es gar nicht großartig mitbekommen, dass sie vom damaligen Jugoslawien aus über die Grenze nach Griechenland kamen, weil das alles im Dunkeln geschah …

… aber sie waren glücklich angekommen, im Land der Hellenen.

Fremde Länder, fremdes Essen

Danny schrieb vor kurzem eine Nachricht über Facebook an Jytte, nachdem er sich beim Essen von frischen Feigen durch diesen speziellen Geschmack an die Situation vor 50 Jahren erinnerte, als er zum ersten Mal im Leben frische Feigen vom Baum gegessen hatte:

»Liebe Jytte, heute kam bei mir eine schöne Reise-Erinnerung auf, von der ich dir jetzt erzähle werde. Und zwar brachte uns Moni gestern hier in Hagen vom Einkaufen getrocknete Feigen mit, von denen ich mir ein paar ins Müsli geschnitten habe. Beim Essen des Müslis mit Feigen-Geschmack kam die Erinnerung, als ich zum ersten Mal im Leben frische Feigen vom Baum aß …: und du warst dabei.

Es war ein Avon-Berater, der uns beide beim Trampen mitnahm, in Nord-Italien, im September 1973, zwischen Venedig und Verona. Der fuhr übers Land und hielt ab und zu bei italienischen Land-Frauen, die Avon-Beraterinnen waren. Da war so ein Land-Hof. Er stieg aus, und pflückte ein paar frische Feigen vom Baum dort und gab sie uns beiden. Wir aßen und waren begeistert. Nach ein paar Feigen mehr fingen die an, in unseren Mägen zu gären. Dort verwandelten sie sich in Alkohol. Wir wurden beschwingt und für den Rest des Lebens Fan von frischen Feigen …!!!: erinnerst du dich …!?«

Jyttes Antwort darauf: *»Wauu – du hast ein gutes Gedächtnis. Ich kann mich an nichts über das Essen und die meisten Städtenamen erinnern. Aber du hast Tagebuch geschrieben. Und du hast Recht, wir werden es nie vergessen.«*

Während derselben Tramp-Reise 1973 aß Danny zusammen mit Jytte in Ioannina, einer kleinen nordgriechischen Stadt, ein leckeres Moussaka. Das kannte er vorher noch gar nicht. Das hatte dort oberhalb des Ioannina-Sees, wo sie zelteten, in einer Imbiss-Stube der griechische Inhaber auf einem großen Backblech hinter der Glas-Theke angerichtet. Das duftete, und wie das schmeckte ….: hhhmm, ein Auflauf bestehend aus Auberginen, Gehacktem, Kartoffeln, und oben auf der Béchamel-Sauce die typischen griechischen Gewürze. Ein unvergessener Augenblick.

Und dann war da noch die Sache mit ›Lasagne al Forno‹: diesen Nudelauflauf aßen sie zum ersten Mal im Leben in einer kleinen italienischen Trattoria in Desenzano am Gardasee, und lernten ihn kennen und lieben …

Rekord-Tramperlift durch Griechenland über drei Tage

Neunzehn-siebzig-vier: Asien lockte, und die Zeit für einen neuen Kontinent war für Danny und seinen schwarzhaarigen Freund Matthes reif. Danny war da gerade 22 Jahre. Aber damals in den 70er Jahren lockte die jungen Menschen der Orient, ab der Türkei und weiter ostwärts. Es sollte die erste große gemeinsame Reise mit Matthes sein, dem Hippie aus Datteln mit der langen Matte. Seine Zeit mit ihm begann damals und wurde 15 Jahre später durch seinen Freitod 1989 beendet. Matthes aus Datteln, never forgotten.

Nun denn, also mit Matthes 1974 nach Asien reisen. Nach einer Tramp-Tour über das Saarland, München, Österreich, durch Südeuropa, Jugoslawien, die dalmatinische Küste, den Auto-Put durch Kroatien, Serbien und Mazedonien gelangten sie nach Griechenland. Sie standen kurz hinter der jugoslawisch-griechischen Grenze und trampten. Da nahm sie ein französischer VW-Busfahrer mit, der mit seinen beiden Kindern unterwegs nach Athen war. Dort wollte er seine Frau treffen. Der geplante Termin mit ihr war aber erst drei Tage später. Da Danny und Matthes aber auch nach Athen wollten, jedoch keinen Termindruck hatten, fuhren sie einfach zusammen mit der freundlichen Kleinfamilie drei Tage lang durch Griechenland, ließen sich überall viel Zeit und übernachteten an einsamen Stränden, wo die beiden auch ihr kleines Traveller-Zelt aufbauen konnten. Da hatten sie ja mal echt Massel gehabt, ein Tramp-Lift über drei Tage, nicht schlecht, was …!? Das war Dannys absoluter Rekord-Tramperlift

Und alles völlig entspannt. In Athen angekommen, verabschiedeten sie sich von der Familie und wünschten ihr viel Glück. Danny und Matthes fuhren am nächsten Tag von Piräus aus mit der Fähre zur griechischen Mittelmeerinsel Kreta.

Mit dem freundlichen Pfadfinder Sven-Aage durch halb Norwegen getrampt

In Norwegen war Danny 1975 mit seinem Dattelner Reise-Kumpel Jo, der mit braunen Haaren und Schnauzer, vom hohen Norden in den Süden getrampt, dabei sehnten sie sich nach Wärme und südlichem Flair.

Auf dem Hinweg eine Woche vorher überschritten sie bei Rovaniemi zum ersten Mal den nördlichen Polarkreis. Danach trampten sie durch das Sumpfgebiet Lapplands hoch bis nach Tromsö im Norden Norwegens, machten sogar einen Abstecher zu den Lofoten. Aber trotz des Hochsommers hatten sie nördlich vom Polarkreis nachts Frost, Raureif auf dem Zelt und ewige Helligkeit. Deshalb zog es sie mit Macht südwärts, an der weit verzweigten, von Fjorden zerrissenen, Küste entlang: immer die Vision von südlicher Wärme vor Augen.

Nördlich vom Polarkreis nähe Tromsö und der Insel Senjehaaben waren die beiden los getrampt. Der Norweger Svend-Aage, ein hoch aufgeschossener, total freundlicher Pfadfinder, war mit seinen ca. 40 Jahren schon ein etwas älterer Mann, der noch nie vorher einen Tramper mitgenommen hatte. Aber er nahm sie mit, fuhr den ganzen Tag, von morgens bis abends, um die 400 km lange Stecke nach Trondheim zu schaffen. Als sie ankamen, war es schon dunkel. Sie wollten eigentlich zum Zeltplatz, aber er nahm sie mit zu sich nach Hause, wo sie gleich drei Tage lange bei ihm wohnen konnten: super nett und freundlich, der Mann …! Und nebenher überschritt bzw. besser überfuhr er mit den beiden zusammen den Polarkreis, aber dieses Mal in südlicher Richtung. So kamen die beiden ihrem Traum vom Süden, abends bei untergehender Sonne draußen sitzen, am besten noch bei einem Glas italienischem Rotwein, schon näher.

Durch diese gute Tat des norwegischen Pfadfinders waren die beiden froh und glücklich, der unsäglichen Kälte des nord-skandinavischen Sommers entfleucht zu sein.

Und danach weiter südlich im Gudbrandsdal erlebten sie dann endlich auch Wärme und Natur, kraxelten tagelang ein Bachbett flussaufwärts, pflückten wilde Beeren und stellten sogar Haferflocken fürs Müsli selber her.

Hotel California

Als Danny 1978 das erste Mal nach California kam,
da trafen sie in Santa Barbara einen Typen,
den Michael, einen Deutschen der dort lebte,
der fand das super außergewöhnlich, dass er sie dort traf …
und fuhr sie mit seiner Karre spazieren,
soff dabei Tequila aus seinem Flachmann,
am nächsten Morgen trafen sie ihn wieder,
er hatte es aber nicht bis zum ›Hotel California‹ geschafft,
denn er war gleich in seiner Karre eingeschlafen …

It never rains in Southern California …

Allerdings zeigte sich auch California nicht immer als Sonnenland. Nachdem Danny und die Schweizerin Sandra dort schon gut sechs Wochen herumgereist und getrampt waren, begann es, so langsam ab Mitte November auch dort, schon mal zu regnen: »It never rains in Southern California …« …sangen die beiden im Herbst 1978 den Song von Albert Hammond aus den südkalifornischen Lautsprechern gerne mit. Denn unter der Sonne dachten sie, das stimmt schon so. Sie hätten sich das Ende der Zeile besser anhören sollen: »It never rains in Southern California, but if, it pause ….« heißt nämlich: » …aber wenn, dann pisst es!«

Es regnete dann auch wie aus Eimern, schon zwei Tage lang stürmte und hagelte es, und es warf ihr Zelt um. Es wurde ungemütlich in Southern

California. Deshalb aßen sie in San Elijo, Pazifik-Küste, nicht weit von San Diego, in einem nahe gelegenen Restaurant lieber mal innen. Danach regnete es immer noch so stark, dass sie einfach zwei Fremde fragten, die gerade vor dem Restaurant mit ihrem Auto wegfahren wollten, ob sie sie ein Stück mitnehmen könnten. Sie konnten, wollten sie sogar bis direkt vor ihr Zelt bringen. Aber: oh Schreck! Das Zelt war weg! Keine Spur davon, nichts übrig gelassen! Die Ranger des San Elijo-State Parks, wo sie zelteten, hatten es abgebaut, weil sie dachten, sie wären nicht mehr da, und wollten es so vor Diebstahl schützen. Alles sehr merkwürdig. Jedenfalls schlug der voll-bärtige Blondschopf Douglas, der Fahrer des Autos, dann vor, einfach das Zelt dort zu lassen, weil sie doch nur pitschnass würden, wenn sie es aufbauten, und stattdessen lieber mit ihm und seiner Frau Caroll nach Hause zu kommen. Das taten sie mit Freuden, wurden sogar noch mit Bier und Saft bewirtet, und schlugen dann ihr Nachtlager auf einem Fell vor dem gemütlichen und brennenden Kamin auf. Das war herrlich weich und trocken, sie schliefen wohl. Trotz des Angebotes von Douglas und Caroll, ruhig noch wegen der Feuchtigkeit draußen die nächste Nacht auch bei ihnen zu verbringen, lehnten sie dankend ab. Denn das Zelt musste ja versorgt werden.

Das Wetter wurde dann sogar in California so ungemütlich, dass sie weiter nach Mexiko zogen, wo sie zwei Monate lang kreuz und quer dieses faszinierende Land durchreisten.

Geografische Koordinaten

Danny schaffte es, unseren ›blauen Planeten‹ auf vier Erdteilen zu bereisen, von West nach Ost gesehen: Amerika, Afrika, Europa und Asien.

Aus Europa kam er ja eh her, seinen Heimat-Erdteil hatte er schon als Kind und Jugendlicher der 50er und 60er Jahre kreuz und quer mit seinen Eltern bereist. Aber später bei seinen eigenen Reisen besuchte er systematisch diesen schönen Kontinent, von vielen auch die ›alte Welt‹ genannt. Von den vier skandinavischen Ländern Norwegen, Schweden, Finnland und Dänemark über England, Wales und Irland, runter entlang des Atlantiks über die Niederlande, Belgien, Frankreich, Spanien bis nach Portugal, und sogar fünf der kanarischen Inseln. Am Mittelmeer bereiste er Spanien, Frankreich, Italien, Kroatien, Slowenien, Bosnien und Montenegro, Griechenland und dort zehn verschiedene Inseln wie Kreta, Korfu, Rhodos, und-und-und …

Nur in den sogenannten Ostblock zog es Danny nicht so häufig hin: außer in der DDR war er in der Tschechoslowakei, Ungarn und Jugoslawien, heute Serbien, Kosovo und Nord-Mazedonien getrampt.

1974 betrat er erstmals asiatischen Boden, als er mit dem dunkelhaarigen und voll-bärtigen Matthes in Istanbul mit der Fähre den Bosporus überquerte und vom westlichen Stadtteil Galata aus zum östlichen Stadtteil Fener übersetzte. Im gleichen Jahr reiste Danny über Land weiter durch die Türkei, Iran bis nach Afghanistan. In späteren Jahrzehnten flog er nach Indien, Sri Lanka, auf die Malediven, Taiwan, Hongkong, die Philippinen und gar sechs mal nach Thailand.

Bei einer Reise rund um die iberische Halbinsel 1977 machten Danny und seine Freunde einen kleinen Abstecher nach Afrika, mit der Fähre von Algeciras rüber nach Ceuta und von dort aus weiter nach Tetouan in Marokko. Ein kurzer erster Trip auf afrikanischen Boden, dem später weitere Reisen nach Ägypten, Mauritius und durch Marokko folgen sollten.

Den ersten Schritt auf amerikanischen Boden machte er 1978 zusammen mit der Schweizerin Sandra, als sie mit Freddy Lakers ›Air-Train‹ von London nach L.A. in Kalifornien flogen. Von dort ging es gleich weiter kreuz die quer durch Mexiko und abschließend durch die karibische Inselwelt, wo die beiden auf zwölf verschiedene Inseln kamen. Eine ›Reise ihres Lebens‹, die von Oktober 1978 bis März 1979, also ein halbes Jahr, und sie erstmalig in die Tropen führte, als sie in Mexiko bei Mazatlan am pazifischen Ozean den tropischen Wendekreis des Krebses (lateinisch: tropicus cancri) überschritt. Da hatten sie großes Glück und reichlich Erfahrungen fürs restliche Leben, die sie in Amerika, in Mexiko und in den karibischen Tropen machten. Da in den Tropen war es ihnen so schön muckelig warm, dass sie dort gleich vier Monate blieben. In späteren Jahren folgten deshalb für Danny auch Flugreisen nach Kuba, zweimal zur Dominikanischen Republik, noch mal nach Kalifornien, nach Massachusetts und New Orleans.

Das hieße im Einzelnen folgende topografische Koordinaten:
vom äußersten Westen der kalifornischen Pazifik-Küste, von Sausalito bei San Francisco, 123 ° westliche Länge,
bis zum äußersten Osten der Insel Taiwan, früher Formosa, jetzt ROC, die Republik of China, und dort die Ostküste, in Hualien, 122 ° östliche Länge. Und wieder war es der Pazifik, bloß dieses Mal von der anderen Seite.

Und in der Nord-Süd-Achse wagte sich Danny weit über den Polarkreis bei Rovaniemi in Finnland hinaus: ›im Weihnachtsmann-Dorf in Rovaniemi im finnischen Lappland können Sie täglich den Weihnachtsmann treffen sowie den magischen nördlichen Polarkreis überqueren. Rovaniemi ist die offizielle Heimatstadt des Weihnachtsmannes in Lappland.‹ Aber für Danny ging seine damalige Tramp-Reise 1975 noch viel höher nach Norwegen, bis kurz vor das Nordkap, bis Alta bei Tromsö, 70 ° nördlicher Breite. Von dort noch nach Senjahopen auf der Insel Senja, im Europäischen Nordmeer, Nord-Atlantik.

Und in südlicher Richtung überquerte er 30 Jahre später sogar den Äquator, um mit seiner Frau Moni 2005 die schöne Insel Mauritius zu entdecken: deren Südspitze liegt im indischen Ozean, ca. auf dem 20 °, südlicher Breite.

Danny erreichte also eine West-Ost-Ausdehnung von 245 Längengraden und eine Nord-Süd-Ausdehnung von 90 Breitengraden.

Das wäre beim Ideal einer Erdumrundung mit 360 Längengraden bei ihm immerhin mit 245 ° über 2/3 der Erdumrundung. Es fehlten ihm eigentlich nur die 115 Längengrade, die der Pazifik ausmacht.

Dagegen gibt es in der Ausdehnung vom Nordpol bis zum Südpol 180 Breitengrade, also jeweils 90 vom Äquator in Richtung Nord und Süd. Davon hat er mit 90 Breitengraden immerhin die Hälfte geschafft.

Vom Ankommen und Lernen …

… aber ob es auch hielt …? Ob es ihn glücklich gemacht hat …?

Das ist hier die Frage: was dauerte an, was hielt nachhaltig und was ist immer noch aktuell …?

Tja, die Sache mit dem selbstgefertigten Lederhut von 1974 ist leicht geklärt: dieser begleitete Danny auf seiner abenteuerlichen Reise über Land bis nach Afghanistan. Er schützte ihn vor Sonnenschein und Ungemach, hin und zurück …

… aber nur bis Stuttgart, haha … Zwar hatte Danny mit seiner zehnwöchigen Reise bis nach Afghanistan sozusagen sein ›Traveller-Gesellenstück‹ abgeliefert, und dabei begleitete ihn sein selbst angefertigter Lederhut durch den Orient auf dem Hippie-Trail treu und brav. Und dann ließ er ihn ausgerechnet auf dem Rückweg im Nachtzug von München nach Stuttgart liegen und sah ihn nie wieder. Wie blöd war das denn …?!

Und die Frage nach dem Glück: boah, endlich von Persien nach Afghanistan geschafft zu haben …

… das nahm Danny 1974 einfach so hin, als ein Teil seiner Reise. Von Glück konnte er da nicht gerade sprechen. Und das zu wiederholen, das kommt ihm überhaupt nicht ›in die Tüte‹: Afghanistan mit seiner aktuellen mittelalterlichen und frauenfeindlichen Taliban-Regierung, nee, das möchte er nicht geschenkt bekommen.

Bei Kalifornien sieht das schon anders aus: zweimal war Danny dort schon, 1978 und 1986 mit der brünetten Schweizerin Sandra. Und jedes Mal hat es ihm dort gut gefallen. 1986 feierte er dort sogar seinen 35. Geburtstag. Nun gut, er würde es nicht gerade als das ›gelobte Land‹ nennen …

… aber Glück hatte es ihm ja wenigstens 1978 beim Trampen gebracht.

Und Mauritius 2005 war wirklich ne schöne Insel im Indischen Ozean, ›Blaue Mauritius‹ hin oder her: ein interessanter Mix der verschiedenen Kulturen, obwohl voll in den Tropen, ein angenehmes Klima, da überall ein leichtes Lüftchen vom nahegelegenen Meer wehte. Um dort hinzukommen, überquerten Danny und Moni ja sogar erstmals den Äquator …

… tolle Sache, aber deshalb könnte Danny nicht gerade von Glück reden.

vom Ankommen und Lernen...

mit dem Lederhut nach Afghanistan 1974

mit dem Auto durch California 1986

mit dem Bike durch Goa 1990

fröhliche thailändische Kinder 1995

Vom Ankommen und Lernen. links oben: mit dem selbstgefertigten Lederhut 1974 über Land bis nach Afghanistan; rechts oben: in Kalifornien 1986 feierte er seinen 35. Geburtstag; links unten: endlich mit dem Motorrad durch Goa 1990/91; rechts unten: fröhliche Kinder in Thailand 1995

Aber alles in allem hatte Danny großes Glück in seinem Leben damit gehabt, dass er in der Lage war, all diese Reisen überhaupt machen zu können. Sie erweiterten seinen Horizont global und grenzüberschreitend. Sie gaben ihm die Fähigkeit zur Toleranz und Geduld. Sie brachten ihm aber auch ein gehöriges Maß an Zufriedenheit mit seinem Leben, weil er lernte, wie es woanders in der Welt zuging .... Mit Demut erinnert sich Danny an verschiedene Situationen bei seinen Reisen.

Als er in Sri Lanka von ihrem Touren-Reiseleiter Sumith zu sich nach

Hause eingeladen wurde, wo dieser mit seiner Familie materiell äußerst ärmlich und bescheiden lebte. Denn er, seine Frau und ihre beiden kleinen Kinder schliefen zu Viert quer auf einer Matratze in der Küche seiner Schwiegereltern.

Oder als sich ein Dutzend fröhlich lachender thailändischer Kinder aus einer kleinen Dorfschule in der Nähe eines Wasserfalles begeistert aneinander drängten, um nur ja alle mit auf das Foto zu kommen, was diese komische Bike-fahrende ›Langnase‹ da von ihnen machen wollte.

Schließlich kamen sie an den Slums von Manila vorbei, wovor sie vorher immer eindringlich gewarnt worden waren. Aber dort trafen sie nur freundlich winkende Menschen. Und es war auch überhaupt nicht gefährlich.

Oft erlebten Danny und Moni Menschen, die trotz großer Armut glücklich aussahen. Diese Erkenntnis, dass das Materielle nicht das wichtigste im Leben ist, sondern das Strahlen von innen, das Glück, am leben zu sein. Diese wertvollen Erfahrungen brachten ihm Gelassenheit im Alltagsleben, auch in schwierigen Phasen seines Lebens …

Mit Glück dann doch mal nach Goa

In den 70er Jahren las Danny Kowalski mit Begeisterung ›Siddharta‹ von Hermann Hesse, wie es viele romantische Jugendliche in jener Zeit taten. Dann lernte er 1973/74 sogar noch Yoga bei einem indischen Lehrer an der Ruhr-Uni Bochum, der sie auch in die Geheimnisse der guten Nahrung einweihte und ihnen Neti und Dhauti beibrachte. Neti, die Nasenreinigung, und Dhauti, die Zungenreinigung. Neti machte er allerdings nur einmal und dann nie wieder. Aber Dhauti fand er super toll. Und zwar so sehr, dass er sie auch heute, 50 Jahre später, immer noch mit Begeisterung durchführt. Mit einem einfachen Teelöffel streifte er sich damit seine Zungenoberfläche ab, drei Mal täglich zusammen mit dem Zähneputzen nach den Mahlzeiten. Dhauti gehörte zu seinem regelmäßigen Hygieneprogramm, und ohne würde ihm was zum Wohlbefinden fehlen.

Da kann man sich vielleicht vorstellen, dass er schon immer mal nach Indien reisen wollte.

Ende der 80er Jahre hätte es fast geklappt. Er meldete sich für eine zweiwöchige Weiterbildungsreise nach Goa in Indien an, und oh Glück: diese bewilligte ihm sein Arbeitgeber zu aller Überraschung sogar. Aber diese Weiterbildungsreise konnte mangels Teilnehmerzahl nicht stattfinden. Denn die geforderte Mindestzahl von 16 Teilnehmern wurde leider nur zur Hälfte erreicht. Deshalb fiel sie ganz aus: doch nur das Nietenlos gezogen.

Dann lernte er durch seine damalige Freundin June, die mit den kurzen roten Haaren, das Ehepaar Corinna und Joss kennen: sie lange dunkelbraune Haare, die typische Ex-Hippie-Braut, er dagegen kurze dunkelblonde Haare. Sie wohnten zusammen mit ihrem hellblonden Sohn Tim im selben Haus wie June. Sie freundeten sich mit Danny auch wegen vieler gemeinsamer Interessen rasch an. Dann stellte sich auch noch raus, dass Corinna und Joss schon seit vielen Jahren nach Goa reisten. Denn sie hatten dort auf Dauer ein Haus am Strand gepachtet. Dieses Haus war sehr groß und hätte sogar für Danny ein Extrazimmer. Durch diese Einladung kam er dann doch noch mal nach Goa: was für ein Glück, endlich in Goa 1990/91 mit dem Motorrad gemütlich durch die Dörfer und Palmenhaine zu kutschieren …

Glücksreise in die Karibik

Es war im Januar 1989, als die blonde, schlanke und lebenslustige Lia und Danny feststellten, dass sie beide noch vom Vorjahr zwei Wochen Resturlaub übrig hatten. Was tun damit, um ihn sinnvoll anzulegen? Da ihre Partner keine Zeit hatten, um mit ihnen den Urlaub zu verbringen, gingen sie zusammen ins Reisebüro, mit dem Ziel, dem Winter ein Schnippchen zu schlagen, und irgendwohin in die Sonne zu fliegen. Raus kamen sie mit einer preisgünstigen ›Glücksreise‹ in die Karibik, zur Dominikanischen Republik. Sie reisten wieder mal als Freunde in die Ferne.

Das System einer Glücksreise ist, dass diese sehr preiswert ist. Dafür wussten sie vorher nie, wo sie vor Ort untergebracht würden. Deshalb sollten die ›Glücks-Reisenden‹ eine gewisse Gelassenheit und Flexibilität haben.

Danny und Lia jedenfalls hatten totales Glück mit ihrer Glücksreise. Nach der Landung in Puerto Plata stiegen sie in ein kleines Propellerflugzeug für 8 – 10 Personen um und flogen damit die Küste entlang nach Osten auf die Halbinsel Samana. Die war und ist jetzt sicherlich immer noch über und über mit Kokosplantagen bedeckt und war so an sich schon eine Augenweide. Auf einer Sandpiste unweit der Küste, aber von Dschungel umgeben, wie in Lambarene bei Dr. Albert Schweitzer, rumpelte ihre Maschine in der Nähe von Las Terrenas auf die Tropeninsel runter. Sie hatten das Glück, in der weitläufigen Anlage des ›El Portillo Beach Clubs‹ in einem Appartement unter Kokospalmen untergebracht zu werden. Denn das war eine Viersterne-Anlage, obwohl sie nur für drei Sterne gebucht hatten. Und obendrauf bekamen sie noch zum ersten Mal im Leben ›All inklusive‹ statt der gebuchten Halbpension. Also gleich viermal Glück bei der Glücksreise.

Dann planten sie auch mal einen Dschungeltrip zu den Wasserfällen von El Limon. Trotz tropischer Regenfälle in den letzten vier Tagen vor dem Trip trafen sich 11 Wagemutige an einem Montagmorgen um 09.00 Uhr vor dem El Portillo mit festen Schuhen, kurzer Hose, T-Shirt und entschlossenem Blick. Den würden sie auch noch brauchen. Zusammen mit dem Chauffeur und dem Dschungel-Führer Rafael quetschten Lia, Danny und die anderen neun Aufrechten sich in einen Kleinbus. Und ab ging die Fahrt vorbei an kleinen Feldern mit Ananas, Melonen, Kalebassen, Tabakpflanzen und Zuckerrohr nach El Limon. Dort stiegen sie aus und liefen noch ca. zehn Minuten den Rest des Weges bergan zu Fuß und bogen dann bei ein paar Holzhütten in den Tropenwald ab. Inzwischen regnete es schon wieder. Na ja, aber in den nächsten vier Stunden hatten sie sowieso mehr mit der Flüssigkeit zu tun, die als Schweiß aus ihren Poren heraus tropfte. Denn es war feucht, es war schwül, und es war heiß. Der Dschungelpfad aber blieb überwiegend glatt, glitschig und matschig. Nach ein paar Minuten schlossen sich ihrer Karawane ein halbes Dutzend junger kaffeebrauner Mädels an, deren stützende Hände Lia und die beiden anderen Frauen ihrer Gruppe gerne in Anspruch nahmen. Trotzdem sahen sie unten herum nach einer halben Stunde schon ziemlich pampig aus, nachdem sie zum ersten Mal einen Fluss knietief durchwatet hatten.

Aber es sollte noch schlimmer kommen, als nur die Turnschuhe völlig nass zu bekommen. Danach sackten sie nämlich bei jedem Schritt teilweise bis zu den Knöcheln in lehmig braunen Matsch und sahen bald aus ›wie die Sau‹. Bei dieser Aktion konnte jeder hervorragend seine Sauberkeitserziehung überdenken. Denn schnell kam es nicht mehr auf ein sauberes, sondern auf ein heiles Ankommen an. Die Aussicht über das grüne Dach des Tropenwaldes war grandios, wenn sie auf den Höhen entlang wanderten. Zumal inzwischen wieder strahlender Sonnenschein herrschte, aber auch entsprechende Hitze. Sie sahen Berge über Berge, mit Palmen oder anderen üppigen Grünpflanzen bedeckt: halt Urwald. Irgendwann hörten sie dann das Rauschen des Wasserfalles. Und dann sahen sie auch bald die Kaskaden der beiden Wasserfälle von Weitem. Der obere der beiden Wasserfälle fiel ca. 90 m tief. Das Ziel war nach zwei Stunden anstrengendster Dschungelwanderung erreicht. Sie wuschen ihre Füße und Hände. Manche badeten sogar. Oder sie stellten sich einfach unter die sprühenden Wassertropfen des großen Wasserfalles: endlich Erfrischung und ein bisschen Pause. Dort am Ufer des Kaskaden-Stausees fand Danny einen Glimmer-Stein und überraschend sogar versteinerte Muscheln und Austern. Lia war dagegen so erschöpft, dass sie sich neben Danny auf die Uferböschung legte und ausruhte.

Aber insgesamt hatten die beiden dort 1989 in der Karibik einen entspannten schönen Urlaub. Das eine war schon sehr extrem, als sie zu einem Dschungel-Wasserfall wanderten und schlitterten und durch Flüsse wateten. Doch sie flogen ja auch zur Hauptstadt Santo Domingo, machten Motorrad-Ausflüge in der Umgebung oder eine Tagestour zur wunderschönen Insel Cayo Levantado. Die Glücksreise hatte ihnen Glück gebracht.

Und dann war da noch Thailand, das einstige Traum-Urlaubsland von Danny und Moni. Er war dort schon sieben Mal, davon fünfmal zusammen mit seiner Moni im Jahrzehnt der 1990er Jahre. Meistens wohnten sie in Süd-Thailand, in Khao Lak in einer der einfachen Bambus-Hütten, in Sichtweite zum Meer, dem Andamanischen Meer. Dort fühlten sie sich in den Wintermonaten für 3, 4 oder 5 Wochen so wohl, dass sie dachten, es wie einige andere der älteren Gäste dort auch zu machen. Nämlich später, wenn sie mal Rentner wären, dort für das Winterhalbjahr hinzuziehen, und nur das Sommerhalbjahr zu Hause in Deutschland zu verbringen. Aber da hatten sie ihre Pläne ohne ihre spätere tatsächliche Realität gemacht. Ihre Urlaubs- und Lebenswünsche hatten sich komplett verändert. Wegen der Corona-Krise wollten sie in kein Flugzeug mehr steigen. Auch vorher waren sie aus ökologischen Gründen, aber auch aus Unlust zu fliegen, schon seit Jahren nicht mehr irgendwohin geflogen. Ihre letzte Flugreise war schließlich die zur griechischen Insel Karpathos 2014. Dazu kam ihre – besonders bei Moni ausgeprägte – gesundheitlich bedingte Abneigung gegen große Hitze, besonders gegen tropisch schwüle große Hitze. Fazit: keine Tropen mehr. Ihre Überwinterungs-Pläne an den Stränden Thailands aus den 90er Jahren waren damit ad acta gelegt.

Abteilung Glück im Unglück

Danny's erster Flug sollte für eine Amerika-Reise von London nach L.A. gehen. Er hatte gespart, und der Zeitpunkt schien günstig, die Planung war punktgenau: ein halbes Jahr Amerika sollte es sein, von Anfang Oktober 1978 bis Ende März 1979.

Und dann wäre fast schon alles auf der ersten Etappe gescheitert. Amerika ist ein Kontinent, den man heutzutage mit dem Flugzeug erreicht. Bis dahin war er noch niemals zuvor geflogen. Aber dass Dannys allererster Flug überhaupt auch gleichzeitig fast sein letzter und dadurch sein Lebensende gewesen wäre, das hätte er sich auf keinen Fall träumen lassen. Und das kam so: ursprünglich wollte er am 5. Oktober 1978 mit Freddie Lakers ›Skytrain‹ vom Londoner Flughafen Gatwick nach Los Angeles fliegen. Dieser Stand-by-Flug war für einen Preis von 350,– DM äußerst günstig, und er kam auch am selbigen Tag ins Flugzeug hinein. Bei anderen Stand-by-Flügen hätte er einige Tage warten müssen, selbst bei Laker musste man unter Umständen einige Tage Wartezeit in Kauf nehmen. Aber die Linie nach Kalifornien hatte Laker erst kurz vorher eingerichtet, und so war diese Reisemöglichkeit noch relativ unbekannt. Die DC 10 jedenfalls flog mit nur einem Drittel besetzt los. Danny war allein unterwegs und wurde neben eine junge Schweizerin mit langen brünetten Haaren gesetzt. Sie hieß Sandra und war ebenfalls Alleinreisende. Sie kamen ins Gespräch und waren froh, bei diesem langem Flug jemand zum Plaudern neben sich zu haben. Aber leider hielt der Flieger nur bis etwa Mitte des Atlantiks durch. Es begann mit einigen Wolken-Rempeleien und turbulenten Erschütterungen, bevor sie der ›Tanz der Lüfte‹ verunsicherte. Danny dachte sich: »das muss wohl so sein beim Fliegen«, ohne dass er überhaupt wusste, wie's denn eigentlich zu sein hätte beim Fliegen.

All das geschah während des Bord-Filmes, in dem Robert Redford als ›Downhill-racer‹ skifahrend Gangster und Skihaserln jagte. Als dann nach dem Film die Flugzeug-Rolläden wieder hochgezogen wurden, befand sich seltsamerweise die Sonne – im Gegensatz zum Beginn – auf der anderen Flugzeug-Seite. Nun kam allerdings doch größere Unruhe unter den Passagieren auf: »Was war geschehen? Warum flogen sie wieder zurück?«

Nach allerlei Munkeleien und als die Gerüchteküche fast am Überkochen war, wurden die Passagiere endlich – wenn auch nur zögernd – von der Bordbesatzung unterrichtet: »eine von den drei Turbinen ist ausgefallen.«

Damit war's natürlich mit dem Weiterflug ›Essig‹, und den nächsten Morgen im sonnigen California konnten sie sich alle abschminken. Sie mussten wieder umkehren. Zurück ins herbstlich-trübe London und dabei auch noch um ihr Leben fürchten. Glücklicherweise wusste Danny in diesem Moment überhaupt nichts über die Gefährlichkeit von DC 10-Flugzeugen. Wie viel davon schon abgestürzt waren. Warum gerade Laker mit seinen Billigflügen diese Maschinen so günstig erstanden hatte, oder ähnliche ›Scherze‹ …!?

Danny hielt das für ein ganz spezielles und individuelles Problem seines Flugzeugs. Nach sich endlos hinziehenden Stunden zwischen Hoffen und Bangen schafften sie's gerade noch mit Ach und Krach und einer linksschiefen Notlandung zu ihrem Ausgangspunkt Gatwick zurück. Der Pilot musste bei der Landung kräftig gegenlenken, deshalb setzte die Maschine auch mit einem wilden Ruck wieder auf den sicheren Boden von Mutter Erde auf, was von den Passagieren mit prasselndem Beifall bedacht wurde. »Aber was nun?« Es war mittlerweile Nacht geworden, und Ratlosigkeit machte sich sowohl bei der Laker-Crew, aber noch mehr bei den Passagieren breit. Zu früh wähnten sie sich schon unter Kaliforniens Sonne. Nun saßen sie wieder in Old England herum: mitten in der Nacht und ohne Gepäck, d.h. auch ohne Schlafsack. Aber die Flugfirma ließ sich nicht lumpen. Schließlich stand der gute Ruf auf dem Spiel, und es durfte sich nichts Negatives rum sprechen. Und damit kam die große Wende: seine ›goldene Laker-Serie‹ begann.

Zuerst wurden sie alle mit Bussen nach Brighton gefahren, einem berühmten und mondänen Kurort an der englischen Südküste. Unterwegs wurde ihnen allen ein umfangreiches Abendessen gereicht. In Brighton kaum im Hotel angekommen, servierte man ihnen Drinks nach Wunsch. Das Hotelzimmer erster Klasse überstieg bei weitem seine Fähigkeit, den gesamten Komfort auszunutzen. Nach seinem geheimen Wunsch war es dann tatsächlich mit Blick aufs Meer. Und es hatte die Größe einer ganzen Wohnung, nämlich Schlafzimmer, Wohnzimmer, Badezimmer, und bot an Schikanen einen Balkon an der Promenade mit Meeresblick, Farbfernseher, Telefon und telefonisches Wecken auf Wunsch, Lichtbedienung vom Bett aus, und im Badezimmer neben Wanne und Dusche natürlich ein Bidet.

Hinterher erfuhr er, dass die bescheidene Unterkunft rund 160,- DM pro Nacht gekostet hätte. Natürlich ging es wie alles Übrige auch auf Kosten von Sir Freddie Lakers Company.

Zusätzlich erlebte Danny am nächsten Tag Brighton bei Sonnenschein sehr freundlich. Und alles endete mit einem so reichhaltigen Lunch, dabei soviel Wein, wie er wollte, dass er gar nicht alles auf bekam.

Dann der zweite Versuch. Natürlich saß Danny wieder neben Sandra. Sie hatten ja die selben Sitzplatz-Nummern wie tags zuvor. Und es war dasselbe Flugzeug. Das war leicht daran zu erkennen, dass im Aschenbecher von Sandras Sitzplatz noch das Kaugummipapier lag, das sie dort am Tag zuvor deponiert hatte. Das war natürlich nicht sonderlich beruhigend, mit derselben Unglücksmaschine wieder in die unsicheren Lüfte zu steigen.

Aber sie wurden wenigstens durch eine gute Aussicht belohnt. Dann ging's hoch über die Wolken, wo die ewige Sonne schien. Die Wolken unter ihm sahen aus wie das ewige Eis- und Schneefeld von Grönland oder Alaska. Und immer der Sonne hinterher: neun Stunden Sonnenüberschuss gewann er ihr durch die Zeitverschiebung ab.

Kurze Zwischenlandung in Bangor, Maine: verregneter US-Nordosten. Wegen des Regens sah er von den USA eigentlich kaum etwas, nur ein Stückchen Neufundland und Kanada, den Huron-See, einer der großen Seen, abends die Lichter von Las Vegas, und endlich L.A. in Southern California. Endlich im Land von Sonne, Palmen, Weintrauben, Blumen und Beaches …

Und dann war er dort gelandet, im gelobten Land, California Dreamin‹. Aber er hatte keinen Plan, wie es nun weiter gehen sollte. Immerhin beschlossen die beiden Alleinreisenden Sandra und Danny, erst einmal zusammen zu bleiben. Das war für beide eine Einladung zu einer großen Glücks-Reise. Denn das da in Kalifornien sollte ja erst der Beginn eines großen halbjährigen Reiseabenteuers werden.

Und sie hatten dabei soviel Glück gehabt, ›Glück im Unglück‹ : erster Flug, über dem Atlantik eine der Turbinen ausgefallen, zurück nach Europa, heile gelandet, am nächsten Tag zweiter Versuch mit dem selben Flieger, und sicher in Kalifornien gelandet …
    GLÜCK-GLÜCK-GLÜCK, Glück im Unglück, was sollte da noch schief gehen …!?

Und Sandra hatte dadurch und ihre weiteren Erfahrungen die Suche nach dem Glück in der Taoheart-Dimension gefunden. Dazu äußerte sie sich: »*Sandra im Glück oder ›Glück im Unglück‹, ja das ist so wie sie leibt und lebt und durchs Leben geht. Und es wird immer besser, weil sie in allem auch eine Lernlektion sieht, die sie weiterbringt, auf den next level. Und weil sie alles gar nicht mehr so persönlich nimmt, ihren Anspruch auf Perfektionismus lachend hinter sich lassen konnte und eh nur noch nach vorne schaut und dort wartet eigentlich eh immer was Gutes.*
    ›Sandra im Glück‹ eben, zusammen mit anderen liebenswerten (zumindest im Kern) liebevollen Personen, beobachtet und beschrieben vom ›berühmten‹ Bestseller-Autor und wahren Lebenskünstler (denn er weiß, wie's wirklich geht), dem lieben Danny.«
    »Danke, Sandra im Glück, dich erlebt zu haben …«, meinte jedenfalls Danny.

Passend zu dieser Story ›Glück im Unglück‹, als Danny und Sandra im Flieger nach L.A. dem Tode gerade noch mal ›von der Schüppe gesprungen‹ waren, führt Horst Lichter seine Gedanken über den Tod und das Glück aus: »*Ich habe keine Angst vor dem Tod und kann auch sehr gut darüber reden, wie ich mir mein Begräbnis vorstelle, wie ich alles geregelt haben möchte … das kann ich alles erklären, ohne sentimental zu werden … Wir müssen uns alle viel mehr mit dem Tod beschäftigen, denn er gehört zum Leben. Das ist das Einzige, was klar ist, wenn man geboren wird, dass man sterben muss. Alles ist vergänglich, das ist der Deal des Lebens. Du kommst zur Welt, du wächst heran, dann kommt die Blütezeit, wo du viel bewegst, und danach beginnt eine Zeit, wo die neue Generation, die dann in Blüte steht, sich hoffentlich auch um dich kümmern wird … wenn du Glück hast! Und dann wirst du gehen. Und das größte Glück ist, möglichst schnell zu gehen, ohne großes Leid.*« [*]

Da sprach Horst Lichter dem Danny aus dem Herzen. Zwar wollte er wirklich nicht schon bei seinem ersten Flug 1978 ›über die Wupper‹ gehen, aber inzwischen – 45 Jahre später – da hatte der Danny sich inzwischen auch schon intensiv mit seinem Ableben beschäftigt. Er hatte sogar 2018 schon mit seinem ›Lieblings-Bestatter‹ in Hagen Termine gemacht, um alles festzulegen, im Voraus zu planen, und auch per Bestattungs-Vorsorge zu bezahlen, was irgendwann mal für die Zeit von Tod, Ableben und Bestattung in einer schönen Urne wichtig sein wird …

Im Herbst 2022 las Danny von einem neuen Reisetrend: ›Vom Glück, allein zu reisen‹[**] hieß die Überschrift des Artikels von Sophie Sommer, worin sie sich für das bewusste Alleinreisen positionierte. Dazu schreibt die Reisebloggerin Alicia: »Wenn ich allein reise, kann ich die Person sein, die ich wirklich bin.« Und dann schildert sie in hellsten Farben, wie sie in Chile bei einem ihrer Alleinreise-Abenteuer »mit einem Naturspektakel belohnt wurde: der blühenden Atacama-Wüste. Das hätte ich nie erlebt, wenn ich nicht alleine unterwegs gewesen wäre. Auf Reisen habe ich außerdem gelernt, besser auf meine eigenen Bedürfnisse zu achten.«[**]

Tja, das mag ein neuer Trend sein, den Danny in den 1970er, 80er und

---

[*] Horst Lichter – Ich bin dann mal still, München 2020, S. 195
[**] Sophie Sommer – Vom Glück, allein zu reisen, in Westfalenpost Hagen, 01.10.2022

90er Jahren schon selber durchgeführt und gelebt hatte. Alleine 1972 das ›Reise-Schicksal spielen lassen‹, als er mit einer VW-Busladung Holländer in Paris gelandet war … Damals hatte er sich quasi den ›Weg als Ziel‹ zum Reisethema gemacht. Denn er trampte per Anhalter ohne bestimmtes Ziel und fuhr demzufolge immer dorthin, wohin ihn die jeweiligen ›Lifts‹ gerade so hintrieben. Das war dann Holland, Belgien, Paris und bis zur Mittelmeerküste in Frankreich …

Auch 1987 seine Reise nach Rhodos, als er mit dem Vespa-Roller die Insel entdeckte, und 1991 der Ausflug von Massachusetts nach New Orleans, wo er mit nem Leihwagen einen Trip von Louisiana nach Mississippi unternahm, gehörten ebenfalls bei ihm in die Kategorie des Alleinreisens.

Aber das größte Abenteuer und sein ›Gesellenstück‹ als ›Lonesome Traveller‹ erlebte Danny 1974 in Afghanistan. Er war schon seit Istanbul allein durch den vorderen Orient unterwegs, erlebte Teheran und das Kaspische Meer in Persien, um dann über Mashad das wilde Afghanistan zu erreichen. Dort staunte Danny über die kargen Berge und die gelben Lehmhäuser in und um Herat. Er kam bei einem Spaziergang aus der Stadt Herat an einer Kaserne vorbei. Dort herrschte ihn ein afghanischer Soldat mit vorgehaltener Kalaschnikow an: »Verschwinde!« Was er dann auch gerne und schleunigst tat.

Erst der unfreundliche Soldat, dann aber erlebte er die echten afghanischen Wüstenbewohner hautnah, aber friedlich. Nach einer Weile Wüstenwanderung kam er wieder an einen Ort menschlicher Siedlung. Wasser war vorhanden und der Wille zum Leben. Dieses Dorf lag gut getarnt in der Wüste. Denn die Mauern und alle Häuser bestanden aus dem lehmfarbenen Sand, der genauso wie auch die umgebende Wüste aussah. Nur im Innern des Dorfes gab es eine farbliche Abwechslung. Die Moschee war mit weiß-blauen Mosaik-Kacheln verziert. Dort auf einer steinernen Mosaik-Bank neben der Eingangspforte der Moschee ließ er sich nieder. Da humpelte ein alter Afghane aus der gegenüberliegenden Hütte mit seinem Krückstock heran. »Uiiijj«, erst dachte Danny, es gäbe Ärger. Denn immerhin hatte er ja als Nicht-Mohammedaner die Moschee mit seiner ›befleckten Anwesenheit beschmutzt‹ . Aber nichts dergleichen. Er sollte nur etwas rücken. Denn der alte Afghane wollte sich dort nur auf der Gebetsbank niederknien, um seine Suren gen Mekka und Allah zu murmeln. Derselbe Mann lud Danny später sogar zum ›Tschai‹ ein, also zum Tee. Den tranken sie zusammen und andächtig in seiner afghanischen Einraumhütte. Das hatte er bestimmt nur deshalb erlebt, weil er allein durch diese Einöde gewandert war.

Und vielleicht war das Folgende der Lohn für diese Fußwanderung aus der Stadt heraus? Denn Danny erlebte das Lächeln einer jungen Afghanin. Sie war sogar so kühn, ihren Schleier zu lupfen, ihm ihr Gesicht zu zeigen und ihm lachend zuzuwinken. Zum ersten Male seit langem wurde ihm bewusst, was gerade in diesem Moment geschah. Als nämlich diese Gruppe scherzender und Wasser holender Mädchen bei ihm stehen blieb. Im Orient bedeutete Liebe für ein Mädchen nichts anderes als ein Teil in dem ewigen Zyklus ›geboren werden, heiraten, Kinder bekommen, sterben ...‹ So freute Danny sich über diese Aufweichung und kleine Unterbrechung dieser traditionellen Kette, dass er das hatte so erleben dürfen ...

Noch zwei Jahre früher hatte Danny schon einmal ein ›verdammtes‹ Glück im Unglück. Während seines Zivilen Ersatzdienstes im Winter 1972 trampte er mit Lulu aus Hannover nach Amsterdam. Lulu war die Frau, mit der er den ersten Sex hatte. Und was machten sie da in Amsterdam? Wie alle anderen jungen Leute am ›Dam‹ herumhängen, dem Platz mit dem großen sich nach oben hin verjüngenden Stein-Obelisken, zusammen mit den anderen Hippies. Denn der Dam in Amsterdam war 1972 der Treffpunkt der Hippies. Danach besuchten sie noch die ›Children of God‹, eine christliche Sekte, die davon lebte, dass sie übrig gebliebene Nahrungsmittel aus Restaurants, Geschäften und Hotels einsammelte und daraus ein kostenloses frugales Mahl für alle ›Kinder Gottes‹ zubereiteten. Sie durften dort umsonst mitessen, sangen auch hinterher ein wenig mit, ließen sich aber nicht dazu missionieren, bei ihnen mitzumachen.

Stattdessen suchten sie eine Bleibe für die Nacht: auf einem Hausboot auf einer Gracht fanden sie für wenig Geld ihr Glück. Am nächsten Morgen krabbelte Danny schon früh aus seiner warmen Bundeswehr-›Schlaftüte‹. Er schaute schlaftrunken dem morgendlichen Treiben auf der abgelegenen Gracht zu, bis er auf einmal von einem lauten Krachen hellwach wurde.

Der Betreiber des ›Sleeping-boats‹ lüftete seinen Kahn, indem er durch das Verschieben einiger Bohlen frische Luft und Licht in die Schlafplätze im Innern des ›Appelkahns‹ schaffte. Dabei entglitt ihm eine der schweren Holzbohlen. Die dann mit lautem Krachen ins Schiffsinnere fiel. Und wohin?: genau an die Stelle, wo Danny fünf Minuten vorher noch gelegen hatte. Einen halben Meter neben Lulu, die natürlich auch zu Tode erschreckt hellwach wurde. Hätte Danny dort noch gelegen, hätte ihn die Holzbohle glatt enthauptet oder wenigstens ›gepfählt‹ …! Nur weil er schon wach war und auf dem Boot herumlief, blieb er unverletzt.

Mann-Mann-Mann, das reichte ihm für dieses Mal in Amsterdam an Abenteuern. Sie verließen die Stadt trampend, schafften es aber bis zur nächsten Nacht nur bis Arnheim, wo sie im Keller eines Neubaus nächtigten. Da es eine kühle Winternacht war, drückten sie sich mit ihren beiden Schlafsäcken wärmend dicht an einander.

Einmal war Danny mit Lydia auf der Autobahn unterwegs in Süd-Deutschland, Richtung Italien. Es war im Frühling 1980. Da waren die beiden auch knapp dem Tode entronnen. Und zwar rasten sie bestimmt mit 140 ›Sachen‹ über die nächtliche, ziemlich leere Autobahn, als sich plötzlich vor ihnen ein unangekündigtes Stau-Ende auf tat. Boaaahh! Gut, dass Danny früher Handball-Torwart war und deshalb eine rasend schnelle Reaktion hatte. Denn wie ein Handballtorhüter-Reflex riss er einfach den Kombi nach rechts auf die leere Standspur, um ihn da – ohne Vollbremsung – auslaufen zu lassen. Denn mit der ziemlich hohen Geschwindigkeit von 140 km/h wäre eine Vollbremsung viel zu gefährlich gewesen: noch mal Glück gehabt.

California Dreaming, oder:
knapp am Tod vorbei gekommen …

Neunzehn-Achtzig-Sechs, Danny reiste wieder mal zusammen mit Sandra, der sympathischen braunhaarigen Schweizerin, durch Amerika. Er hatte Glück, dass ihn seine Ex-Freundin Kirsten nach Amsterdam brachte.

Denn sie hatten eigentlich immer noch ein gutes Verhältnis zueinander. In Amsterdam am Flughafen Schiphol traf er Sandra, die von Zürich angeflogen kam. Zusammen stiegen sie in den Flieger nach Seattle an der Westküste der USA. Sandra war seit ihrem ersten erfolgreichen Zusammentreffen im Flugzeug 1978 von London nach L.A. so eine Art Glücksbringer für Danny. Und umgekehrt natürlich er auch für sie. Denn beide waren ja einem Flugzeugabsturz über dem Atlantik glücklicherweise entronnen. Nun wollte er wieder nach Kalifornien. Also fragte er flugs bei Sandra an, ob sie nicht zufällig mit wollte …? Sie wollte gerne und hatte auch genau fünf Wochen Zeit. Also beschloss sie kurzerhand, es noch mal zusammen mit Danny zu wagen, den Ozean zu überqueren. ›California Dreaming‹ war angesagt, und sie träumten dann fünf Wochen lang als zwei Freunde zusammen im September/Oktober live in California, USA.

Erst erlebten sie eine Woche lang zu Fuß San Francisco, sicherlich eine der schönsten Städte der Welt. Sie fuhren über die Golden Gate Bridge, sahen das bekannte Haight-Ashbury-Viertel und im Greek-Theater von Berkeley live die Musikgruppen ›UB 40‹ und die ›Fine Young Cannibals‹. Sie unternahmen eine Fährtour vorbei an der Gefängnisinsel Alcatraz bis hinüber nach Sausalito, wo sie die fantasiereichsten Hausboote bewunderten. Später liehen sie sich einen blauen Ford Tempo Automatik bei ›Budget‹ für nur 118 $ pro Woche und bereisten für die nächsten drei Wochen das südliche Kalifornien: Sacramento; Camping am Lake Tahoe; Schnee im Yosemite-Nationalpark; ihr südlichster Punkt in San Diego; Surfer beobachten bei San Clemente, der kalifornischen Riviera; im strömenden Regen durch Los Angeles: West-Hollywood entpuppte sich als Penner-Zentrum; Santa Barbara. Sie feierten Dannys 35. Geburtstag am 27.09.1986 in Carpenteria Beach.

Und schließlich Big Sur, wo einst Jack Kerouac und Henry Miller gelebt hatten. Sie besuchten die Henry Miller-Memorial Library. Dort trafen sie Emil White, einen alten österreichischen Freund von Henry Miller, dem dieser auch seinen Roman ›Big Sur und die Orangen des Hieronymus Bosch‹ gewidmet hatte.

In Big Sur campten die beiden idyllisch unter den hohen Nadelbäumen des Redwood-Waldes, Sequoia Sempervirens, die bis zu 100 m hoch werden können. Außer dem Rauschen der riesigen Bäume im Wind war es sonst eine Oase der Stille. Außer wenn sich morgens um 07.00 Uhr plötzlich der Boden unter ihnen bewegte …

…dann war zwar die Welt immer noch in Ordnung, aber die Tiere im Redwood-Wald machten solch einen Radau, als würde ihnen jemand die Federn vom lebendigen Leib reißen. Steller Jay, der Sternhäher oder auch Mountain Blue Bird, so hieß der Raudi. Dazu bombardierte der Wald die beiden mit Eicheln, dass es nur so im Unterholz krachte und auf den Boden aufbombte oder manchmal auch auf ihr Zelt aufprallte.

Nachts wurde Danny geweckt, weil ihn etwas leicht in die Seite stupste. »Was will denn Sandra jetzt von mir?« dachte er. Aber sie schlief. Dafür hob und senkte sich der Zeltboden, darunter hobelte und knabberte es verdächtig. Da hatte sich doch tatsächlich ein Erdhörnchen einen Gang unter ihr Zelt gewühlt. Und es war auch mit Schlägen von Danny auf den Boden kaum zur Ruhe zu bekommen. Kein Wunder, die Tausende von Erd- und Eichhörnchen fühlten sich in diesem schönen Redwood-Wald mit dem durchfließenden Big Sur River wie die Herrscher der Natur. Überall flitzten sie herum. Einmal ließen sie aus Versehen ihren Frühstückstisch aus den Augen, weil sie am Waschhaus das Campinggeschirr spülen wollten. Als sie zurück kamen, war der reinste ›Krieg der Tiere‹ zugange. Einige Sternhäher hüpften auf dem Holztisch herum und stritten sich um Brot und Käse: »Hack, hack, hack, schon war das halbe Frühstück weg.« Aber gleichzeitig wurden die Häher von oben von einem Trupp Eichhörnchen mit Tannenzapfen bombardiert, weil diese wohl auch schon ein Auge auf die Leberwurst geworfen hatten. Ein wildes Durcheinander aus fliegenden blauen Federn, berstenden Zapfen, Hörnchen, Hähern und Frühstücks-resten war das Ergebnis, haha, hihihi …

Das wirkliche Big Sur mit seinen wechselvollen Schönheiten konnten sie jedoch im Julia Pfeiffer Burns State Park genießen. Da gab es raue Klippen, friedliche Strände, rauschende Wasserfälle und gewundene Bäche zwischen Eukalyptus- und Redwood-Bäumen. Sie erlebten den wunderschönen Big Sur Beach State Park mit ›natural bridges‹, weißem Sandstrand zwischen umbrandeten Felsen. Das war wild und romantisch, besonders mit der über dem Horizont des Pazifiks untergehenden Sonne …

Nach diesen beeindruckenden Erlebnissen wollten sie sich was zum Grillen kaufen. Als sie mit dem Leihwagen zum Shop fuhren, hätte sie fast jemand ›getötet‹ . Es war schon dunkel. Und ihnen kam in einer Linkskurve ein großer Trailer-Van entgegen. Danny wollte es kaum glauben, als die Hälfte dieses riesigen Fahrzeuges auf seiner Spur direkt auf ihn zu geschossen kam. Im allerletzten Moment konnte er das Steuerrad noch nach rechts reißen und sie waren damit knapp am Tod vorbei gekommen.

»Wohl dem, der einen Handball-Torwart am Steuer hat. Reaktion ist alles …«

Nachdem die konkrete Lebensgefahr durch den von der Fliehkraft außer Kontrolle geratenen Van gebannt war, musste er sein Herz erst mal wieder beruhigen. Sie realisierten, dass sie mit knapper Not dem verhängnisvollen Auffahr-Crash entkommen waren. Denn an dieser Stelle der Küstenstraße von Big Sur ging es rechts steil hoch, während links die Steilküste nahezu senkrecht runter zum Meer abfiel.

Mit klopfenden Herzen kauften sie dann ein und grillten sich schließlich jeder einen Cheeseburger und Hamburger über der Glut ihrer Campingplatz-Feuerstelle. Das war nach T-Bone-Steak und Hotdogs die dritte US-amerikanische Spezialität, die sie sich selbst zubereitet hatten. Immer wieder Feuer, Rauch und Qualm. Ein großer Teil von Dannys Kleidung roch schon ganz verräuchert, nach all den vielen Camping-Grillabenden in Big Sur.

Nach dem Essen und bei einer gemütlichen halben Gallone kalifornischem Chablis der Gebrüder Ernest & Julio Gallo saßen Danny und Sandra am Lagerfeuer und ließen noch mal ihr gefährliches Abenteuer Revue passieren.

»Danny, trotz unserer überstandenen Abenteuer gehe ich jetzt ins Zelt, ich bin müde.«

»Good night, sunny Honey«, gab er Sandra mit auf den Weg und blieb noch eine Weile nachdenklich an der Glut des Feuers sitzen.

Um Mitternacht hatte Danny das Gefühl, wegen des gut ausgegangen und verhinderten Crashs für sich persönlich ein Fanal setzen zu müssen. So gab er dem Feuer ein Opfer für das gerettete Leben. Sein weißer mexikanischer Sonnenstrohhut aus Mazatlan von 1978 war zwar inzwischen schon arg lappig geworden. Trotzdem tat er Danny hier in Kalifornien als Sonnenschutz für seine ›Birne‹ ein paar Mal gute Dienste. Den warf er in die Glut. Und der Hut ging in Flammen auf. Aber schließlich begann für Danny ein neues Leben, weil das alte schon fast verwirkt gewesen wäre. Also ab mit dem Hut ins Feuer …

V. Glück durch die Liebe

Glück in der Liebe ist besser als Pech …

Dannys Jugend hatte tatsächlich spät begonnen, zumindest wenn man die Maßstäbe im neuen Jahrtausend zugrunde legt. Denn den ersten Zungenkuss erlebte er erst mit 18 Jahren.

Und das kam so: sturmfreie Bude zu Hause, Feier zum 18. Geburtstag 1969 in der Bar seiner Eltern. Danny hatte seine Freunde eingeladen: Florian und Frankie waren dabei. Und der lange Klassenkamerad Charly schleppte ›Perlen‹ an, zu denen auch die brünette Gina gehörte. Er hatte außerdem ein paar aktuelle Singles mitgebracht, die er auflegte. Zum Anheizen kamen die Top-Hits ›Proud Mary‹ von Creedance Clearwater Revival, Dannys damaliger Lieblings-Band, ›Honky Tonk Women‹ von den Rolling Stones und ›Sugar, Sugar‹ von den Archies auf den Plattenteller. Später am Abend wurde es schummriger: im Funzel-Licht der Bar liefen die klassischen Klammer-Blues-Stücke, damit sich die Paare enger aneinander krallen konnten. Und Danny kam zu seinem ersten Zungenkuss. Dabei wollte er die arme Friseuse Gina Engels beim Knutschen gar nicht mehr aus den Umarmungen lassen, so sehr hatte ihm das aufgestaute Verlangen gefallen: ja, ja, seine Jugend hatte spät begonnen. Aber wie kam das denn überhaupt zustande mit Dannys erstem Zungenkuss, wo er doch so unsäglich schüchtern war? Entweder war Gina wegen Dannys Geburtstag gezielt auf ihn angesetzt worden, da sie auch von der Größe zu ihm passte. Sie war nämlich etwas kleiner als der eh schon kleine Pimpf Danny, der auch später nie größer als 171 cm wurde. Oder aber es ›funkte‹ tatsächlich bei den beiden. Gerade als die Beatles passend dazu ›Come together‹ sangen, kamen sich Gina und Danny näher, pressten gierig ihre Lippen aufeinander und knutschten sich ihre Zungen aus dem Leib. Da startete ein heftiges Suchen, Kreisen und Saugen mit Dannys Zunge im Gaumen der Friseuse. Bei solch einem leidenschaftlichen Zungenkuss werden ja durchschnittlich 60 Milligramm Wasser, je 0,7 Milligramm Eiweiß und Fett sowie 0,4 Milliliter Salz ausgetauscht. Wirklich, ehhh …!? Das war Danny damals gar nicht so aufgefallen. Eher bemerkte er, dass in seinem Körper ein regelrechtes Feuerwerk ausgelöst wurde. Jedenfalls war er von der überraschenden Knutscherei so hin und weg, packte hier, packte da an die Friseuse dran, dass er für seine anderen Geburtstagsgäste kein Auge mehr übrig hatte. Er merkte gleichwohl bei den Umarmungen, dass sie unter ihrem Kleid wohl ein Mieder anhatte. So was trugen Mädels in den 60ern durchaus. Und dabei hörte er aus dem Hintergrund nur mit halbem Ohr die aktuellen Hits aus dem Jahre 1969: von Joe South ›Games People Play‹ oder von den Doors ›Come on Baby, Touch me‹, was er sich nicht zweimal sagen ließ. Man legte für die beiden frisch Verliebten von Elvis Presley ›Suspicious Minds‹ auf, auf dass sie sich noch enger ineinander verkrallten. Auch einer der Top-Jahres-Hits der Fifth Dimension ›Aquarius / Let The Sunshine In‹ brachte Dannys Gesicht nur weiter zum Glühen. Dieses einschneidende Erlebnis der Erweckung seiner erogenen Zonen brachte natürlich seine Phantasie noch mehr zum Tanzen: jetzt hatte er Ziele vor Augen. Er hatte somit das ›pralle Leben‹ erlebt und glühte vor Glück. Nun wusste er, was er wollte. Zwar wurde es nix mit den beiden, Gina und Danny wurden nie ein Paar, obwohl sie danach ein paar Wochen ›miteinander gingen‹ . Aber die Entdeckung der Zärtlichkeit beflügelte sein Leben von da ab um so mehr.

Der nächste Schritt war sein erstes Petting, einen Monat vor seinem 19. Geburtstag. Das war auf dem Isle of Wight-Festival 1970 zwischen Räucherstäbchen und 500.000 friedlichen Festivalbesuchern, als er während der romantischen Gesänge von Pentangle auch das erste Petting im Leben hatte: Ann aus Leeds hieß die Glücksspenderin.

»Whow, wie kam es denn dazu?« Tja, höret die Geschicht‹: mit seinem Freund Zippy war Danny nämlich 1970 nach London getrampt, mitten ins Swinging London. »Na ja, wo wir schon mal in der Nähe waren«, dachten die beiden Traveller, »warum sollen wir da nicht mal spontan zum

Isle of Wight-Festival vor der Südküste Englands trampen?« Ja, machten sie dann auch. Denn 1970 fand dort das letzte der Festivals statt, das so genannte ›europäische Woodstock‹. Fünf Tage lang unter der strahlenden Augustsonne, 50 Musikgruppen, und sie erfreuten sich an diesem größten europäischen Open-Air-Festival.

So lagen also die beiden jungen Traveller auf ihrer mitgebrachten Decke nur ca. 20 Meter von der Bühne entfernt mitten im riesigen Pulk der friedliebenden Festivalbesucher. Ständig kamen neue junge Menschen nachgeströmt. So auch die beiden englischen Girls, die sich ganz frech einfach neben die beiden Jungs setzten. Später wurde es immer voller und enger, sodass sie angenehmer Weise zwei nette Girls neben sich hatten. Da lagerten sie dort in der heißen Sonne der britischen Kanalinsel nebeneinander und kamen schließlich ins Gespräch. Die langhaarige Blonde neben Danny hieß Ann und kam aus Leeds. Nach einigen Stunden des vertrauten Nebeneinanderliegens lagen ihre Köpfe nur noch ca. 20 cm auseinander. Sie hatten anscheinend so viele gute Gespräche, dass Danny sich kaum wieder erkannte. Da er ja eigentlich viel zu schüchtern war, Mädels anzubaggern, brauchte es wohl den Zufall und die Enge des Festivalbetriebes, um sich mit solch einem holden Geschöpf anzuwärmen. Jedenfalls fragte er sie: »What do you think of a flirt?«

»Hahaha …«, heutzutage würde diese schlichte Frage nach einem Flirt sicherlich in der Hitparade der plumpesten Anmachen ganz oben landen. Aber damals war er erst 18 Jahre jung, noch nicht einmal volljährig und in keinster Weise rhetorisch geschult. Aber der Erfolg war überraschend durchschlagend. Denn statt einer Antwort kam sie mit ihrem Kopf näher und küsste ihn einfach. Da ließ er sich nicht zwei Mal bitten: der blonden Kussgelegenheit frisch an den Schopf gepackt, und ab ging die wilde Knutscherei. Vor lauter Übereifer verbrannten sie sich fast an den beiden Räucherstäbchen, die zwischen ihnen standen. Die hatte Danny irgendwann im Laufe des Nachmittags da hin gesteckt, um die Atmosphäre zwischen den beiden etwas anheimelnder zu machen. Ann war anscheinend auch gut in Stimmung. Oder vielleicht fand sie ihn ja auch einfach nur süß. Es blieb nicht beim Küssen und Knutschen allein. Erst ließen sie sich von Jimi Hendrix aufheizen, dann wurden sie vom wunderschönen Gesang der Sängerin Jacqui McShee von der britischen Folkrockgruppe Pentangle mit ihrem Song ›Cruel Sister‹ betört. Während dieses Auftritts hatte Danny sein erstes Petting-Erlebnis – inmitten von 500.000 Menschen – mit Ann unter ihrem schwarzen Lackledermantel. Sie befummelten sich, und es war eine fantastische Sache für ihn. Sie knutschten und herzten sich in Ekstase, bis er einen jubilierenden Samenerguss in seiner Hose bekam. Währenddessen feierten um sie herum eine halbe Million junger Menschen das Manifest von ›Love and Peace‹. So kam ihm immer dieser schwere Patschuli-Duft der Räucherstäbchen in die Nase, wenn er sich an sein erstes Petting-Erlebnis erinnerte.

Es war mittlerweile allerdings schon die Nacht nach dem letzten Festival-Tag angebrochen. Danny und Zippy waren vom ganzen Festival mitsamt des bunten Treibens der vielen jungen flippigen Menschen begeistert, von der vielfältigen Rockmusik sowieso. Und sie bekamen dann ja sogar auch ein wenig vom politischen Flair der 1970er Jugendkultur mit, als die US-amerikanische Folkmusikerin Joan Baez auftrat. Wegen ihres politischen Engagements wurde sie als ›das Gewissen und die Stimme der 60er‹ bezeichnet. Sie sang gerade mit ihrer besonders starken, klaren Sopran-Stimme ihren Song ›We shall overcome‹. Die beiden Jungs hatten vorher verabredet, vor dem Ende des letzten Auftritts das Gelände zu verlassen, weil sie nicht in die Aufbruchsstimmung von 500.000 Menschen geraten wollten. Deshalb brachen sie schon während des Auftritts von Joan Baez auf. Nach einigen wilden Abschiedsumarmungen ließ Danny sich nur schweren Herzens von Ann losreißen, dem hübschen blonden Girl aus Leeds. Aber er verließ mit einem breiten Grinsen auf dem Gesicht das Festivalgelände. Da war er aber mal so richtig glücklich. Das war ein Glück für die Ewigkeit. Denn er gehörte jetzt dazu. Sein ›Orgasmus in der Hose‹ hatte ihn zum Mitglied der Love & Peace & Music-Generation gemacht.

Tja, und dann folgte auch schon die erste Liebe mit Nicole im Alter von 19 Jahren, bei der die beiden schon jede Menge Petting hatten, aber alles noch ohne Bumsen ablief.

Danny, der Spätzünder, lernte erst 1971 als Oberprimaner die Freuden und Qualen der Liebe kennen. Er fuhr jahrelang täglich mit der dunkelhaarigen Susanne Sonntag aus Datteln oben im eineinhalb-stöckigen Bus der Linie 32, jeweils von Datteln nach Recklinghausen und wieder zurück. Susanne und Danny besuchten beide in Recklinghausen das Freiherr-vom-Stein-Aufbaugymnasium. Und durch sie lernte er ihre Klassenkameradin Nicole kennen. Er fand sie von Anfang an toll. Jedoch funkte es zwischen Nicole und ihm erst in der Recklinghäuser Disco ›Bodega‹, wo sie sich am Rosenmontag 1971 trafen. Nicole und Danny jedenfalls freuten sich damals beide über ihr Zusammentreffen und unterhielten sich prächtig. Er lieh sich dann sogar noch von seinem Klassenkameraden Fritz 2,– DM, damit er mit Nicole länger bleiben und ihnen beiden eine Cola bezahlen konnte. Sie redeten lange miteinander, kamen sich näher, schmusten und küssten sich und herzten und umarmten sich heftig. Daraus wurde eine wilde Knutscherei, wobei Danny sogar ihre schönen Brüste streicheln durfte. Sie war jung und intelligent, total hübsch, hatte lange dunkelblonde Haare, eine gut gebaute Figur und wunderschöne blaue Augen. Das war ja schier das reine Glück für Danny. Denn diese Augen waren wie Sterne, sie blitzten und strahlten, verfolgten ihn in seinen Träumen. Am nächsten Tag wurde er im Bus nach Recklinghausen von Susanne ausführlich ausgefragt. Stolz erzählte Danny ihr, dass er jetzt in Nicole verliebt sei und es gestern endlich bei ihnen beiden gefunkt hatte. Susanne fragte ganz neugierig: »Was habt ihr denn gemacht?«

Danny ganz happy und vielsagend: »Alles …!«

»Wie ›alles‹ …!? Auch Sex …?« drängelte Susanne weiter.

»Nein, natürlich nicht«, antwortete Danny entrüstet, »nur Küssen, Knutschen, Umarmen und ein bisschen ihre Brüste Streicheln …«

»Ahhh sooo …!?«

Nicole war eine echte ›Traumfrau‹ und wurde seine erste Freundin, seine erste unvergessene Liebe. Denn sie ›gingen zusammen‹, weshalb Danny den ganzen Sommer über glücklich war. Er war ja als Jugendlicher immer von der TV-Serie ›Ein Sommer mit Nicole‹ wegen des hübschen sympathischen Aupairmädchens Nicole aus Paris total begeistert. Und jetzt erlebte er selber einen schönen Sommer mit Nicole: großartig! Sie schwebten beide auf dem positiven Gefühl der Liebe. Das bedeutete für sie natürlich auch immer Leiden an der Liebe, weil der Liebende ja immer noch mehr möchte. Es war zwar die erste Liebe, aber Bumsen gab es bei ihnen noch nicht. Sie war ja auch erst 15 Jahre jung. Dafür verbrachten sie viele Wochen und Monate in den Feldern und Wäldern um Datteln und Recklinghausen, knutschten und rubbelten sich, streichelten und herzten sich. Ihre üppigen Brüste wurden beim ausdauernden und variantenreichen Petting gut und gerne von ihm massiert. Die Entdeckung der Zärtlichkeit führte ihn schließlich zur ersten großen Liebe im Leben, auch wenn es nur ein ›Sommer mit Nicole‹ wurde. Sex war natürlich ein großes Thema bei den jungen Leuten damals Anfang der 1970er Jahre, so auch bei Danny und Nicole. Aber als er sie kennen lernte, war sie ja noch 14 Jahre jung.

»Bumsen, Bumsen …!«. dieses Wort gefiel ihnen beiden, besonders vom Klang her. Aber sicherlich auch, weil es etwas noch Fremdes, Neues, Geheimnisvolles für die beiden bedeutete. Aber sie sprachen nur darüber, wenn sie zu ihrer Stammkneipe in Recklinghausen gingen, dem ›8 bis 8‹. Sie redeten nur darüber, aber machten es nie. Manchmal bei ihr zu Haus in ihrem Zimmer, wenn sie sich stundenlang streichelten und dabei ihre erogenen Zonen orteten. Doch meistens vergnügten sie sich in freier Natur unter westfälischem Sonnenschein in Wiesen und Auen. Und sie duftete immer so lieblich, wie nach Maiglöckchen: vielleicht war es ihr Parfüm?

Da passte ja auch ausgezeichnet der aktuelle Sommerhit des Jahre 1971 dazu: Daniel Gerard sang mit großer Inbrunst ›Butterfly‹ . Ja, und die beiden fühlten sich frei wie ein Butterfly, wie ein herum flatternder Schmetterling: ›the sweetest dance I can‹ .

Einmal schrieb sie ihm:

›Ich träumte einmal, ich sei ein Schmetterling.
Jetzt weiß ich nicht, ob ich ein Schmetterling bin,
der träumt, er sei ein Mensch‹

Ein anderes Mal erlaubten Nicoles Eltern ihr, dass sie zusammen mit Danny ein Konzert besuchte. Die Rattles kamen nach Datteln. Sie waren ja in den 1960er Jahren mit ihrem Sänger und späteren Barden Achim Reichel die deutsche Antwort auf die Beatles. Und die kamen also im Mai 1971 mit ihrem aktuellen Hit ›The Witch« nach Datteln. Leider verspätete sich der Anfang des Konzerts um mehrere Stunden. So brachte Danny seine Nicole notgedrungener maßen zur Bushaltestelle, küsste sie lange und intensiv und setzte sie in den Bus nach Recklinghausen. Das Knutschen mit ihr gefiel ihm besonders gut, wenn ihre Zungen sich umkreisten. Das war für Danny ein Gefühl von ›Heimat‹ ... und Glück-Glück-Glück. Na ja, danach ging er wieder zurück ins Kolpinghaus, um irgendwann doch noch die Rattles zu erleben.

Leider erfuhr Danny ein halbes Jahr später dann auch den großen Schmerz des ersten Liebeskummers. Denn Nicole trennte sich von ihm: Tränen, Trauer und Ungläubigkeit, dass alles vorbei sein sollte. Da hatte er erst mal dran zu knacken. Er heulte zu Hause bei seiner Mutter am Küchentisch Rotz und Wasser, als er ihr alles erzählte. Danny war zu der Zeit maßlos von Nicole enttäuscht, bis er sich nach einigen Monaten von der Trennung einigermaßen bekrabbelt hatte. Ja, da war es wieder, das Glück war doch nur ein rastloser Gesell.

Und dann war es auch bei Danny soweit: sein erster koitaler Sex im Alter von 20 Jahren.

Seinen ersten Sex, also richtiges Bumsen, erlebte er im Winter 1971/72. Da besuchte er häufig seine neue Freundin Lulu in Hannover. Seit Anfang Dezember 1971 machte er nach der Anerkennung als Kriegsdienstverweigerer Zivilen Ersatzdienst in der AWO-Altenwohnstätte in Datteln. Dort arbeitete er als Hausmeistergehilfe, also Reparieren, Gärtnern und Wände streichen. Aber am Wochenende war in der Küche immer ›Not am Mann‹, so dass er stundenlang an der Spülmaschine stand, um im meditativen Spülen für 120 Bewohner nie enden wollende Spülberge bewältigte. Alle zwei Wochenenden arbeitete Danny durch und hatte dafür alle zwei Wochenenden jeweils vier Tage am Stück frei: von Freitag bis Montag, da konnte er schon so allerlei bewerkstelligen. Auf der Autobahn brauchte er von Datteln nach Hannover im Auto nur zwei Stunden, er hatte aber noch kein eigenes. Deshalb trampte er regelmäßig nach Hannover. Ging auch recht flott.

Mit der langhaarigen Lulu, die wie so viele Mädels in jener Zeit aus Protest auf einen BH verzichtete, ging er dann meistens in den ›Maulwurf‹, eine Szene-Kneipe in der Hannoverschen City. Hinten im Rückraum knutschten und herzten sie heftig rum. Sie fragten dann, weil es schon spät geworden war, in der Kneipe nach einer Schlafgelegenheit für ihn. Da sagte einer neben ihnen: »Wenn du so gerne in Hannover bleiben möchtest, warum schläfst du denn dann nicht direkt bei deinem Prinzesschen?« »Im Prinzip würde ich das auch gerne«, entgegnete Danny ihm, »aber sie ist erst 16 Jahre alt und wohnt noch bei ihren Eltern. Da geht das leider nicht.« Da hatte der Mann ein Einsehen. Er hieß Uli, war Mitglied in einer Bildhauer-WG und dort bekam Danny einen Platz zum Schlafen.

Ein oder zwei Monate nach ihrem Kennenlernen kam es zu diesem denkwürdigen Ereignis im Atelier der Bildhauer-WG, als Lulu und Danny sogar beide dort nächtigen durften. Zwar war es malerisch und romantisch zwischen Werkbänken auf Matratzen und weißen Laken, wo sie ihren ersten Sex miteinander hatten. Aber ehrlich gesagt, fühlte sich das nicht wie das reine Glück an. Denn das war vielleicht ein elendes Gehampel, weil es doch für sie beide das erste Mal war und sie sich überhaupt nicht auskannten, wie ›es‹ ging …

Dannys und Lulus Sex-Spiele waren anfangs für sie beide bunt wie ein Regenbogen: ›She's a rainbow‹ sangen die Stones so schön dazu. Sie wollten immer nur spielen, und sie wollten Spaß, Spaß, Spaß …

Danny's erster Sex mit 20 Jahren war für ihn wie für jeden jungen Menschen in jener Zeit ein wichtiger Stichtag, egal ob Junge oder Mädchen. Danach war er dann allerdings drin im Thema, und es folgten schnell die anderen Reifeprüfungen aus der Welt der Erotik und des Sexus, gewürzt durch den Humor und die Erlebnisse der Spaßvögel und Sportskanonen.

Als es erst mal los gegangen war mit dem Sex, ging's danach ab wie ne Rakete …! Als würden die Frauen das riechen!?: den Geruch vom Sex der anderen Frauen. Früher, als bei Danny noch gar nix lief mit Mädels, war er auch für andere Mädels uninteressant, ja wie unsichtbar, da langweilig: »vielleicht roch er einfach wohl nicht nach Sex!?« Tja, und daher war er auch ohne Selbstbewusstsein. Sobald aber was lief mit Frauen und Sex, liefen ihm auch die anderen Frauen nach wie läufige Katzen. Entweder sahen sie es ihm an den Augen oder am Gang an, oder aber an der Ausstrahlung des Selbstbewusstseins …!?: die ganze Körpersprache, wie der moderne Fußballanalytiker sagen würde.

Vielleicht gibt es da Parallelen zu den Tieren? Sozusagen als Arterhaltungs-Strategien.

Fassen wir zusammen. Ja, wirklich, da hatte Danny doch großes Glück erfahren durch die Entdeckung der Zärtlichkeit.

Der erste Kuss war wie eine glückselige Eröffnung.

Das erste Petting machte ihn total glücklich, denn es führte ihn ein in die Welt von Love & Peace & Happiness.

Und danach auch noch die erste große Liebe, wobei er ganz viel Zärtlichkeit erlebte. Da schwebten die beiden vor Glück einen halben Meter über der Erde. Und die ›Schmetterlinge im Bauch‹ waren auch ein tolles Erlebnis voller Glücksgefühle.

Direkt glücklich war ja Danny durch den ersten Sex nicht gerade. Aber dann hatte er doch noch die Glücksgefühle durch regelmäßigen Sex und die dazugehörige Erotik erfahren.

Die erste längere Beziehung hatte Danny mit seiner dänischen Freundin Jytte, der Schwester seiner ehemaligen Brieffreundin, der hellblonden Jütin Inger-Lise. Mit Jytte war er ein Jahr zusammen, erst durch seine zahlreichen Besuche in Dänemark. Dann reisten die beiden für drei Monate per Anhalter durch Jugoslawien, Griechenland, Italien und der Schweiz. Danach wohnten sie zusammen in Datteln bei Dannys Eltern. Und schließlich wohnte Jytte im Schwesternheim des Prosper-Krankenhaus in Recklinghausen …

… bis sich ihre Wege wieder trennten.

Später, zwischen 1976 bis 1991, hatte Danny vier verschiedene Drei-Jahres Beziehungen. Da war er offensichtlich auf der Suche ›Cherchez la femme‹, auf der Suche nach der Frau fürs Leben. Erst die dunkelblonde schlanke Laura in den 70er Jahren, dann die schwarzhaarige Studentin Lydia Anfang der 1980er Jahre, gefolgt von der brünetten Alleinerziehenden Kirsten Mitte der 80er, und schließlich die kurzhaarige June Ende der 80er Jahre.

Die Inhalte der Beziehungen wurden reifer und erwachsener, denn mehr und mehr gesellschaftsrelevante, soziale und umweltpolitische Themen wurden diskutiert und auch gelebt. Das führte ihn sogar zur Mitarbeit in einer Gruppe mit jugendpolitischer Thematik. Nur die Lust auf Musikkonzerte und Reisen blieb, änderte sich aber je nach Geschmack und Situation. Mit Lydia hörte er Jazz-Rock, wohingegen Danny für Kirsten einer der ›neuen Männer war, die das Land brauchte‹, war sie doch Ina Deter-Fan. Mit June entdeckte Danny die fröhlichen Klänge von Latin-Musik.

Beim Reisen erlebte Danny Abenteuer zusammen mit Laura in Portugal, und später mit Lydia in Marokko. Dagegen machte er erwachsenere Reisen mit den beiden alleinerziehenden Müttern, mit Kirsten nach Holland, und Jahre später mit June nach Italien. Denn mit kleinen Kindern sind eigentlich Abenteuerurlaube weniger angesagt.

Als Resümee aus den verschiedenen Liebesbeziehungen hatte Danny das Gefühl, dass die jungen Mütter, die er kennen lernte, zärtlicher mit kleinen Dingen waren, da sie ja auch selber schon ihre Babys versorgt und gehütet hatten.

Aber trotzdem – jeweils immer diese drei Jahre nur hielten die Beziehungen: erst die totalen Glücksgefühle durch eine neue Liebe, dann die Sicherheit einer festen Beziehung, die irgendwann leider doch endete, weil es dann noch nicht optimal stimmte.

Ja, da war das Glück wirklich immer nur ein rastloser Gesell.

Wie die Geschichte mit Laura 1976, die er eines Abends auf einer Gartenhaus-Party wieder traf. Er hatte seine Bongos zum Session-machen dabei. Doch plötzlich hatte er Laura an sich hängen. Erst umarmte, dann küsste und knutschte sie ihn in ihrer unnachahmlich wilden Spontaneität, dass er kaum mithalten konnte, hatte er doch noch hinter ihr seine Bongos in der Händen. Die ließ er dann irgendwann einfach fallen und packte ebenfalls zu: leidenschaftliche Umarmungen und Küsse folgten.

Ein paar Tage später traf er Harry an der Tankstelle am Dattelner Südring, an der er gerade tanken wollte. Harry hingegen wollte zu Laura, die bei sich zu Hause eine ›Pyjama-Party‹ veranstaltete: »Komm doch mit«, sagte Harry. Gesagt – getan. Laura war auch hoch erfreut, ihn wieder zu sehen, sagte schnell und kurz entschlossen ihrem Bis-Dato-Freund Pitty ›Ade‹. Und fortan ›gingen‹ Laura und Danny die nächsten 3 ½ Jahre miteinander. Da wurde dann auch schon mal abends Cat Stevens zum Schmusen aufgelegt, wenn es mit der Freundin im Bett die ganze Nacht durch ging. Dann liefen die Hormone heiß, wenn im Hintergrund Herbie Man in seinem Stück ›Push-Push‹ mit seiner Querflöte das stundenlange Bumsen auf Endlos-Schleife begleitete. Und am nächsten Morgen sang Cat Stevens dann ›Morning has Broken‹ …

Nachdem Danny im Jugendzentrum Hohenlimburg 1979 die Leitung übernommen hatte, lernte er dadurch Lydia kennen. Die dunkelhaarige Studentin gefiel ihm von Anfang an. Auch sie schien an Danny Gefallen gefunden zu haben. Sie war eine intelligente Schönheit und ihm zugetan. Nachdem die beiden ihre erste Nacht zusammen in Dortmund verbracht hatten, wo Danny damals wohnte, fuhren sie beide mit ihren Autos wieder nach Hagen. Sie zum Studieren und Danny zum Arbeiten. Aber er hatte noch etwas Zeit und machte einen kleinen Abstecher zur Hohensyburg. Dort lief er glücklich herum, schaute hier, schaute auf die Aussicht über Hagen, und war innerlich froh. »Yeah!« rief er und machte dazu einen kleinen Jubler mit der Faust in die Luft, als er sich die vergangene Sex-durchzogene Nacht mit seiner neuen schönen Flamme in Erinnerung rief. Er hatte sie bekommen, sie waren ein Paar geworden. Das blieben sie dann auch die nächsten drei Jahre. Selbst Dannys Vadder war hin und weg von Lydia. Sie gefiel ihm von allen Freundinnen, die Danny zu Hause anschleppte, weitaus am besten.

Oder aber in Hagen am Anfang der 1980er Jahre, als sie ›die‹ deutsche Musikstadt war, die Stadt, über die es während der Musikphase der ›Neuen Deutschen Welle‹ hieß: »Komm nach Hagen, werde Popstar …«, als Nena und Extrabreit von Hagen aus die Welt eroberten.

Ja, 1983, das war die Zeit, als Danny sich am Telefon gerne mit ›Sonnenstudio Emst‹ meldete. Das gab es ja auch von der NDW-Gruppe K.E.C.K., nämlich ›Im Sonnenstudio‹. Die hatte Danny auch mal live bei einem Open-Air-Festival erlebt. Dieses ›Sonnenstudio‹ hatte ihn so angetörnt, dass es sich für ihn auch als positives Set für zwei Verliebte eignete. Gemeinsam hatten Kirsten und Danny sich einen Film in Hagen angeschaut. Danach hatte sie ihn nach Hause gebracht. Nun saß er allein in seinem ›Sonnenstudio‹ und dachte an sie. Er schrieb ihr einen Brief, trank ein Glas Wein dazu, hörte Musik und war übervoll froh. Gerade sang Nena aus seinen Boxen:

›Ich hab' heute nichts versäumt
Denn ich hab' nur von dir geträumt
Wir haben uns lang nicht mehr gesehn
Ich werd' mal zu dir rübergehn
Alles was ich an dir mag, ich mein das so, wie ich es sag
Ich bin total verwirrt
Ich werd' verrückt, wenn's heut passiert‹

Das schrieb er ihr in seinem Brief: »*Ich höre gerade von Nena ›Nur geträumt‹, und sie spricht mir aus dem Herzen, denn ich glaube, ich hab mich in Dich verliebt. Ich glaube, es ist heut mit mir passiert. Ich hoffe, das schockiert Dich nicht. Aber ich hab halt die Signale von Dir in starken Vibrations zu mir rüber fließen gefühlt. Wir können ja in aller Ruhe darüber sprechen, wenn wir zusammen nächste Woche Freitag zum Ina Deter-Konzert im Hohenlimburger Werkhof gehen werden. Mit sonnigen Gefühlen aus dem Sonnenstudio …*«

Eine Woche später waren sie ein Paar und die brünette kurvige Kirsten ließ sich gerne in Dannys ›Sonnenstudio‹ verwöhnen. Das machte sie beide nicht nur froh, sondern auch glücklich. Und für Danny duftete sie auch immer angenehm nach was Schönem.

Bei June aus Hagen 1988 kam alles überraschend. Froh und verliebt war Danny durchaus, glücklich mitunter. June hatte kurz geschnittene meist rot gefärbte Haare und war ziemlich klein, aber oho … Denn sie war immer so ambivalent: wollte ihn, wollte ihn nicht, wollte ihn, wollte ihn nicht …

… tja, die modernen Frauen, wie sollte sich Danny da zurecht finden. Einfach nur lieben war nicht so einfach im ›Land der Liebe‹ …

Und dann traf er Moni 1992, seine schlanke dunkelhaarige Moni, erst verliebt, dann eine längere Beziehung, immer länger und viele gemeinsame Reisen durch vier Kontinente. Später wohnten sie zusammen und es folgte die Heirat 2007: nach 15 Jahren Kennenlernen schienen sie sich gut genug zu kennen, um den Schritt in die Ehe zu wagen. Inzwischen kamen weitere 15 Jahre Ehe dazu. Bei 30 gemeinsamen Jahren, da konnten beide von einem Rekord sprechen. Bei Danny waren es ja früher immer nur die drei Jahres-Beziehungen, länger reichte die Liebe nie. Aber jetzt schon mal dreißig Jahre: »Mann-Frau-Mann-Frau, das schien zu passen, wonnich …!?«

Ich liebte ein Mädchen

Mit großer Begeisterung erlebte Danny 1972 mal in Hannover die deutsche Komikergruppe Insterburg & Co. mit ihrer ›Kunst des höheren Blödsinns‹, wobei ihm ein Lied von Ingo Insterburg für immer im Gedächtnis verhaftet geblieben ist. Er begann seinen Feldzug der Liebe in Berlin und zog dann über Deutschland durch die ganze Welt:

> *»Ich liebte ein Mädchen in Lichterfelde,*
> *die lebte zu lange von meinem Gelde.*
> *Ich liebte ein Mädchen in Jungfernheide, wir liebten uns täglich alle beide.*
> *Ich liebte ein Mädchen im Grunewald, bei der war immer die Bude kalt.*
> *Ich liebte ein Mädchen in Wannsee, die konnt’ kein nackten Mann sehn.*
> *Ich liebte ein Mädchen in Wedding, die wollte immer nur Petting.*
> *Ich liebte ein Mädchen in Charlottenburg, die liebte Ingo Insterburg.*
> *Doch dann wurde es mir in Berlin zu klein,*
> *drum zog ich in ganz Deutschland ein.*
> *Ich liebte ein Mädchen in Plauen, da bin ich bald abgehauen.*
> *Ich liebte ein Mädchen in Mainz, die war gar keins.*
> *Ich liebte ein Mädchen in Mannheim,*
> *bei der kam immer um sechs Uhr der Mann heim.*
> *Ich liebte ein Mädchen in Papenburg, die liebte Ingo Insterburg.*

Doch dann wurde es mir in Deutschland zu klein,
drum zog ich in die Welt hinein.
Ich liebte ein Mädchen auf Elba, die liebte lieber sich selber.
Ich liebte ein Mädchen in Mexiko, die hat ein' runden sexy Po.
Ich liebte ein Mädchen in Indien, wir taten im Reisfeld sünd' gen.
Ich liebte ein Mädchen in Thailand, allein auf einem Eiland.
Ich liebte ein Mädchen in Polen, die hat mir die Unschuld gestohlen.
Ich liebte ein Mädchen in Luxemburg, die liebte Ingo Insterburg.
Doch dann wurde es mir auf der Welt zu klein,
drum zog ich in den Himmel rein.
Ich liebte ein Mädchen auf dem Mars, ja das war's.« [*]

Danny trieb es nicht so eifrig und so bunt wie einst Ingo Insterburg, aber er hatte in jener Zeit, als er in keiner festen Beziehung stand, auch mit verschiedenen Frauen Liebe gemacht: »Cherchez fa femme«, auf der Suche nach der Frau, der einen …

»Ob blond, ob schwarz, ob braun,
Danny liebte alle Frau'n …
Er liebte eine Frau aus Essen,
die tat er schnell wieder vergessen …
Er liebte eine Frau in Hagen, aus dem Viertel beim Gericht,
die löschte vorher immer gerne das Licht …
Er liebte eine Frau aus dem Hagener Süden,
die tat ihm den Rücken ganz zerpflügen …
Er liebte eine Frau aus Hagen auf Emst,
da trieben sie es ungebremst …
Er liebte eine Frau im Hagener Westen,
die wollte ihn wohl nur testen …«

---

[*] *Insterburg, Ingo – ›Ich liebte ein Mädchen …‹, 1972*

Aber wenn man Danny jetzt – Jahrzehnte später – fragt: »Hat dich das eigentlich glücklicher gemacht, öfter mal neben einer anderen Lady am nächsten Morgen aufzuwachen?«, dann kann er das eigentlich nicht gerade bestätigen. Bis auf die Sammlung an neuen Frauendüften, die er immer dann erfuhr, wenn er seine Bettgespielin vor dem Sex auszog …

Dazu sei gesagt, dass Mitte der 80er Jahre in Deutschland AIDS noch nahezu unbekannt war. Deshalb konnten damals die Menschen genussvoll ihren gemeinsamen Sex genießen, sofern sie es auch einvernehmlich und gerne miteinander trieben und solange sie dabei keine fremden Beziehungen kaputt machten. Single und Singelin konnten nach Herzenslust und ohne Reue miteinander bumsen. Und die damals so glücklichen Frauen, wie sie es liebten, einen ›O‹ zu bekommen, also einen Orgasmus. Viele können sich bestimmt noch gerne an das Glück erinnern, ihren allerersten ›O‹ bekommen zu haben …

Und weil es grad so liebevoll zuging, hatte Danny gleich noch was Passendes dazu gedichtet:
Bei ein paar seiner Lieben im Leben – hielt Danny jede Wette,
dass auch Ingo Insterburg – diese nicht besser besungen hätte …

> »Er liebte ein Mädchen aus Recklinghausen,
> die hatte den Kopf noch voller Flausen …
> Er liebte ein Mädchen aus Datteln,
> die wollte immer nur Paddeln …
> Er liebte ein Mädchen aus Erkenschwick,
> die wollte es immer beim Picknick …
> Er liebte ein Mädchen aus Dänemark,
> bei der aß er immer Nutella mit Quark …
> Er besuchte ein Mädchen in Teheran,
> bei der stellten sie besser gar nix an …
> Er liebte ein Mädchen in Dortmund,
> da liebten sie sich immer zur Morgenstund …
> Er liebte ein Mädchen aus Witten,

mit der hat er sich öfter gestritten …
Er liebte ein Mädchen aus Kroatien,
mit der konnt er gut durch die Kneipen zieh‹n …
Er liebte ein Mädchen aus Neheim-Hüsten,
mit der reiste er bis an die kalifornischen Küsten …
Er liebte eine Señora am Mittelmeer,
die fiel gleich über ihn im Sitzen her …
Er liebte eine Frau, die ist heute schon Oma,
bei der liebten sie sich – bis ins Koma …
Er liebte eine Frau aus Massachusetts,
da trieben sie's unterm Moskito-Netz …
Er liebte eine Frau in Hagen,
da konnte er auch schon mal was wagen …
Er liebte eine Frau aus Castrop,
mit der war dann endlich auch die Liebe topp …
Mit ihr reiste er mehrmals nach Thailand,
dort liebten sie sich sogar in der Nacht am Strand …
Sie liebten sich auch öfter in Griechenland,
denn da war sie immer außer Rand und Band …
Und ihre Hochzeitsreise, ging schließlich nach Ägypten,
da liebten sie sich, bis die Bücher aus den Regalen kippten …«

Leo, der Glücksforscher

»Das Glück ist süß wie Kuchen,
Und schön wie ein Gedicht.
Du musst es aber suchen.
Sonst findet es dich nicht.«
von Frantz Wittkamp (* 1943)

Danny arbeitete von 1986 bis 1994 als Leiter des Jugendinformations-Zentrum Volkspark in Hagen. Dort gab es auch einen Literatur-Kreis, der recht rekel war. Unter anderem hatten sie fünf Literaturhefte veröffentlicht, aber auch öffentliche Lesungen zu verschiedenen Themen veranstaltet, teilweise sogar mit Live-Musik und Jonglage oder selbstgedrehten Filmen. Na, jedenfalls hatten sie sich in den späten 1980er Jahren alle gemeinsam im Literatur-Kreis vorgenommen, jeder sollte eine Geschichte zur Liebe schreiben, die sie sich dann gegenseitig vorlesen und besprechen wollten.

Danny schrieb dazu die moderne ›Romeo & Julia‹–Geschichte ›Leo, der Glücksforscher‹. Die handelte von Leo, dem Glücksforscher, und Julia, der unglaublichen Schönheit. Da sie leider verheiratet war, konnten sie zusammen nicht kommen. Julia, die Blumenverkäuferin, war mit Benno verheiratet, einem schwer reichen Blumengroßhändler. Der jedoch war ständig unterwegs und hatte jede Menge Seitensprünge.
   So war das also mit ›unserem‹ Traumpaar, Leo & Julia:
sie lernten sich kennen, sich lieben,
aber sie konnten zueinander nicht kommen,
allerdings ohne dabei zu sterben …

Leo hatte als Jugendlicher schon einige Male die Erfahrung machen müssen, dass immer genau dann, wenn er von einem hübschen interessanten Mädchen geträumt hatte, dann wurde es in der Wirklichkeit nichts mit ihr.
   Auch mit seiner ersten Liebe, im Sommer 1971 mit Nicole, war es so,

---

*   *Frantz Wittkamp – Das Glück ist süß wie Kuchen, in: westfälische Rundschau vom 31.10.2020* dass er nicht von ihr träumte, denn sie hatten sich ja einander als Liebende. Da brauchten sie nicht voneinander zu träumen. Als er dann aber bei der Bundeswehr in Wildeshausen seinen Grundwehrdienst bei den Fallschirmjägern abdiente und daher weit weg von Nicole war, träumte er tatsächlich einmal von ihr. Und siehe da, im Nachhinein erfuhr er von ihr, dass sie sich just zu diesem Zeitpunkt zu Hause in Recklinghausen innerlich von ihm löste …!

So war das also früher mit Leo und den sogenannten ›Traumfrauen‹ : die Traumfrau war immer eine ideale, aber unerreichbare Frau, nicht die aus der Realität, sondern die des Traumes …

Und dann kam Jahrzehnte später der Tag, als er mal tatsächlich einer ›Traum‹ –Frau in der Wirklichkeit begegnete …

Denn Leo hatte mal im wahrsten Sinne des Wortes eine ›Traum‹ –Frau erlebt, also in der Nacht beim Schlafen während eines Traums …

Dass er die ›Traumfrau‹ erst im Alter von 37 Jahren gefunden hatte, gehört sicherlich auch zu seiner Thematik eines Spätzünders …

Leo und seine Traumfrau

Leo ereilte eine wahnsinnig intensive, da verbotene Leidenschaft mit seiner Traumfrau. Nennen wir sie mal Julia, weil es gerade Juli war.

Ja, die Traumfrauen, die sind meist schon anderweitig vergeben oder gar verheiratet. So erging es auch Leo, in dieser Geschichte mit seiner imaginären Traumfrau. Ein Hauch, ein Traum und schon vorbei. War es nur ein Traum, so schnell verhaucht, vergangen, oder hatte er es gar wirklich erlebt? Eines Tages überraschte ihn Julia, die er schon seit längerem mochte, mit einer lockigen Löwenmähne. Aus den langen glatten roten Haaren war durch eine Dauerwelle ein neues weibliches Outfit in Leos Jugendfreizeit-Einrichtung gekommen. Seine ›Traumfrau‹ war auferstanden. Es war Sommer; es wurde heißer; die Kleidung freier und luftiger; die Sinne freier und schwebender. Und dann kam sie. Und ihre Erscheinung ließ Leo sofort denken: »zum Verlieben, diese Frau!« Jedenfalls sah Julia an dem Tag umwerfend aus in ihrer engen, strahlend weißen Jeans, der roten luftigen Bluse, darüber passend die rote Lockenpracht und das strahlende Lächeln einer jungen Frau in voller Blüte.

Denn sie war tatsächlich verheiratet: ein Tabu – eine verbotene ›Frucht‹ für Leo. Aber was sollte der Arme nur machen, wenn sich ausgerechnet die Traumfrau in ihn verliebte. Die flüsternde Zärtlichkeit brauchte nicht viel Überredungskunst: beide waren sie bereit, überbereit, denn das Vorspiel dauerte schon Wochen, ja Jahre lang, so leidenschaftlich, so weich, so zärtlich, so wild waren sie aufeinander, dass es nur natürlich war, wie endlich ihre Körper zueinander fanden, wie sie sich vereinten, Liebe gaben, nahmen, teilten, erlebten. Der ewige Mythos der Vereinigung – Sex – Frauen & Männer, das war auch das Thema unseres Traumpaares. Sie machten es sich gut; sie machten es sich lange; sie machten es sich zärtlich; sie machten es sich wild; sie liebten sich länger als die Musik lief; sie liebten sich länger, als die Kerze brannte, und hinterher, als sie auseinander gingen, war ihre Liebe noch stärker, waren sie für immer & ewig aneinander gebrannt, geschweißt. Julia schrieb ihrem Traumprinzen Leo nach ihrem gemeinsamen ›ersten Mal‹ einen Brief voller ›Leidenschaft im Briefkuvert‹:

Herdecke, den 28.07.1988

Geliebter Leo

Der Montagabend mit dir kommt mir jetzt fast schon vor, als wäre er ein Traum gewesen. War es Wirklichkeit? Deine Nähe, deine Wärme, deine Liebe und deine Zärtlichkeit! Oder war es doch nur einer meiner vielen Träume von dir? Ich wusste vorher ja nicht, wie nah wir uns sein werden, aber ich bin einfach mit dir auf der Wolke der Liebe weg geschwebt. Du warst ja auch bestechend! Bestechend ist für mich ein fester Begriff, der soviel wie unwiderstehlich bedeutet. Liebster, ich wollte dich ganz und gar, mit Haut und Haar, mit Leib und Seele, und vielleicht ist es uns an diesem Abend gelungen! Ich glaub, ich bin hoffnungslos romantisch!

Wir werden uns ja jetzt wegen meines Urlaubs mit der Familie einen ganzen Monat nicht sehen können. Ich werde dann aber Ende August mit wahnsinnig klopfendem Herzen zu dir kommen! Wann werden wir noch mal soviel Zeit füreinander haben?

Ich werde Entzugserscheinungen haben, da ich keinen Brief, keinen Tele-

133

fonanruf, nichts von dir bekommen werde. Sehnsüchtig auf den Tag wartend,
da wir uns wieder sehen werden, umarme und küsse ich dich!
 Deine Julia
 P.s.: Ich liebe dich!

»Ja, ja, die Liebe, die ist ein seltsames Spiel«, summte Leo vor sich hin. Wie ein Schmetterling flog er auf ›Wolke Sieben‹, oder waren es die Schmetterlinge im Bauch. Aber sowas von Glücksgefühlen hatte er in sich …

Gleichzeitig schon die Ahnung, dass das nicht so bleiben würde. Denn das Glück ist ja ein unsteter Gesell.

Und dann hatte sie, die Traumfrau, einige Monate später den Silberring mit dem roten Halbedelstein von ihm geschenkt bekommen – zum halbjährigen Bestehen ihrer gemeinsamen Liebe. Dazu schrieb ihr Leo:

Hagen, den 21. Dezember 1988
Geliebte Julia,
diesen Ring sollst du berühren und streicheln, wenn ich nicht da bin; dabei
die Augen schließen; und dir schöne Gedanken und Gefühle über mich und
über uns machen, geliebte Julia
 Dann merkst du,
 Ich liebe dich
 Dein Leo

Denn manchmal konnten sie sich wochenlang nicht sehen. Dann war es natürlich für die beiden Verliebten umso schöner, sich wieder in den Armen liegen zu können. Sie gefiel ihm fantastisch. Und er sehnte sich nach ihr, nach ihrer Liebe, nach ihrer Zärtlichkeit und nach der knisternden Erotik ihres verführerischen Körpers: seine Traumfrau.

Aber danach begann die Zeit der verzweifelten Telefonate und Briefe. Beide wurden sie – jeweils in ihrer eigenen Welt – runter gezogen von den Umständen ihrer unmöglichen Liebe. Die Moral der Gesellschaft und auch die inzwischen vehementen Interventionen ihres Ehemannes Benno gaben ihnen keine Chance. Julia wurde dermaßen davon beeinflusst, dass sie sogar die wenigen kostbaren Momente, die sie noch zusammen hatten, nicht mehr genießen konnte. Die Sehnsucht nach ihm trieb sie zwar zu ihm, aber wenn sie beide dann zusammen waren, trieben sie ihre eigenen Schuldgefühle wegen ihres inzwischen eifersüchtigen und dadurch verzweifelten Ehemannes Benno zu Hause gleichzeitig auch wieder von Leo weg.

Dabei hatten doch Crosby, Stills, Nash and Young in den 70er Jahren so schön davon gesungen: ›If you can‹t be with the one you love, love the one you‹re with …‹

Das machte Leo natürlich erst recht fertig. Abgrundtiefe Traurigkeit sprach aus ihm. Während seiner Briefe und Telefonate. Er konnte es nicht verbergen. Warum sollte er Julia auch anlügen, seine einzige Vertraute in dieser Angelegenheit neben seinem treuen Freund Harry, dem ›einzigen Zeugen‹ aus Niedersachsen. Ihn hatte Leo in seiner Not angerufen. Mit ihm beratschlagte er seine unglückliche Liebe während seines Besuchs bei ihm. Denn dieser war ein in unglücklichen Lieben erfahrener Mann und gleichzeitig Ehemann und Familienvater von zwei kleinen Kindern. Er war fast so was wie ein literarisches Pendant zu Julia.

So war also aus Leos Traumfrau eine Albtraum-Frau geworden …!?

Aber trotzdem hatte Leo noch einen Rest Optimismus für ihre schwierige Liebe übrig behalten, als er an seine Julia schrieb:

Hagen, den 12. März 1989
Geliebte Julia,
Du warst es vor neun Monaten, die mir meine desillusionierte Meinung über den Traumprinzen bzw. die Traumprinzessin ins Positive rückte. Du warst es, die mich eines besseren belehren wollte, die mich eines besseren belehrte. Ich hatte die ›große Liebe‹ gefunden! Und jetzt willst du einfach aus meinem Leben verschwinden!? Das lasse ich nicht zu! Zumindest so lange nicht, bis ich es endlich erlebt habe! Denn was im Moment alles so schräg und gegen uns läuft, diese ganze Liebeskrise, das scheint mir doch alles nur eine Prüfung für unsere Liebe zu sein. Hat denn je jemand behauptet, dass Liebe nur glücklich macht und schön ist? Gab es nicht immer auch schon Gegenstimmen, die behaupteten, dass Liebe und Leidenschaft von großem Leid und Schmerz begleitet

werden? Das haben wir jetzt. Aber ich möchte den Weg zu Ende gehen. Ich will es wissen. Ich bin kein Irrealist. Ich möchte es zumindest erleben und wissen, was denn da eigentlich los ist – mit unserer ›großen Liebe‹? Ich sehne mich immer nur nach dir, nach deiner Zärtlichkeit. Dieses Gebiet ist völlig von dir besetzt, von dir und der Sehnsucht nach dir, du meine geliebte Traumfrau. Unsere Liebe zueinander jedoch ist größer und wichtiger, geliebte Julia! Lass es uns packen, lass es uns leben. Ich möchte es erleben, dass meine Traumfrau meine Freundin wird, die ich in aller Öffentlichkeit jedem zeigen darf, mit der ich in aller Öffentlichkeit jedem unsere Verliebtheit zeigen darf, mit der ich Händchenhalten, küssen und turteln darf. Denn wirklich große, wahre Liebe ist doch etwas Gutes und kann nichts Schlechtes sein. Also jeder muss es doch eigentlich verstehen und akzeptieren können.
    Geliebte Julia. Dann merkst du, Ich liebe dich
    Dein Leo

Leo war gespannt, wie es weitergehen sollte, mit seiner Traumfrau Julia und ihm? Sie schrieb ihm:

Herdecke, den 13. April 1989
Geliebter Leo,
Du mein liebster Mensch auf Erden. Ich will dich nicht verlieren, denn ich liebe dich. Ich küsse dich und spüre deine Lippen auf meinem Mund und spüre deine Hände, die mich streicheln und auf meinem Körper spazieren gehen, dass es mir wie ein prickelnder Schauer durch und durch geht.
    Deine Julia

P.s.: ›Die Erfahrung lehrt uns, dass die Liebe nicht darin besteht, dass man einander ansieht, sondern dass man gemeinsam in gleiche Richtung blickt.‹
    Antoine de Saint-Exupery

Das rührte doch Leo bis ins Tiefste, dass sie noch so viel für ihn empfand, trotz aller Probleme, in der ihre schwierige Beziehung steckte. So stand also für Leo auf jeden Fall fest:

»Geliebte Julia,
Ich liebe dich sehr viel und unendlich und grenzenlos, liebste Julia!
 Dein dich ewig liebender Leo«

Ja, die ewige Liebe. Zwar schrieb er ihr davon, zwar glaubte auch sie daran, aber letztlich war es dann zwei Monate später vorbei mit den beiden: aus der Traum! Sie hatte sich dann doch für ihren Ehemann Benno entschieden. Die schöne Zeit mit seiner Traumfrau war für Leo ausgeträumt.

Eigentlich wollte er nur sie – wie immer –, aber es kam halt zu einem Abschied ›für immer‹. Sie besprachen in aller Ruhe und fast ohne Leidenschaft miteinander, was für sie übrig bleiben könnte?: »ja, eigentlich gar nichts!«, schien Leo so im Nachhinein das Resümee.

In einem Gespräch mit Harry, seinem ›einzigen Zeugen‹, erklärte ihm Leo: »*Du wolltest doch ein Resümee, lieber Freund Harry; da hast du eins: unsere Liebe war eine wichtige und schöne Zeit für uns beide, aber leider unter diesen Bedingungen nicht weiterzuführen, weder geheim noch offen. Also mussten wir uns wohl besser loslassen, auch wenn wir uns beide noch liebten, auch wenn wir uns beide noch bis in alle Ewigkeiten lieben würden … Ich stellte zwar die hoffnungsvolle These auf, dass diese unsere so schöne Liebe doch irgendwas zu bedeuten haben müsste, dass es so etwas wie eine Prophezeiung für eine zukünftig zu lebende Liebe sein würde, aber ›ohne Gewähr‹.*

Ja, was soll ich schon erwarten!?! Ich habe gerade ›Abschied von der Traumwelt‹ genommen. Ich bin auf dem Realitätstrip. Ob meine Geliebte mir wohl wenigstens ein paar Abschiedstränen hinterher sandte? Als ich alleine wie der ›lonesome traveller‹ wieder mal ›on the road again‹ ging, alleine ohne sie, wie sich früher in der Steinzeit die Männer zur Jagd verabschiedeten …«

Glück, die Liebe erfahren zu haben

»Gefühle sind das Resultat chemischer Prozesse.
Botenstoffe im Hirn ... Wie dosiert man sie? ...
Die Trigger für Freude, Aggressivität, Tatendrang,
Impulsivität und Gelassenheit ...« [*]
Frank Schätzing über die biochemischen
Zusammensetzungen von Gefühlen

Das Glück, die Hormone, den Sex und die Liebe erfahren zu haben, aber auch später das Glück, die Phase der hormonellen Steuerung überwunden zu haben. Keine Suche nach einer neuen Liebe mehr ...

Denn Danny hatte das Glück gehabt, die richtige Frau am richtigen Ort zur richtigen Zeit getroffen zu haben: seine Moni ...

Erst lernten sie sich kennen, wurden ein Liebespaar, später wohnten sie zusammen, und Danny und Moni heirateten nach 15-jähriger Probezeit. Genauso wie Rob Fleming in Nick Hornby's Roman ›High Fidelity‹[**] am Ende seine literarische Laura bekam und sehr froh darüber war, genauso hatte Danny nach jahrzehntelanger Suche – Cherchez la Femme – 1992 seine Moni gefunden.

Die ersten Monate in ihrer Anfangszeit damals vor 30 Jahren verbrachte er mit seiner Moni immer regelmäßig an Wochenenden bei Musik-Konzerten im Bochumer Kultur-Zentrum Bahnhof Langendreer. Dort und in Recklinghausen gab es im Sommer 1992 die thematische Musik-Reihe ›Heimatklänge‹.

Moni und Danny wurden also damals Anfang der 90er Jahre ein Paar, so als wäre einst Dannys erste Single in den 60ern von Tommy James & The Shondells – ›Mony Mony‹ schon eine Weissagung für die beiden gewesen. Und sie reisten gemeinsam viel in der Welt herum, öfters in den 1990er Jahren nach Thailand.

---

[*]   *Frank Schätzing – Die Tyrannei des Schmetterlings, Köln 2018, S. 555*
[**]   *Nick Hornby – High Fidelity, München 1998*

Brautkleidgeschichten von Manfred Schloßer

> »Schon seit meiner eigenen Studentenzeit in den 70er Jahren fahre ich
> immer wieder gerne zusammen mit meinem Freund H. aus O. (in-
> zwischen selber Historiker) in unregelmäßigen Abständen zum kleinen
> Moselstädtchen Bullay, bekannt durch den ›Bullayer Brautrock‹, einer
> hervorragenden Wein-Hanglage. Wie die Bienen vom Honig werden
> wir beiden Männer – wie so viele auf dieser Welt – vom Brautkleid
> magisch angezogen. Erst Pfingsten dieses Jahres standen wir fasziniert
> und staunend auf dem Bullayer Marktplatz, wo eine Metall-Skulptur
> in Form einer Mosel-Weinkönigin ihren ›Brautrock‹ kokett vor ihrem
> schönen Körper lüpft. Das Etikett der ›Bullayer Brautrock‹ –Weinfla-
> schen ziert dekorativ eine Weinschönheit mit weißem Brautkleid.
>
> Doch das Brautkleid war nicht immer weiß! Im 16. Jh. setzten sich in
> Adel und Patriziat dunkle Hochzeitsgewänder durch. Rot war bereits im
> 15. Jahrhundert eine der bevorzugten Farben für vornehme Hochzeits-
> gewänder ... Im 16. Jahrhundert gab es fürstliche Hochzeitsgewänder
> in Grün oder Blau, bevor sich die dunkle Hochzeitskleid-Mode im 17.
> und 18. Jh. durchsetzte: Schwarz wurde die neue Norm, beeinflusst von
> der damaligen spanischen Mode. Der augenscheinlichste Wandel in der
> Farbe des Hochzeitskleides ist der Wandel von Schwarz zu Weiß ... «

Der ›Bullayer Brautrock‹ fand noch im gleichen Jahr 1994
Erwähnung in der wissenschaftlichen Literatur[*]

Danny und Moni reisten viel in der Weltgeschichte herum, heirateten
aber in ihrer westfälischen Heimat. Schließlich schloss Danny am 9. März
2007 mit seiner langjährigen Lebenspartnerin den Ehebund fürs Leben. Sie
machten ihre Hochzeitsreise noch im selben Frühling nach Ägypten und
hörten dort viel arabische Habibi-Musik (Habibi = Liebe). Natürlich gab
es zu ihrer Hochzeit 2007 als Hochzeitswein ›Bullayer Brautrock‹ und eine

---

[*]   *aus: Zur steten Erinnerung – Hagener Kostbarkeiten, Hagen 1994, S.109*

große Familienfeier an einem Juni-Wochenende in Bullay an der Mosel. Da kamen auch Monis Mutter und Schwester Bine aus Hessen, Dannys Sister BärBel und Schwager Bert aus Datteln. Und Dannys Vaddern Götz und Bruder Gerry waren noch dabei, die beide ja inzwischen verstorben sind.

Und heuer, auch schon wieder 30 Jahre später und nach einem Drittel Jahrhundert des Zusammenseins, ist Danny immer noch total froh, seine Moni fürs Leben gefunden zu haben. Früher sahen sie jung und frisch aus: sie dunkelhaarig rot gefärbt, er dunkelblond, aber heuer – beide schon die 70 überschritten – waren sie in Ehren ergraut.

Eine Liebe fürs Leben gefunden zu haben, ist schon sehr schön …

… aber gibt es auch die ewige Liebe Die ewige Liebe … … oder gar das ewige Leben … … wäre wohl das ewige Leben sinnvoll? Will das jemand wirklich? Oder ist die Endlichkeit nicht viel besser?

Laut Tom Robbins badeten nicht erst die alten Römer gerne in heißen Thermen, auch in vielen anderen alten Kulturen wurde gerne heiß gebadet. Tom Robbins hatte ja in seinem Roman ›PanAroma‹ gerade die lebensverlängernden Eigenschaften des Badens im heißen Wasser für seine beiden Romanhelden Alobar und Kudra herausgestellt: »Durch ein tägliches Bad in ca. 37,8 ° C heißem Wasser wurde deren DNS getäuscht, als lägen sie in einem neo-embryonalen Stadium und bekämen dadurch frische Hormone und Enzyme. Außerdem senkt es die Bluttemperatur, wodurch der Blutkörperkreislauf geschont wird und länger durchhält.«[*] Neben dem täglichen heißen Bad hatte Tom Robbins in seinem Roman noch drei weitere Tipps zur Langlebigkeit: »Richtig atmen, harmonisch ein- und ausatmen wie eine Schlange, nur so viel wie nötig atmen. Gutes bewusstes Essen – und zwar immer in kleinen Mengen. Und als letztes und wichtigstes Element: das Feuer des Sex. Die DNS ist ja nur an der menschlichen Fortpflanzung interessiert, weshalb es bei den meisten Menschen auch nur ein paar Jahre intensiven sexuellen Verkehr zur Fortpflanzung gebe. Wenn man also ständig fortführende Sexualität macht, wird die DNS getäuscht, als wäre man immer noch in der Phase der Arterhaltung.«[*]

---

[*] *Tom Robbins – PanAroma – Jitterbug Perfume, Hamburg 1985*

… und Danny und seine Moni feierten mit ihren Familien ihre Hochzeit 2007 in Bullay
an der Mosel, begleitet vom trockenen Riesling-Hochzeitswein vom Weingut Niesen

Über die Auseinandersetzungen nach einer langjährigen Ehe schreibt der US-amerikanische Krimi-Schriftsteller Cody McFadyen 2006: »Wir vertragen uns natürlich wieder und überwinden unsere Krise. Darum geht es bei der Liebe, das begriff ich irgendwann in meinem tiefsten Innern. Liebe ist nicht Romantik oder Leidenschaft. Liebe ist ein Zustand der Gnade. Man erfährt sie, wenn man die absolute Wahrheit über den anderen akzeptiert, sowohl seine schlechten als auch guten Seiten. Und wenn der andere dies ebenso einem selbst gegenüber tut und man feststellt, dass man immer noch sein Leben mit ihm teilen möchte.«[*]

Einen ganz anderen Aspekt beschrieb Oliver Stöwing in seinem Artikel ›Wenn Paare keinen Sex haben‹ : »Ich habe derzeit keine Lust – und das ist okay so«. [**] Es wäre ja auch verwunderlich, wenn es in Zeiten von Corona, also nicht-Treffen und Abstand halten, noch genauso extrem Sex-orientiert wie vor der Pandemie zugehen würde …!? »Die Berlinerin Sonja (39) ist seit zwölf Jahren mit Falk (37) zusammen, das Paar hat zwei kleine Kinder … ›Wir brechen ein Tabu, wir haben keinen Sex, im Moment jedenfalls nicht‹, sagt sie. Ratgeberbücher, Sex-Experten …, die einem ständig einreden, dass man zu wenig Sex hätte – Sonja blendet all dieses aus. ›Eine Paartherapie, damit es wieder rappelt in der Kiste? Klingt nach Arbeit‹, sagt sie und lacht. ›ich gehe gern mit Falk ins Bett – jeder mit seinem Buch.‹ ›Abstinenz ist weitverbreitet‹, sagt die Sexualtherapeutin Anica Plaßmann (aus dem Buch ›Sex frei: Weil es okay ist, keine Lust zu haben‹, Knaur). Sie ist normal. Sie ist immer wieder unser aller Realität. Und sie wird völlig zu Unrecht stigmatisiert.«[**] Sieh an, sieh an …

Es geht also doch, auch in modernen Zeiten, ein Leben ohne Sex.

---

[*]   *Cody McFayden – Die Blutlinie, Köln 2006, S. 276*
[**]   *Oliver Stöwing – ›Wenn Paare keinen Sex haben‹, in westf. Rundschau 26.07.2021*

VI. Glück im Sport und beim Tippen

Der Torwart-Typ ist oft ein Outsider

Danny Kowalski's Fußballer-Karriere in Datteln und Oer-Erkenschwick war genauso bunt wie sein restliches Leben. Obwohl, im heimischen Datteln war es anfangs noch eher schwarz-weiß, genauso sind auch die Erinnerungen …: an lange Nachmittage auf dem schwarzen Aschenplatz von Eintracht Datteln.

Früher in der Volksschule war er erst rechter Läufer, dann Rechtsverteidiger oder mal Rechtsaußen. Selten gelangen ihm Tore. Eines davon beim Klassenspiel auf dem Vorplatz des Stimberg-Stadions in Oer-Erkenschwick, eine geniale Bogenlampe aus gut 20 Metern, als der Ball knapp vor dem Tor an Fahrt verlor und sich über den gegnerischen Torwart in dessen Tor senkte. Whow, Dannys erstes Tor, was für ein glückliches Ereignis …!

Später gelang ihm sogar mal ein Doppelpack auf der Wiese hinter der Realschule mit seinen Kumpels von Cosmos Datteln, Mitte der 1970er Jahre. Als er zweimal hintereinander die von rechts herein kommenden Ecken von Eddy mit dem Kopf verwandelte. Das blieb ein unvergessenes Glücksgefühl, weil Pimpf Danny nicht gerade als Kopfball-Ungeheuer bekannt war.

Deshalb verdingte er sich da meist als Torhüter, wenn er zusammen mit seinen Freunden kickte: Florian, Frankie, der dicke Bodo, der drahtige Roger mit den schwarzen Haaren, der schlaksige Öczan, der gemütliche Mennie, Nikki, der blonde Wolle mit der langen Matte, der kleine wieselige Piet, und wie sie alle hießen. Sie machten am Schluss ihres Fußball-Treffens auf dem schwarzen Aschenplatz von Eintracht Datteln noch immer Elfmeterschießen. Das hieß: einer ging als Erster ins Tor und bekam dafür 11

Punkte, die anderen bekamen 10 Punkte. Für jedes rein bekommende Tor gab es einen Punkt abgezogen. Wer am Schluss die meisten Punkte hatte, war der Sieger. In dieser Disziplin war Danny gar nicht so schlecht. Denn er war ja eh immer gerne der Keeper, obwohl er der Kleinste von allen war. Aber er hatte per se eine enorme Reaktionsschnelligkeit, war wendig und warf sich und sprang nach allen Bällen. Deshalb ging er auch immer gerne als Erster ins Tor. Wenn er dann einen Ball gehalten hatte, kam der Schütze ins Tor, der eben nicht getroffen hatte. Und dann schossen sie reihum alle ihre Elfer. Auch Danny machte das ganz gut. Seine Frage beim Schuss vorher an sich selber lautete immer: »Soll ich ihn drücken oder ziehen …?« Mit ›Drücken‹ war das Schießen mit dem Innenrist gemeint, damit konnte er genauer zielen, und zwar rechts in die Torecke, aber er hatte dabei nicht so die enorme Schusskraft. Mit Picke, also Schuhspitze, schoss er eh nie, das machten nur die Stümper, weil der Ball dabei unkontrolliert in der Gegend rum ballerte. Also blieb noch als Alternative das ›Ziehen‹, das war ein Schuss mit dem angeschrägten Spann in die linke Torecke, ein strammer Schuss, aber nicht so zielgenau wie das ›Drücken‹. Aber im Gegensatz zu den meisten anderen – außer Florian und Öczan, die auch Torwart-Blut hatten – war es für Danny nicht so schlimm, wieder ins Tor zurückzugehen, denn er hielt ja gerne. Und im Gegensatz zum Krimi-Roman von Peter Handke aus dem Jahr 1970, ›Die Angst des Tormanns vor dem Elfmeter‹, sah die Wirklichkeit ganz anders aus, denn da hatte fast immer der Schütze ›die Angst vor dem Elfmeter‹. Der Tormann konnte nur gewinnen: war er drin, rechnete eh jeder damit. Hielt er ihn, war er der Held. Dann war das für ihn ein Glücksmoment, kurz, aber heftig. Denn es ging ja weiter, immer weiter. So war Danny dann als Torhüter genau der von Arne Dahl beschriebene Typ. »Es passte absolut: Oscar war der Torwart-Typ, was im großen und Ganzen dem Schlagzeuger-Typ entsprach, der Outsider, der irgendwie trotzdem immer mit dabei ist …«[*]

Danny erlebte in jener Zeit Historisches in schwarz-weiß Erinnerungen. Das Stimberg-Stadion in Oer-Erkenschwick hatte einen schönen Rasen. Aber für sie als Schüler: nur gucken, nicht anfassen. Deshalb gleicher Platz, Stimberg-Stadion, aber ein Aschenplatz vor dem eigentlichen Stadiongrün.

---

[*] *Arne Dahl – Vier durch Vier, München 2020, S. 72*

oben links: gehalten; oben Mitte: Fußball im Februar; oben rechts: Torwart Danny; unten: Freundschaftsspiel in Recklinghausen-Süd, Cosmos Datteln gegen Drogenberatung RE.

Das war die Geschichte, wobei Danny als Torwart bei einem Klassenspiel ein sagenhaftes Tor verhinderte, dafür aber Sterne sah. Und das kam so: der gegnerische bullige Mittelstürmer lief allein mit dem Ball auf ihn zu. »Wo seid ihr gewesen, meine Abwehrspieler!?!« Danny lief ihm entgegen, um ihm den Winkel zu verkürzen. Da zog er ab: aus drei Metern Entfernung Vollspann. So schnell bekam Danny die Arme gar nicht mehr hoch, dafür aber die Lederpille mitten ins Gesicht. Er machte einen Salto rückwärts, lag mit dem Rücken auf der Asche und sah über sich Sterne im Ruhrpott-Himmel, obwohl es heller Nachmittag war, so brummte ihm der Schädel. Auch trug er für den Rest des Spiels einen Negativabdruck

145

des Lederballs mit seinen eigentümlich zusammengenähten Lederteilen in seinem Gesicht. Aber gehalten, in echt, ein Wahnsinns-Glücksgefühl. Das waren die Momente, wo er sich wohl fühlte. Der kleine mutige ›Kamikaze-Flieger‹ stürzte sich mit seinen ollen löchrigen Winterhandschuhen voll ins Getümmel. Er boxte auch schon mal bei einer Faustabwehr neben den Ball, dafür aber den Abwehrspieler und Freund K.o., der mit seinem Kopf statt des Balls dran glauben musste: »Sorry, my friend Harry.«

Das war es, was Danny als Torhüter ausmachte: er hatte keine Angst und warf sich oder sprang immer mutig voran ins Getümmel von Freund und Feind. Von Adrenalin wussten sie damals noch nichts. Dannys Torwart-Idol war der elegante Milutin Soskic, der jugoslawische National-Keeper und Torhüter des 1.FC Köln Ende der 1960er Jahre. Soskic kam von Partizan Belgrad, die es mit diesem begnadeten Keeper 1966 als erster Verein aus Südost- und Osteuropa ins Finale des Europapokals der Landesmeister schaffte. Dort verloren sie aber am 11. Mai 1966 im Heysel-Stadion von Brüssel vor gut 55.000 Zuschauern gegen Real Madrid mit 1:2. Und Soskic war auch der Torwart, der die deutsche Nationalmannschaft 1962 im Viertelfinale der WM in Chile zur Verzweiflung trieb. Denn er hielt einfach alles, und Jugoslawien zog durch das 1:0 gegen die favorisierten Deutschen ins Halbfinale ein. Soskic starb am 27.08.2022 im Alter von 84 Jahren. Da war es wieder: das Glück ist nur ein unsteter Gesell. Danny wird sein früheres Torwart-Idol Soskic immer im ehrenden Andenken behalten.

Aber Danny dagegen bekam schon mal die unmöglichsten Dinger ins Tor rein. Dennoch hielt er wegen seiner guten Reaktion auch manchmal die unmöglichsten Bälle. Die guten Reflexe hatte er noch von seiner Zeit als Handball-Torwart. Während seiner damaligen Torwart-Tätigkeit führte er eine wirklich paradoxe Zeit im Tor: beim Fußball machte er den reaktionsschnellen ›Hampelmann‹, den er vom Handball gewohnt war. Und beim Handball warf er sich nach den Bällen wie ein Fußballkeeper.

In einer E-Mail-Korrespondenz erinnerte sich sein Freund Harry an das ›deutsche Wintermärchen‹ bei der Handball-WM 2007 in Deutschland: *»Ist das nicht die wahre Herrlichkeit? Das Wintermärchen löst das des Sommers ab? Handball rund um die Uhr. Das berührt doch auch einen alten Handballer wie dich, da bin ich mir sicher. Du warst früher für mich der*

Henning Fritz im Fußballtor, mein Freund, und ich hoffe, ich habe dir das schon einmal gesagt. Irgendwann einmal, in der Zeit Mitte der 70er Jahre, als wir hinter der Realschule spielten und manchmal auch Matches gegen andere Underdogs wie die aus Cappenberg austrugen, ist es mir aufgegangen. Du warst besser im Tor als die Keeper es in meiner Horneburger Pflichtspielzeit gewesen waren. Deine Reflexe waren unglaublich, deinen Wagemut ›im Angesicht des Feindes‹ ahmte ich nach und stürzte mich auch in die Bälle. Und deine Ausflüge á la René Higuita machten uns wie auch die gegnerische Mannschaft malle. Weißt du: Die ungarische Nationalelf spielte 1954 den besten Fußball der Welt, aber sie sind nie berühmt geworden. Das nahmen ihnen die Helden von Bern weg. Wir sind auch in keiner ›Hall of Fame‹ für wer weiß was verewigt worden, mein Freund, aber wir haben eine Zeitlang hervorragenden Fußball gespielt. Und am Erfolg ist nicht zuletzt der Torwart beteiligt, siehe Henning Fritz. Vielen Dank mein Freund, dass ich mit dir unvergessliches Fußballerleben teilen konnte.«

Fußball im Schnee

Harry und Danny spielten auch schon mal fröhlich im Februar im Saarland Fußball, und zwar im Garten von Oma und Opa Saargebiet in Saarlouis-Beaumarais. Es war das Jahr 1977, ein milder Februar, und die Burschen spielten dort mit nacktem Oberkörper: unglaublich, was …!?

Als Harry und Danny aber sechs Jahre später mal ihren alten Kumpel Jölle in Norwegen besuchten, da war es richtig Winter, Januar 1983, und Norwegen war eine einzige Schnee-Landschaft: meterdicker Schnee überall, und kalt, soooo kalt …

… warm war es tagsüber, wenn die Sonne schien, dann setzten sie sich auf eine Mauer vor dem Haus auf ein dickes Fell, da war es dann immerhin – 5 ° C warm, hihihi …

Sie kamen von der Nachtfähre von Frederikshavn, Jütland, Dänemark, landeten in Norwegen, und fuhren durch Eislandschaften, setzten über den Oslo-Fjord, fuhren südöstlich von Oslo nach Askim, fanden Spydeberg und dort sogar das Haus auf dem Lande von Jölle. Wie verabredet hatte er auf dem Schneeberg neben der Straße eine norwegische Flagge in den Schnee gerammt, sonst hätten sie das Haus vor lauter Weiß nie gefunden.

Aber der untersetzte und immer lebenslustige Jölle war noch nicht zu Hause, also fuhren sie zurück nach Spydeberg. Dort zogen sie sich ihre langen ›Unterbüchsen‹ unter die Jeans und holten den Ball aus dem Kofferraum. Damals hatte Danny immer einen Ball dabei, für wenn mal gerade eine Gelegenheit zum Kicken war. Jetzt war die Gelegenheit. Der Kirchhof lud die beiden ein, dort ein wenig herum zu pöhlen. Das machte Spaß. Sie mussten eh warten, also wärmten sie sich ein wenig durch körperliche Ertüchtigung auf:

Fußball im Schnee,

tätärät- ätätätäääää …

Das war ja nichts Fremdes für die Freunde: damals in den 1970ern, da spielten sie ja jeden Sonntag-Nachmittag mit den Sportkameraden von Cosmos Datteln aus der wilden ›bunten Liga‹ hinter der Realschule auf der Wiese, egal was für Wetter, ob Sonne, Regen, Sturm oder Schnee, da wurde dann zur Not auch mal über den Rasen gerutscht, dass es eine Freude war …

… und wer waren sie überhaupt, die Männer von Cosmos, beheimatet auf den verschiedensten Bolzplätzen der ›Bunten Liga‹, bei Schnee und auch bei Sonnenschein? Sie spielten modern, also im holländischen 4 – 3 – 3-System, den ›Foetbal total‹ aus den Zeiten von Johan Cruyff. Danny Kowalski im Tor, mal Weltklasse, mal Kreisklasse, immer für einen fatalen Bock gut; Harry Kreuzer, der Linksverteidiger, der einzige aus der Mannschaft mit einer soliden Fußballer-Ausbildung: er konnte grätschen, den Ball stoppen und überlegt weiterleiten. Er hatte die gesunde Härte, die er beim SV Horneburg gelernt hatte; Carlos, der Libero, wahrscheinlich der kompletteste Kicker von allen: hatte mit 1,97 m die totale Lufthoheit, räumte ab, und schoss die Buden selber. Zur Not ging er auch mal ins Tor, wenn sich Danny während des Spiels verletzte; der blond-gelockte Lutze, Mr. Zuverlässig in der stabilen Abwehr; Bridgie mit der Brille und blonden Matte, der humorige Verteidiger, war ein Kerl von einem Mann; der braunhaarige Eck machte den Sechser, den Abfänger vor der Abwehr;

der dunkelhaarige Freddy de Baer war der ruhige und überlegte Passgeber im offensiven Mittelfeld; Zolly mit der Straßenköter-farbigen Matte, der geniale Dribbler und Mittelfeldspieler, konnte seine Gegenspieler auf einem Bierdeckel ausspielen. Hatte aber als regelmäßiger Fixer so gut wie keine Kondition. Dann schlug die Stunde für Matthes als Einwechselspieler. Der rauchte und soff auch wie ein Haudegen, konnte aber rennen wie ein afghanischer Windhund; Krischan Lagberger, der pfeilschnelle Rechtsaußen; Eddy Kreuzer, Kopfballungeheuer und gefährlicher Mittelstürmer; Achim, der quirlige Linksaußen. Dazu Jo als Einwechselspieler, wenn einer nicht mehr konnte.

Mit Toni zum Sportabitur

Danny machte schon immer gerne Sport, verletzte sich dabei leider öfters. Vielleicht lag es aber auch an seinen ›schlechten‹ Gelenken und Sehnen …? Immerhin hatte ein Facharzt in Herten, zu dem Danny kurz vor seiner Musterung fürs Militär geschickt wurde, bei ihm ein ›unheilbares Kapsel-Leiden‹ diagnostiziert. Das führte in der Vergangenheit bei Danny ziemlich oft zu ›dicken Knien‹, und zwar besonders nach Hochsprung, Weitsprung, Bocksprung, Pferdsprung oder Kunstspringen vom Brett ins Wasser. Anscheinend war was in seinen Gelenken nicht in Ordnung, dass sie die Belastungen bei Sprüngen nicht abfedern konnten. So bescherte ihm dieses Manko des Öfteren auch elastische Binden an Knie- oder Fußgelenken oder gar Punktierungen, wenn sich zu viel Flüssigkeit im Knie-Gelenk abgelagert hatte. Tja, Flüssigkeit im Knie war für Danny in den 1960er und 1970er Jahren wie tägliches Brot.

Zur gleichen Zeit, als Danny noch nix großartig mit Mädchen zu tun hatte, wurde es Abitur-mäßig bei ihm schon ernst. Mit dem Sportabitur ging es bereits im Spätsommer 1970 los, also fast ein halbes Jahr vor dem eigentlichen Abitur. Da kam es dann zum ersten Akt: die Leichtathletik, der totale Flop für Danny.

Bei der ersten Übung, dem 100 m-Lauf, wollte sein Körper beim Endspurt schneller als die Beine sein. Das Ergebnis: er fiel nach vorne und rutschte die letzten Meter über die schwarze Aschenbahn ins Ziel. Das ergab – abgesehen von der schlechten 100 m-Zeit – noch zusätzlich aufgeschrammte Oberschenkel und ein negatives Feeling obendrauf. Also war er mit anderen Worten ›mental total daneben‹ .Dummerweise hatte er Hochsprung statt Weitsprung gewählt. Dafür wochenlang den Straddle geübt, denn damals war der todesmutige Fosbury-Flop – mit dem Rücken über die Latte – noch nicht so populär. Wegen seiner durch den Sturz beim 100 m-Lauf hervorgerufenen negativen Grundstimmung (also mental mies drauf) oder wegen der aufgeschrammten Oberschenkel … Jedenfalls riss er drei Mal hintereinander die Anfangshöhe von 1,40 m, die er sonst beim Training immer locker geschafft hatte. Null Punkte für Teil Zwei. Das war schon mal großes Sportlerpech. Das Kugelstoßen gehörte für ihn als körperlichen Hänfling eh nie zu seinen Stärken und erbrachte ihm demzufolge nur ein paar eingeplante Pünktchen.Beim abschließenden 1500 m-Lauf war er durch die voran gegangenen Ereignisse so demotiviert, dass er am liebsten aufgehört hätte, quälte sich aber lustlos über die Runden ins Ziel.

Gesamtergebnis nach Teil A = Leichtathletik: total verpatzt – Note 5, mangelhaft. Scheiße! Und das ihm als Sportler. Dabei machte er doch eigentlich total gerne Sport, spielte doch sogar freiwillig in Sport-AG's in der Handball-Schulmannschaft und früher in Fußball-Klassenmannschaften mit. Auch bestritt er Wettkämpfe im Schwimmverein. Und in der Realschule war er der schnellste Schwimmer überhaupt gewesen und hatte wegen überragender Schwimmnoten immer ein ›Gut‹ oder gar ›Sehr gut‹ beim Sport auf dem Zeugnis gehabt.

Aber das Sportabitur 1971 folgte den Regeln der Bundesjugendspiele: im Sommer Leichtathletik, im Winter Turnen. Und sonst gar nix, kein Schwimmen, kein Fußball, kein Tischtennis oder sonst eine andere Sportart wurde gezählt. Später nach der sogenannten ›differenzierten Oberstufe‹ hörte er von seinen sportlich begabten Freunden wie Carlos oder Eddie, die für ihr Sport-Abi Disziplinen wählen oder abwählen durften, je nach Lust oder Befähigung. Aber nicht so bei Danny 1970. Also musste er sich für Teil B = Turnen, den Winter über quälen, um dort mit wenigstens einer

›Zwei‹ die ›Fünf‹ von der Leichtathletik zu einer ›Drei‹, also befriedigend, auszugleichen. Das war das mindeste, was er von sich als Sportler verlangte.

Aber Geräteturnen war kein Honigschlecken. Geräte wie Barren, Pferd oder Reck waren schon immer harte Konstruktionen, die dem weichen Körper des 19-jährigen Danny bei sportlichen Berührungen weh taten. Das wurde ein langer schmerzensreicher Weg. Wieder verbrachte er in zusätzlichen freiwilligen Sport-AG's seine Freizeit, wo ihm die Furcht vor dem Hochreck genommen wurde. Nämlich davor, dort oben in 2,50 m Höhe als Abschluss der Reck-Kür nach Felgenaufschwung und Umschwung eine Hocke über die Reckstange zu machen. Das hörte sich so einfach an. Aber die Angst blieb ein ständiger Begleiter, dort oben mit den Turnschuhspitzen hängen zu bleiben und wie ein waidwunder Adler kopfüber durch die Lüfte auf die Matte zu krachen …!

Ja, und das funktionierte dann irgendwie. Erst auf dem niedrigen Reck, rechts und links die Sportkameraden Toni und Lukas, die ihm seine Arme als Hilfsstützen hielten, bis er es vor Erschöpfung im Schlaf konnte. Dann auf dem Hochreck dasselbe. Erst wieder mit Hilfe der beiden Kameraden, dann irgendwann zum ersten Mal allein. »Danke Jungs, für die großartige Hilfe.« Puuuhh, es klappte. Großes Glück gehabt, und Danny war mächtig stolz. Solche ›Hochakrobatik‹ würde er heutzutage bei Tod und Teufel nicht mehr wagen.

Aber damals musste er ja Punkte für den Gesamtpunktestand sammeln, um auf die ›Zwei‹ beim Turnen zu kommen. Dann kam auch noch die unangenehme Barren-Übung hinzu, mit den harten Holzholmen, über die seine Oberarmmuskeln unangenehm durchgewalkt rollten. Danach der schwungvolle Sprung übers Pferd, und schließlich irgendwas am Boden. Danny schaffte tatsächlich die ›Zwei‹ beim Sport-Abi-Turnen. Und ihr Sport- und Englisch-Lehrer, der dynamische Herr Rassel, hielt sein Versprechen von der Schülersprechstunde. Da hatte Danny ihn nach der Prognose für seine Sport-Note befragt. Das Versprechen hieß, aus 5 und 2 könnte eine 3 gemacht werden. Puuuh, geschafft: na, wenigstens etwas. Noch mal Glück gehabt.

Als Danny sich Anfang des neuen Jahrtausends die olympischen Sommerspiele 2004 in Athen im Fernseher anschaute, hatte er ein ›Deja vu‹ zu seinen eigenen sportlichen 1970er Jahren. Mit der Leichtathletik fingen nämlich für ihn die olympischen Spiele erst richtig an. Das sah er am liebsten, noch lieber als Fußball, wenn es ›schneller – höher – weiter‹ ging. Denn das war abwechslungsreich und spannend. Wie zum Beispiel der 10.000 m-Lauf am 20. August 2004, als der Sieger Bekele nach 9.600 m auf einmal in der letzten Runde los spurtete, als wäre der Löwe persönlich hinter ihm her war. Aber auch die anderen schwarzen Läufer aus Äthiopien, Eritrea, Uganda oder Kenia, fantastisch, wie die liefen. Selbst dem Fünften, Haile Gebrselassie, gehörte Dannys höchste Sympathie, wie er sich als zweimaliger Olympiasieger auch für seine jungen Landsleute aus Äthiopien auf Platz 1 und 2 mit gefreut hatte.

Vielleicht gefiel ihm das Langlaufen ›Mann gegen Mann‹ deshalb auch so gut, weil er mit seinen Sportkameraden damals in den 70er Jahren circa fünf Jahre lang selber die 8 km lange Cross-Strecke durch die Haard gelaufen war, aber vor allem als Gruppe von Freunden. Sie starteten immer am Gasthaus Jammertal, dann ging's erst durch Wald, danach an einem Feld vorbei, dann wieder ein Stück Wald. An der Stelle wollte seine ›Pumpe‹ nach ungefähr 1,5 km eigentlich schon nicht mehr mit machen. Aber da galt es für alle, den inneren Schweinehund zu überwinden und auf den ›Zweiten Wind‹ zu hoffen. Schließlich ging es die steile Sandbahn den Stimberg hoch. Oben am Reckgerät konnten sie beim Krafttraining etwas durch pusten, und dann liefen sie mit dem ›Dritten Wind‹ wieder zurück zum Ausgangspunkt. Beim allerersten Waldlauf wollte Danny tatsächlich nach 1,5 km seine Langlauf-Ambitionen gleich wieder aufgeben. Aber durch gutes Zureden der Sportkameraden um Florian war er weiter gelaufen. Und er hatte es für die nächsten fünf Jahre nicht bereut. Sie liefen jede Woche, ob's stürmte, regnete oder Schnee lag. Das war ihnen egal, da sie nach etwa einem Kilometer sowieso vom Schwitzen nass waren. Carlos war mit gelaufen, und Harry, Matthes, natürlich Jo und seine brünette Freundin Biggy, und Dannys damalige Freundin Laura war auch dabei. Das dort bei ihren Waldläufen in der Haard sah zwar alles nicht so dynamisch wie bei den äthiopischen Langläufern aus. Aber Spaß hatte es gemacht …

Tja, aber was hatte Leichtathletik mit Fußball zu tun? Ganz einfach,

Fußball war und ist ein Laufsport und ein Kampfsport. Das sah man ja auch gut an Hans-Peter Briegel aus Kaiserslautern, die ›Walz aus der Pfalz‹, ein ehemaliger Leichtathlet und Zehnkämpfer, der als Fußball-Profi Karriere machte. Er war Europameister 1980, Vize-Weltmeister 1982 und 1986, mit Hellas Verona wurde er 1985 italienischer Meister und im gleichen Jahr zu Deutschlands ›Fußballer des Jahres‹ gewählt.

Und genau dieser Briegel wurde Jahrzehnte später von Dannys Schulkameraden Toni operiert. Denn Toni Renner, einst der beste Sportler an Dannys Schule und ebenfalls Zehnkämpfer, wurde Arzt und praktizierte als Chirurg in einer Klinik in Rheinland-Pfalz. Einmal machte er auf Zypern Urlaub. Hans-Peter Briegel, der ebenfalls auf Zypern Ferien machte, erlitt dort nach einem schweren Unfall eine Trümmerfraktur des rechten Ellbogens. Da niemand der einheimischen Ärzte dazu in der Lage war, operierte Toni ihn kurzerhand dort im Krankenhaus. Das war der Beginn des gemeinsamen Urlaubs in 2011. Klar, dass seitdem Briegels Dank dem Toni auf ewig hinterher wanderte.

Der Toni und der Briegel, nur durch ein OP-Skalpell voneinander getrennt: das waren Geschichten, die das Leben schrieb. Und der Kreis hatte sich geschlossen.

Sex and Drugs and Rock‹n Roll

… die Feststellung des Jahres – vom Comedian Bodo Bach[*]:
»*Glücksforscher haben herausgefunden,*
dass es beim Glück auch aufs Geschlecht ankommt.
Frauen sind glücklich in Momenten der Ruhe.
Und wir Männer? Wenn wir 2:0 führen
und noch Bier im Kühlschrank ist.«

»Wie jetzt: ›Sex and Drugs and Rock'n Roll‹ beim Fußball …!? Datt geht doch gar nich …!« meinte der entrüstete Fachmann.

---

[*] *Bodo Bach, in westfälische Rundschau vom 31.12.2020*

»Geht doch«, entgegnete Danny, »ich sach nur Cappenberg 1976.«

»Cappenberg, Cappenberg …?« grübelte der Fachmann, »war datt nich ein Krimi von Jürgen Kehrer, der mit dem Wilsberg tanzt …!?«

»Jau, mach sein«, freute sich Danny, »aber ich meine watt anderes.«

»Aha, aha, aha, dann lass mal hören …«

»Ja, wir waren da ja so ne Gruppe von Freizeit-Kickern in den 1970ern. Wir machten auch ›internationale‹ Spiele, in Recklinghausen und Cappenberg, hihi. Deshalb nannten wir uns auch Cosmos Datteln. Ja, nun denn. Für einen Sonntag, die Sonne schien, hatten wir uns mit den Cappenbergern verabredet. Mit einigen Autos ging es von Datteln nach Osten. Bei mir im Käfer hatten sich noch ein paar aufgebrezelte ›Käfer‹ mit einlogiert. Meine Laura wollte mal schauen, wie ich so im Tor stehe, und sie dahinter …«

Ja ja, früher, da wurde ja über Fußball sogar gesungen. Aber die Schlager-Versuche der 1960er Jahre, die waren ja eher rührend, als es mit Gerd Müller im Jahre 1969 ›Dann macht es bumm‹ bumste, oder Franz Beckenbauer 1966 mit seinem Rühr-Stück ›Gute Freunde kann niemand trennen‹. Da trieb es Danny die Tränen in die Augen, aber nicht vor Rührung. Allerdings gab es auch rühmliche Ausnahmen, aber die hatten alle was mit Torhütern zu tun: Petar Radenkovic ›Bin i Radi, bin i König‹ war ein Klassiker, genauso wie der Evergreen von Theo Lingen ›Der Theodor im Fußballtor‹, ja, der Theodor, der stand im Fußballtor, genauso wie Danny als jugendlicher Outsider in Datteln als Torhüter. Und natürlich Wencke Myhre durfte mit ihrem ›Er steht im Tor‹ von 1969 nicht fehlen:

›Er steht im Tor, im Tor, im Tor,
und ich dahinter.
Frühling, Sommer, Herbst und Winter,
bin ich nah bei meinem Schatz,
auf dem Fußballplatz‹.

Das hörte dann Danny, als er im Tor stand und seine Freundin Laura dahinter. Und fröhlich – wie sie damals war – Wencke's Schlager lauthals mitträllerte. Laura hatte sich für ihren Cappenberg-Trip Verstärkung mitgebracht: die kleine rotblonde Fritzi und die kurvenreiche brünette Yvonne schäkerten mit den Jungens um die Wette.

»Na, wenn wir nicht unser Spiel in der ›Bunten Liga Datteln-Hamm-Kanal‹ vor uns gehabt hätten, wer weiß, wozu uns die aufgeregten Mädels aus Datteln hochgeschaukelt hätten …!?« Es ging jedenfalls hoch her. Weil noch auf die komplette Mannschaft der Cappenberger gewartet wurde, baute jemand aus Dannys Team erst mal zur Stimmungsaufheiterung einen Joint, so groß wie ein Ofenrohr. Der ging dann rum, von Hand zu Hand, von Mund zu Mund, von Mann zu Mann, und auch die Mädels wollten Spaß … Danny drehte seine Musik-Anlage im Auto bis zum Anschlag auf. Und die rockigen Klänge von Lynyrd Skynyrd, der angesagten Southern Rock-Band Mitte der 70er Jahre, waberten von seinem Auto-Kassettenrekorder über das Fußball-Feld.

»Boah, sach ich euch«, schwärmte der angeturnte Danny in seiner vollen Fußball-Torwart-Montur, also Trainingshose über den Unter-Tage-Rundum-Schienbeinschonern, obenrum ein zotteliges langärmliges Etwas, Stirnband, Lederhandschuhe und unten die Fußballschuhe mit Stollen, »ich fühl mich heute wieder unschlagbar …!« Alles hätte so gut werden können, bis sie einen plötzlichen, aber unverdienten Platzverweis bekamen. Entweder waren sie zu laut, zu bunt oder zu freakig …!? Ein Platzwart kam daher gedackelt und machte einen auf ›Wichtig‹. Alles Protestieren nutzte nichts, Cosmos Datteln und die Cappenberger durften dort definitiv nicht spielen. Die Heimspieler kannten aber immerhin einen Ausweichplatz. Dahin lotsten sie die Dattelner. Aber bis sie sich schließlich alle mit den Autos in Kolonne durch die Cappenberger Walachei am Ausweichplatz eingefunden hatten, da waren vielleicht noch Dreiviertel der ursprünglich bereiten Spieler übrig. Einige hatten es nicht dorthin geschafft. Wenig überraschend fehlten auch Fritzi und Yvonne und zwei smarte Kicker von Cosmos Datteln. Die hatten wohl die Gunst der Stunde mit der prallen Sonne, dem frischen Marihuana-Rausch und den aufgebrezelten, zu allem bereiten Mädels, genutzt und ihr ›Spielchen‹ auf eine abgelegene Waldlichtung verlegt …

»Na ja, so mussten wir von Cosmos Datteln den Cappenbergern auch noch einige Spieler abgeben, damit wir wenigstens ein Spielchen ›Sieben gegen Sieben‹ machen konnten. Denn von den Heimspielern hatten es noch viel weniger dorthin geschafft. So gewannen wir auch locker mit 10:3. Aber es war irgendwie so ein bisken watt wie ein Coitus Interruptus, dieser Platzverweis für alle und die Flucht zum anderen Spielort …«

Danny hatte wenigstens das Glück, dass er im Tor stand, und seine Laura treu dahinter, Frühling, Sommer, Herbst und Winter. Und als sie dann mitbekam, wo ihre Freundinnen abgeblieben waren, da wollte sie nicht nachstehen. Sie trieb Danny, zu Hause angekommen, erst mal zum Säubern unter die Dusche, und dann ab ins Bettchen, um den ›Cappenberger Coitus Interruptus‹ doch noch zu einem erfolgreichen Abschluss, äh Abschuss, zu bringen …

»Na, sach ich doch: ›Sex and Drugs and Rock'n Roll‹ beim Fußball geht doch …«

Rausch und Realität

Wir lasen ja gerade schon zur Überraschung aller bei diesem Fußball-Kapitel auch einen kleinen Ausflug in die Welt der Drugs: »… zur Stimmungsaufheiterung einen Joint, so groß wie ein Ofenrohr. Der ging dann rum, von Hand zu Hand, von Mund zu Mund, von Mann zu Mann, und auch die Mädels wollten Spaß.« Ja, tatsächlich, das gehörte wohl in den 1970er Jahren der Späthippie-Zeit dazu, das Kiffen und Herum-Experimentieren mit Drogen. Solange es nur zum Spaß oder auch für die Erhöhung der Kreativität beim Musik-machen genommen wurde, machte Danny da auch gerne mit. Das gab ja auch im gewissen Sinne Glücksgefühle, ähnlich wie beim Sex oder beim erfolgreichen Torschuss. Bloß nicht abhängig davon werden, da passte der Danny aber sowas von auf. Heroin und die ganze Fixerei waren ihm zuwider. Zu oft hatte er ehemalige nette Jungens oder Mädchen getroffen, die sich durch die Abhängigkeit von harten Drogen wie Heroin zu menschlichen Wracks entwickelten. Und zwar sowohl gesundheitlich, weil sie meist wie der ›Tod auf Urlaub‹ aussahen, als auch sozial, da sie nämlich mit der Dauer der Abhängigkeit vom nächsten ›Schuss‹ immer mehr Geldprobleme bekamen. Dadurch mussten sie nicht nur zu kriminellen Aktivitäten greifen, sondern bestahlen auch asozial sogar ihr besten Freunde, um irgendwie an Kohle zu kommen …

Tja, sie faselten zwar anfangs von ›enormen Glücksgefühlen‹ durch ihren Rausch, die sie nie vorher erlebt hatten, wurden aber leider nur noch abhängig und abhängiger. Das war leider kein wirkliches Glück, sondern da entpuppte sich ihr Streben immer mehr als ein ›Glück als unsteter Gesell‹, und damit eher als Sackgasse ihres jungen Lebens.

Die heilende Kraft der Liebe

Beim ›Pfingsttrainingslager‹ 1977 spielten Danny und seine Freunde von Cosmos Datteln bei strahlendem Sonnenschein am Samstag, am Sonntag und am Montag bis zum Umfallen Fußball. Danach sah sein rechtes Bein reichlich demoliert aus. Am Sonntag wurde ihm schon kurz nach Spielbeginn während eines Zusammenstoßes mit dem gegnerischen Torwart knapp oberhalb des Knöchels eine stollengroße neue Körperöffnung zugefügt. So begleitete ihn bei jedem Schritt der Schmerz als Stimulator.

Am Montag spielte er dann selber den Torwart und bekam als erste Aktion einen Mordschuss gegen den lädierten Knöchel, der ihn augenblicklich hellwach machte. In der Nacht vorher war es ihm ja fast nicht möglich gewesen zu schlafen. Denn Danny und seine Kicker-Freunde frönten einem recht fortschrittlichen Trainingslager, also alles inklusive, auch die körperliche Liebe …! So wurde Danny dann beim Montagsspiel durch diesen Mordschuss gegen den Knöchel sofort wieder an seine ›Körperlichkeit‹ erinnert.

Dann ein erneuter Zusammenstoß Torwart gegen Stürmer, wobei Danny dieses Mal als Torhüter ein Tor verhinderte. Aber er bekam dafür einen entsetzlich folgenschweren Tritt ans Knie, so dass er bei jedem Blutzufuhr-Impuls vom Ober- zum Unterschenkel und umgekehrt sein Knie wild pochen spürte.

Am nächsten Tag war sein Fuß dermaßen angeschwollen, dass er den Knöchel nicht mehr sehen konnte. Zusätzlich pocherte das Knie immer noch. Jedenfalls konnte er nur humpelnd den schmerzensreichen rechten Teil der Links-Rechts-Schrittkombination gehen, die man im allgemeinen ›das Gehen‹ nannte.

So begab es sich zur Abendstunde, als er gerade die drei Kilometer von der Wohnung seiner damaligen Freundin Laura nach Hause ging, als er plötzlich bemerkte: »Whow, ich gehe, Schritt für Schritt, schon länger …! Und auch vorher war ich schon mit Laura einige Zeit zusammen, ohne das geringste am Knöchel oder am Knie zu bemerken. Boah, rein gar nichts, ein ganz normales Schrittgefühl. Ja, wie kam das denn wohl …!?« Tja, das war dann wohl die überwältigend heilende Kraft der Liebe zu Laura, die er deshalb auch mehr als Apfelmus, Pflaumenmus und Rübenkraut zusammen liebte …!

Jonglieren ist auch was mit Bällen

Als es bei Danny wegen seiner Kniebeschwerden nicht mehr ging, das Spiel mit den Füßen: kicken, pölen, Fuß-Jonglage, da kam dann eher das Hand-Jonglieren mit den kleinen Bällen in Frage. Das machte Spaß, er konnte es überall alleine machen, und trotzdem war es gut für seine Knochen.

Durch seine Hagener weizenblonde Kollegin und Freundin Carlotta lernte Danny 1987 das Jonglieren. Das ging recht flott. Sie gingen zusammen in den Stadtgarten oberhalb von Wehringhausen. Dort auf einer Wiese im Schatten unter einem großen Laubbaum brachte sie ihm das Jonglieren mit drei Bällen bei, oder besser mit drei Bean-Balls. Das sind kleine, mit Hirse gefüllte Bälle. Da Danny als langjähriger Percussion-Musiker den Rhythmus im Blut hatte, ging das auch ganz gut. Drei Stunden später konnte er jonglieren.

Danny brachte diese neue Fähigkeit mit zu seiner Hagener Arbeitsstelle, in das Jugendinformations-Zentrum Volkspark. Überraschenderweise konnten dort schon einige junge Männer und Frauen jonglieren, wie der lange dunkelhaarige Akim, der braunhaarige Olli und die brünette Miss G. Deshalb machten sie das gemeinsam, als Info-Jongliergruppe.

Carlotta kannte einen Jongleur aus Berlin, den lebenslustigen Mike. Der machte dann mal im Info-Zentrum einen Jonglier-Workshop, wobei er den Hagener Jongleuren so einiges beibrachte. Mit seinem Lieblings-Jongleur Akim hatte Danny dadurch als erstes Hagener Jongleur-Paar das Keulen-Passing geschafft. Für die Laien: Passing bedeutet, dass beide Jongleure mit je drei Keulen jonglieren, sich dabei gegenüber stehen und sich dann auf ein vorher verabredetes Kommando eine Keule zuwerfen, und weiter und weiter und weiter.

Hach ja, die Anfänge von Dannys Jonglage waren erst mal sparsam, mit drei Bällen, später kamen auch noch Keulen, Ringe, Tücher und andere Gerätschaften dazu.

Da sich aber das Keulen-Jonglieren im Info-Zentrum wegen der zu niedrigen Decke als schwierig erwies, suchte Danny mit den anderen Jungs im Winter 1988 nach einem Gebäude mit hoher Decke. Das fanden sie rasch in der Hagener Pelmke-Schule und gründeten dort die erfolgreiche Gruppe. Aus der gingen mehrere super Jongleure wie der große dunkelhaarige Rolle und der blond-gelockte Ole hervor, die auch noch Jahrzehnte später von ihren Auftritten lebten. Das erfuhr Danny, als er zum Jubiläum ›20 Jahre Jonglier-Gruppe‹ im Januar 2008 in die Pelmke-Schule als Gründungs-Mitglied eingeladen wurde.

Doch zurück zu den Anfängen. Akim und Danny hatten dann in der Folgezeit einige Auftritte unter dem historischen Namen ›The Flying Hip-Hops‹, im August 1988 im Jugendzentrum Hagen-Buschey und in zwei Altenpflegeheimen. Dafür nahmen sie immer gerne rhythmische Musik als Untermalung mit, die sie auf einem Gettoblaster abspielten – wie die Hits von Talking Heads.

Und schließlich als Höhepunkt ›Georg lebt!‹ im Stadtmuseum Hagen am 13.12.1990. Live-Musik und Live-Jonglage der Gruppe ›Georg lebt!‹, wozu sich die Musiker extra T-Shirts hatten machen lassen – mit der Aufschrift ›Georg lebt!‹ Das war eine Koproduktion von drei verschiedenen Info-Zentrums-Gruppen. Nämlich der Literatur-Gruppe, die zum Anlass der Georg Weerth-Ausstellungseröffnung zusammen mit der Videofilm-Gruppe und der Jonglier-Gruppe performte. Dazu Live-Musik im Museum, wie der Georg's Rap. Musiker waren am Schlagzeug Mats mit der langen Rasta-

Matte, am Bass Olli, Percussion und Geschrei Danny, dazu Filmaufnahmen von Akim, Jonglage mit Georg-Weerth-Büchern durch Olli und Danny, und Jonglage mit Keulen machten Akim und Olli. Das war super für alle Beteiligten, denn es ging bei diesem Auftritt im Museum ab wie ›Schmidt's Katze‹.

Später jonglierte Danny aus Spaß in aller Welt, wobei da die geografische Bandbreite von Hagen über Finnland und die Toskana bis zur Karibik und nach Thailand und Sri Lanka und wieder zurück nach Hagen-Fley reichte. Da waren auch schon ganz schöne Raritäten dabei. Im November 1987 beim deutsch-finnischen Jugendaustausch jonglierte er in einem Jugendzentrum in Kouvola. Bei einem Italienisch-Bildungsurlaub im September 1988 versuchte er sich mit drei Klobürsten auf einem Markt in der Toskana. Oder mit Kokosnüssen in der Karibik – Jonglieren mit Kokosnüssen, hihihi. So was gab es bei Danny nur in Tropen-Urlauben, wie 1998 am Palmenstrand von Samana in der Dominikanischen Republik, oder in Sri Lanka 2004.

Und Danny schenkte seinem Vadda Götz zum 70. Geburtstag einen kleinen Jonglierauftritt. Im Garten am Schürenheck 32 wurde in Datteln am 4. Mai 1996 der besondere Ehrentag gefeiert. Dort gab er eine kleine Jonglier-Show mit vier Bällen, Devilstick und Keulen-Jonglage für die ganze Verwandtschaft und Gästeschar.

Danny benutzte die Fähigkeit, mit vier Bällen jonglieren zu können, auch gern aus therapeutischen Gründen. Er hatte sich bei einem winterlichen Waldspaziergang im Januar 2003 auf einer abschüssigen, mit Eis bedeckten Straße bei einem Sturz einen komplizierten Bruch des linken Handgelenks zugezogen. Da half ihm hinterher neben der Krankengymnastik das Jonglieren, um die Bewegungsfähigkeit im Handgelenk wieder herzustellen.

Später nutzte er es auch gerne als Teil seines regelmäßigen Fitness-Programms. Dafür kam nämlich alles in Frage, was Spaß machte, was er auch alleine machen konnte und was trotzdem gut für seine Knochen war, also auch das Jonglieren. Er hatte mal gehört, dass dabei durch die wechselseitigen Beanspruchungen der beiden Gehirnhälften neue Hirnzellen aufgebaut würden. Na, das war ja mal ein positiver Gesundheits-Aspekt: länger fit im Kopf durchs Jonglieren, hihihi. Zusammen mit den ›Fünf Tibetern‹ gehört das Jonglieren auch heute noch zu seinen all-morgendlichen Fitness-Übungen, immer zu rhythmischer Musik aus dem Radio. Dabei liebt er lateinamerikanische Stücke, denn die Menschen aus Süd- und Mittelamerika hatten den Rhythmus im Blut.

Danny schenkte seinem Vadda Götz zum 70. Geburtstag in Datteln einen Jonglierauftritt Und sonst: Jonglieren mit Kokosnüssen in der Dominikanischen Republik, mit Bällen in Thailand, mit Ringen & Keulen in Finnland, mit Devilstick in Lüdinghausen und mit Bällen, Ringen und Keulen in Hagen.

Die Totti-Tipper und ›Gib mich die Kirsche‹

Das Tippen an sich ist ja schon eine Glückssache. Allerdings nicht so das reine Glück, wie beim Lotto, sondern eher das Glück des Tüchtigen, in diesem Fall von jemandem, der tüchtig Ahnung von den Fußballmannschaften hat, auf die getippt wird …

Die Totti-Tipper

Diese originelle Tipp-Runde hier entstand 2001, bestehend aus drei ehemaligen Jugendzentrums-Kollegen, die sich damals in den 80er Jahren beim Fußballspielen auf der Emster Wiese und in zahlreichen dramatischen Duellen an der Tischtennis-Platte in TT-Einzelturnieren bekämpften. So wurden aus früheren Sportgegnern später Sportfreunde: der blonde drahtige Hannes Engelmann aus Hagen-Emst, der wuchtige Werner Sperling aus Boele und eben Danny Kowalski.

Sie beschlossen, eine kleine exklusive Bundesliga-Tipp-Gemeinschaft zu werden, indem sie für jedes Wochenende nur jeweils drei Spiele zu tippen brauchten, und zwar die Spiele ihrer Lieblingsmannschaften:
- Borussia Mönchengladbach, dem Hannes seine ewige Liebe, die ›Fohlenelf‹ vom Niederrhein.
- Borussia Dortmund, schwarz-gelb vom Revier, da steht der Werner drauf, denn der ist von hier.
- 1.FC Köln, Dannys Treue zum ›Geißbock‹-Verein seit 60 Jahren durch alle Höhen und Tiefen, durch alle Freuden und Leiden.

Jeweils einmal im Monat zählten sie die Punkte zusammen. Der Sieger bekam vom Verlierer ein Getränk ausgegeben: keine großen Gewinne, aber jede Menge Spaß.

Weil es oft knapp wurde bei der Punkteverteilung, führten sie die Sondertipps ein, die bei Punktegleichheit entschieden, und zwar sogar recht häufig.

Nachdem der Hagener Sparkassen-‹Oskar‹ am 07.03.2004 gesprengt worden war, konnten sie sich nicht mehr in der Sparkassen-Kantine treffen, sondern verlegten ihre Tipp-Runde auf den Nachmittag um 17.00 Uhr nach Dienstschluss, entweder in die Eisdiele ›Öse‹ im Hagener Volkspark, versuchsweise auch mal in andere Kneipen oder zu besonderen Fußballfilmen auch mal ins Kino-Restaurant, aber auch öfters mal in das rauchfreie Cafe ›Vincenzo‹, wo der Sieger ein Getränk seiner Wahl vom Monats-Tipp-Verlierer ausgegeben bekam.

Dann fand Danny bei einem Kalabrien-Urlaub 2003 am Strand von Capo Vaticano eine kleine Plastikfigur. Das war übrigens ein guter Reise-Tipp des Tippkollegen Hannes, der dort vorher im Urlaub auch schon lecker italienische Hausmannskost bei Mimo gegessen hatte. Also dort am Strand fand Danny im Sand den ›Totti‹: eben jenen kleinen Plastikfußballer mit italienischem Nationaltrikot in azurblau und mit einem Löwenkopf. Den nannten sie den Totti. Und daraus wurde ›ihr Totti‹, der begehrte Wanderpokal, der immer dem jeweiligen Monatssieger vom letzten Totti-Träger übergeben wurde. Der Name entstand nach dessen Namenspatron Francesco Totti von der AS Roma, deren Kapitän er lange Jahre war. Aber er wurde ja auch 2006 Weltmeister mit der italienischen Nationalmannschaft ›Squadra Azzura‹. Der Fußballstar im azurblauen National-Trikot trug dort die Nummer 10 auf dem Rücken, genauso wie ihr kleiner Wanderpokal-Totti.

Die erfolgreichsten Jahres-Tipper waren Werner und Danny, die jeder siebenmal Tipp-König wurden. Hannes wurde viermal Tippkönig, außerdem führte er den Gesamt-Sondertipp-High-Score an. Dagegen hielt sich Werner mit der Führung im Gesamt-High-Score schadlos. Es blieb für die drei ein ewig spannendes Treffen. Joh, sie sind die Totti-Tipper …!

Sie hatten sich in den letzten Jahren eindeutig für ihr ›Lokal des Vertrauens‹ entschieden, das ›Café im Quadrat‹ auf Emst bei der sympathischen Wirtin Conny. Dort trafen sich die drei Tottis immer gut und gerne, um über die große und die kleine Fußballwelt zu diskutieren.

Die drei ›Totti-Tipper‹ Danny, Werner und Hannes starteten ihre Tipprunde mit der Saison 2001/2002 und tippten in der Saison 2019/2020 schon ihre 19. Fußball-BULI-Saison …

… bis etwas sehr sehr Trauriges geschah. Denn leider wurde die traditionsreiche Totti-Tippergemeinschaft für immer gesprengt, als Hannes plötzlich und unerwartet 2020 im noch jungen Alter von nur 62 Jahren starb. Never forgotten, Hannes …

›Gib mich die Kirsche‹

›Gib mich die Kirsche‹ hieß nicht nur ein laut raus gerufenes Zitat des Torjägers Lothar ›Emma‹ Emmerich von Borussia Dortmund aus den 60er Jahren, wenn der Linksaußen und Vizeweltmeister von 1966 (›Das Wembley-Tor‹) seine Mitspieler um den Ball bat, nämlich die ›Kirsche‹. Nein, sondern ›Gib mich die Kirsche‹ nannte sich auch eine lustige Internet-

Tipprunde, in die Danny von seinem Freund Harry nach jahrelangem Drängeln rein geholt wurde.

Dafür war Danny ihm ewig dankbar, denn diese Tipprunde hatte ihm doch in seiner ersten Saison 2007/2008 jede Menge Erfolgserlebnisse und Glücksmomente verschafft. Zwar konnte niemand in dieser Spielrunde durch gutes Tippen Geld verdienen, dafür aber Ehre und persönliche Selbstbestätigung, aber die gab es dann frei Haus durchs Internet.

Danny spielte unter seinem Tipp-Pseudonym ›Manolito‹. Jawohl, genau der schlitzohrige Manolito Montoya aus der Western-Serie ›High Chaparrel‹ war das Vorbild für Dannys Spielname. Diese Serie wurde in der Zeit von 1967 bis 1971 im deutschen TV ausgestrahlt. Und Henry Darrow spielte den Manolito, den mit dem großen Sombrero und dem gackernden Gekichere: ›Hihihi, hihihi …‹

Am wichtigsten war da natürlich nach dem 34. Spieltag, und nur das zählte: Gesamtsieger und Tippkönig! Danny errang mit drei Tagessiegen am 18., 20. und 24. Spieltag die meisten Tagessiege von allen Tippern. Und schließlich gewann er als Manolito am letztem Spieltag der 1. Fußball-BULI, um 17.15 Uhr, den nie erwarteten ersten Platz und den Gesamtsieg der Tipprunde unter zuletzt noch übrig gebliebenen 34 Teilnehmern. Boah, da explodierte er geradezu vor Glück.

Zweifellos der Höhepunkt war dann zum Schluss der Bundesliga-Saison 2007/08 der 34. Spieltag am 17. Mai 2008. Da gab es noch eine ganz knappe Kiste zwischen Danny und dem späteren Zweitplatzierten Hermann um den 1. Platz. Denn am letzten Spieltag ging das dauernd zwischen Danny und Hermann hin und her. Am Ende war es eine knappe Entscheidung von 409 Punkten für Danny, gegenüber 408 Punkten für Hermann. Und diese knappe Entscheidung um nur einen Punkt fiel nach einer langen ganzen Saison vom Sommer 2007 bis zum Mai 2008.

Danny hatte das Glück, dass er dieses für ihn tolle Erlebnis zusammen mit seinem Freund Harry (als Spielname ›Klüvenstein‹) in Hagen/Westfalen feiern durfte. Harry hatte diesen Termin als Treffpunkt schon einen Monat vorher für sie beide vorgeschlagen, weil es ja eventuell da was zu feiern gab. Dannys Frau Moni backte zu Ehren der ›Gib mich die Kirsche‹-Tipper einen leckeren Kirschkuchen. So aß Danny, der normalerweise gar keine Kirschen mag, vor dem entscheidenden letzten Spieltag zum ersten Mal freiwillig ein Stück Kirschtorte. Und er musste zugeben: »Das war echt lecker!«

Schön war es auch für Harry, dass er am letzten Spieltag noch unverhofft einen Tagessieg in der ›Gib mich die Kirsche‹-Tipperrunde errang. Zusätzlich hatte er auch den Saison-Rekord mit 22 Tagespunkten behalten können. Also hatte Harry damit auch noch den höchsten Tagessieg von allen erreicht!

Es gab wirklich jede Menge Gründe zum Feiern. Da kamen ihnen die Grillplatten beim ›Jugo‹ (es war wahrscheinlich ein Kroate?) gerade recht. Die waren nämlich eine gute Feier-Grundlage für ihr Freundschaftstreffen mit viel Bier, Rotwein, Grappa und Slibowitz. Diese Sause wurde dann hinterher noch bis 03.00 Uhr in der Nacht auf Dannys Terrasse in Hagen-Fley fortgesetzt, und das trotz ›Eisheiliger‹ Kälte …

Und dann, genau 10 Jahre später, kam die Saison 2017/2018, als Danny zu einem erneuten Siegeszug über die ›Kirschen‹-Tipper hinweg brauste. Unter mittlerweile 40 Tipp-Teilnehmern konnte er seinen Sieg von 2008 wiederholen. Der Spielleiter Detlef Müller-Merker, alias RheumaKai, sandte Danny die Urkunde zum Tippkönig 2018, die er mit einer lustigen Bemerkung verziert hatte. »Frei nach Weidenfeller: You have a grandios Saison gespielt«. Denn Danny hatte einen wahren Durchmarsch vorgelegt.

An sage und schreibe 29 von 34 Spieltagen war er Tabellenführer der Tipprunde, zum ersten Mal am 2. Spieltag. Dann übernahm er erneut am 5. Spieltag die Tabellenspitze, schaffte am 6. Spieltag den Tagessieg und blieb 26 mal hintereinander Erster des Tipp-Tableaus, bis zum 30. Spieltag. Ein kleiner Hänger kurz vor Saisonende bescherte ihm an den Spieltagen 31 und 32 jeweils ›nur‹ den zweiten Platz, bevor er am 33. Spieltag zurückschlug und wieder Erster wurde. Souverän verteidigte er den ersten Platz auch nach dem 34. Spieltag. Beim Endstand hatte er 547 Punkte erreicht, immerhin 22 Punkte Vorsprung vor ›Litti‹ auf dem zweiten Platz mit 525 Punkten. Und somit freute sich Danny, dass er verdientermaßen Sieger der Tipp-Runde und Tippkönig wurde. Dadurch stieg er auf in die Liga der ›Doppel-Tippkönige‹: nach Soccerqueen, Juems und Thor gehörte nun auch Manolito zu diesem erlesenen Kreis. Da war er natürlich stolz und sehr glücklich.

Nach 2008 wurde Danny auch 2018 wieder Tippkönig der ›Gib mich die Kirsche‹-Spielgemeinschaft.

Nach dem Gesetz der Serie freut er sich schon auf 2028, haha, hihi …

Und Harry fragte zum Ende der Saison 2022 an: »Hey, Danny, wo stehst du denn eigentlich in der ewigen Tabelle?«

»Moment, Harry, die Frage kann ich dir sofort beantworten. Hier sind die ersten vier in der ewigen ›Kirschen‹-Tabelle«, antwortete Danny stolz und glücklich, »1. Manolito – 6.830 Pkt.; 2. Handgottes – 6.718 Pkt.; 3. juems – 6.702 Pkt.; 4. RheumaKai – 6.688 Pkt. Das also sind die ersten vier: ich als ›Manolito‹ vor dem Sohn des Spielleiters ›Handgottes‹, dem Bruder des Spielleiters ›Juems‹ und dem Spielleiter ›RheumaKai‹ selber.«

Großer Spaß mit der Frauenfußball-EM 2022

Danny erlebte am TV-Gerät eine tolle Frauen-Fußball-Europameister-schaft in England (*eigentlich UEFA Women's Euro 20*21, die aber wegen der Corona-Pandemie um ein Jahr auf 2022 verschoben wurde). Das war die dreizehnte Ausspielung der europäischen Kontinentalmeisterschaft im Frauenfußball. Titelverteidigerinnen waren die Holländerinnen, die 2017 erstmals Europameisterinnen wurden. In der Vergangenheit waren ja die deutschen Fußball-Fans von ihren Frauen-Teams regelrecht verwöhnt wor-den, als es von Titeln bei Europameisterschaften nur so hagelte und auch viele Weltmeisterschaften und olympische Fußballturniere mit Medaillen endeten. Doch in den letzten Jahren spielten die Deutschen keine guten Turniere mehr. Umso mehr freute sich Danny mit den wunderbar aufspie-lenden deutschen Mädels, die von Spiel zu Spiel immer mehr Begeisterung innerhalb der deutschen Bevölkerung entfachten.

So auch seine begeisterte E-Mail an seinen Freund Harry: »*Du bist ja auch Fußball-Fan. Und guckst du jetzt in der Fußball-BULI-freien Zeit auch Frauenfußball-EM? Gestern spielte ja die deutsche gegen die dänische*

Frauen-Fußballmannschaft. Sonst halte ich immer gerne für die Dänen oder Däninnen

(›vi er röde, vi er hvide,
vi er danske dynamite‹),

aber gestern hielt ich natürlich für Tyskland. Und ich war total begeistert. Ich habe die ganze erste Halbzeit auf meinem Hometrainer-Fahrrad ›mitgespielt‹. Die Däninnen sind ja schließlich keine Laufkundschaft, waren bei der letzten EM Zweite und hatten die Deutschen im Viertelfinale raus gekegelt. Und am Schluss: sorry for you, liebe Dänen: 0 : 4 für Tyskland, das war eine ziemliche Blamage .… Aber dafür sind ja die Danske Männer und Frauen ›Weltklasse‹ im Handball.

Und da sich mindestens 8 der 16 Teams Chancen auf den EM-Titel ausrech-nen, wird es bestimmt ab den Viertelfinal-Spielen total spannend …«

»*Ja klar guck ich Frauenfußball«*, antwortete Harry umgehend, »*schon seit Jahren, und zwar total gerne. Denn die Frauen spielen fair und meckern nicht wegen jedem Scheiß beim Schirri. Und vor allem, wenn sie gefoult werden, dann stehen sie einfach wieder auf und spielen weiter. Nicht so wie beim Män-ner-Profifußball leider häufig zu sehen ist, dass die Gefoulten den ›sterbenden Schwan‹ spielen und sich unnötigerweise auf dem Rasen rumkugeln, als hätte sie eine Machete umgehaun … Ne-ne, das ist bei den Frauen angenehmer. Echt was für Fußball-Romantiker. Ich freu mich schon auf die nächsten Spiele.«*

Tja, und so war es auch, denn das machte Danny einen Riesenspaß, den dynamischen und technisch guten deutschen Spielerinnen zuzuschauen. Die hatten eine Spielfreude, und die hatten Teamgeist. Er fand es als ei-nen wahren Glücksfall, in diesem Sommer 2022 im TV den Frauen beim Kicken zuzuschauen. Und die deutschen Frauen hatten mit ihrer Traine-rin Martina Voss-Tecklenburg eine exzellente Taktikerin und Fußball-Kennerin. Sie steigerten sich und zogen bravurös ins Endspiel gegen die Engländerinnen im Wembley-Stadion ein.

Dannys Resümee an seine anderen Fußballfreunde: »*Im Endspiel ohne ihre überragende Kapitänin Alexandra ›Poppi‹ Popp, die sich kurz vor dem Anpfiff verletzte, da war es natürlich für die bis dato super spielenden deutschen*

Frauen sehr sehr schwer. Denn da trafen die beiden besten Teams des Turniers aufeinander. Sie waren sich auch ziemlich ebenbürtig. Aber eine ›Frauschaft‹ von beiden hätte ja eh gewinnen müssen, zur Not per 11-m-Schießen. Gut, die Engländerinnen hatten dann das Glück in der Verlängerung. Aber sie haben insgesamt ein super Turnier gespielt und den Sieg dadurch auch verdient gewonnen. Die deutschen Mädels haben doch mit dem unerwarteten 2. Platz mehr als gewonnen. Sie haben die Herzen der deutschen Bevölkerung gewonnen, das müssen die Männer erst mal wieder schaffen …Außerdem: was soll's, die deutschen Frauen waren schon achtmal Europameisterinnen, was braucht es da ein 9. Mal, wenn die English Ladies noch nie einen Titel gewonnen haben. Man/frau muss auch gönnen können. Also ich gönne den englischen Girlies den Titel, auch wenn ich für die deutschen Mädels gehalten habe …«

Glück und Können für die Engländerinnen, aber kein Unglück für die unterlegenen Deutschen: denn sie haben den Sieg der Sympathie gewonnen … Sie haben über das ganze Turnier hinweg tollen Fußball gezeigt. Darüber war sich Danny auch mit allen seinen Fußballfreunden einig, die ebenso gerne Frauenfußball geschaut haben. Und zusammen mit seinem alten Fußball-Kumpel Harry kam er zum Ergebnis, dass sich einige der deutschen Kickerinnen auch tatsächlich die Nominierung für das Allstar-Team of the Tournament verdient hatten. Diese fünf hier bildeten auch gleichzeitig das ›Gerippe‹ der deutschen Elf: die bärenstarke Kapitänin und Torjägerin Alexandra ›Poppi‹ Popp und die wuchtige Mittelfeldspielerin Lena Oberdorf, die übrigens beide in einer Nachbarstadt von Hagen, nämlich in Gevelsberg, gespielt haben. Dazu links außen die pfeilschnelle Klara Bühl und rechts hinten die bezaubernde Guilia Gwinn. Hinten in der Abwehr machte die zuverlässige Verteidigerin Marina Hegering den ›Laden dicht‹.

Und wenn doch mal ein Ball durch kam, dann stand immer noch die gelb-gewandete Fliegerin Merle Frohms sicher im Tor. Damit schließt sich für Danny der ›Fußball-Kreis‹, war er doch selber in den 1970er Jahren Torhüter und außerdem ist und war seine Lieblingsfarbe schon seit seiner Kindheit gelb.

VII. Glück durch Pflanzen und Tiere

Bambus auf großer Reise

Frühlingsanfang am 20. März 2022:
»Heute ist ›Weltglückstag‹,
und Sonntag,
und die Sonne scheint …«

Moderne tiders ungdom er fyldt med pjank og fjas.
De burde vaere moderne nu at vaere gammeldas:
se nu de stakkels piger, som nu om stunder faar
ved aegteskabet en aegtemand paa tyve aar.
Det fik vi ikke i halvfemserne,
vi maatte ta methusalemserne …
Killes igen, nej tak!
Det fik vi ikke i halvfemserne,
vi maatte ta methusalemserne …[*]
(Dänischer Schlager von Poul Sørensen + Aage Stentoft)

mit der ungefähren Übersetzung:
»Die moderne Jugend ist voller Unsinn und Schabernack.
Jetzt soll das wieder modern sein, altmodisch zu sein:
das haben sie nun davon, die armen Mädchen,
wenn sie die Chance haben,
einen Ehemann schon mit zwanzig Jahren zu heiraten.
Das kriegten wir nicht in den 90ern,

---

[*]   *Moderne tiders ungdom‹ – dänischer Schlager von Poul Sørensen und Aage Stentoft*

da mussten wir erst Methusalems werden...
Sofort wieder eine Scheidung, nein danke!
Das kriegten wir nicht in den 90ern, da
mussten wir erst Methusalems werden...«

(gemeint waren hier die 90er Jahre des 19. Jahrhunderts)

Ein anderer Däne machte dagegen eine ziemlich abenteuerliche Karriere: nämlich ein Bambus-Ableger, den Danny Kowalski in Jütland, am Randbölvej 11 in Vandel 1988 ausgrub und Carlos in Münster schenkte. Das kam so: seit seinen Besuchen 1986 bei Harry und Carlos verband Danny mit seinen beiden Freunden so eine Art ›Bambus-Freundschaft‹, da diese beiden Münsterländer Jungens genauso wie er die spezielle Philosophie des Bambus mochten. Denn da er so robust wie Baustahl ist, werden Bambus-Stangen bestimmter Arten, die einen Durchmesser von 10 cm haben, in Südostasien auch gerne als Baugerüste verwendet. Andererseits ist dieses vielseitige Naturmaterial dabei sehr flexibel. Diese Metapher ›einerseits stark und widerstandsfähig und gleichzeitig nachgiebig zu sein‹ möchte Danny auch auf menschlichen Charakteristika anwenden. Der Psychologe Malte Keller meinte nämlich auch passenderweise zur angeschlagenen Kommissarin im Roman ›Smaragdjungfer‹ : »... wissen Sie, wie das mit der Eiche, dem Bambusrohr und dem Sturm ist. Die Eiche trotzt dem Sturm, stemmt sich ihm entgegen mit aller Kraft. Aber weil der Sturm stärker ist und die Eiche vor lauter Stärke nicht nachgeben kann, wird sie um geblasen. Das Bambusrohr dagegen beugt sich dem Sturm. Obwohl es bis zum Boden niedergedrückt wird, bricht es nicht, weil es dem Sturm keinen Widerstand entgegen setzt, sondern sich ihm anpasst. Und wenn der Sturm vorbei ist, richtet es sich wieder auf und ist so stark und unversehrt wie zuvor.«[*]

Na jedenfalls besuchte Danny Pfingsten 1988 Jytte im dänischen Vandel. Dort buddelte er im Garten ihrer Eltern den Bambus-Ableger aus, der dann auf die große Reise ging. Erst brachte er den jungen Bambus-Trieb zu Carlos nach Münster. Mit Carlos zog der Ableger von Münster nach

---

[*] *Mara Laue – Smaragdjungfer, Erfurt 2011, S.191*

Greven um. Dort teilte Danny sich ein Jahr später einen neuen Ableger für seine Wohnung in Hagen ab, wo der Bambus erst im Wald-Vorgarten oberhalb von Hagen-Eilpe stand. Dann nach einem weiteren Umzug von dort nach Hagen-Wehringhausen wuchs und gedieh er auf dem Balkon. Allerdings ging es ihm so gut, dass er die Fesseln seiner hölzernen Balkonpflanzenkiste sprengte. Die Wurzeln hatten sich nämlich durch die dicke Plastikfolie gebohrt, die die Erde in dieser Holzkiste umschloss. Deshalb wurde der Bambus aus der Kiste gegraben und ins Exil zu Harry geschickt, der mittlerweile in Osnabrück wohnte. Dieser zog jedoch dort selber auch zweimal um. Beim ersten Mal durfte der Bambus mit umziehen. Vor dem zweiten Umzug innerhalb von Osnabrück wurde er von Danny bei seiner Schwester Bär-Bel in ihrem Dattelner Garten ›geparkt‹. Von dort wiederum holte sich Danny die reisefreudige grüne Pflanze ein halbes Jahr später für den Garten seiner inzwischen gemeinsamen Wohnung mit Moni in Hagen-Fley ab, wo er eingepflanzt wurde. Hier begann er nach einer Saison der Wiedereingewöhnung zu blühen und ging leider danach erwartungsgemäß ein, wie das so bestimmte Bambusarten machen. Über dieses Bambus-Sterben nach der Blüte las Danny im Internet und war bass erstaunt. Denn da stand doch tatsächlich: »Du Glücklicher, dein Bambus hat geblüht. Dann bekommt er jetzt jede Menge Samen, woraus lauter neue kleine Bambusse entstehen können. Was hast du ein Glück.« Von der Warte aus hatte Danny das überhaupt noch nicht gesehen. Er war nur traurig, dass sein ›dänischer‹ Bambus struppig und trocken wurde und danach eingegangen war. Dass er dadurch Glück hatte, das erfuhr er erst durchs Internet.

Okay, dann machte er sich frisch ans Werk, und mit seinen Bambus-Samenkörnern sorgte er für reichlich Nachwuchs. Die kleinen zarten Pflänzchen im Freiland überlebten allerdings den nächsten harten Winter nicht. Aber glücklicherweise hatte Danny sich rechtzeitig einen kleinen Topf voller Ableger gezogen und im Keller überwintern lassen. Und diese erinnern jetzt – über 15 Jahre später – immer noch an die große und abenteuerliche Reise des tapferen Wikinger-Bambus über zehn Stationen in 20 Jahren. Denn Danny hat sich daraus einen strammen Bambus-Strauch gezüchtet, der stärker und robuster wurde als alle Ableger vorher.

Von Dänen, Finnen und Vogelbeobachtern …

»Das Leben meint es gut mit Dänen
und denen,
denen Dänen nahe stehen …«
(Deutscher Schlager aus den 1960er Jahren des 20. Jahrhunderts,
gesungen von Gitte Haenning und Rex Gildo)

Vor Jahren waren es immer wieder die Dänen, die als die glücklichsten Menschen auf Erden zählten. Sie waren die Erfinder von ›Hygge‹ (Gemütlichkeit), hatten es immer gerne ›hyggelig‹ und eröffneten sogar ein Glücksmuseum: *»Die Dänen sind Experten im Glücklichsein – und haben jetzt ein eigenes Glücksmuseum. Im ›Happiness Museum‹ im Stadtkern von Kopenhagen haben Urlauber wie Einheimische von nun an die Möglichkeit, alles über die Geheimnisse und die Geschichte des Glücks zu erfahren … Dänemark nimmt in der alljährlichen Rangliste der glücklichsten Länder der Erde regelmäßig einen der Spitzenplätze ein, musste die Topposition in den vergangenen Jahren aber an Finnland abgeben.«*[*]

Denn mittlerweile sind die Finnen am glücklichsten auf der Welt, laut dem dpa-Bericht ›Finnen sind die glücklichsten Menschen‹, was Danny 2018 aus seiner Tageszeitung erfuhr: *»In Finnland leben nach einem UN-Bericht die glücklichsten Menschen der Welt. Ihnen folgen die Länder Norwegen, Dänemark, Island und die Schweiz. Das geht aus dem Weltglücksreport der Vereinten Nationen hervor, der am Mittwoch im Vatikan vorgestellt wurde. Die Finnen verdrängen in diesem Jahr die Norweger vom Spitzenplatz. Deutschland rückte im Vergleich zum Vorjahr um einen Platz auf Rang 15 vor und liegt damit hinter Costa Rica und Irland. Für den ›World Happiness Report‹ wurden in 156 Ländern Faktoren wie Wohlstand, Lebenserwartung, Korruption und Freiheit untersucht. Die unglücklichsten Menschen leben demnach alle in afrikanischen Staaten – mit Tansania, Südsudan, der Zentralafrikanischen Republik und Burundi als Schlusslichtern … Das erste Mal wurde in dem Bericht auch die Zufriedenheit von Einwanderern in 117 Ländern*

---

[*] *Dänen eröffnen Glücksmuseum, in: Westfälische Rundschau Hagen, 15.07.2020*

untersucht. Das Ergebnis: In Finnland leben auch die glücklichsten Migranten, Deutschland landet in dieser Kategorie ›nur‹ auf Platz 28. Paradox in den USA: Dort steigt zwar seit den 1970er-Jahren stetig das Einkommen, doch die Zufriedenheit verändert sich kaum oder sinkt sogar. Das Land rutschte im diesjährigen Report um vier Plätze auf Rang 18. Dies sei ein ›alarmierendes Signal‹ für die Regierung. Gründe seien ›epidemische Krankheiten‹ wie Fettleibigkeit, Medikamentenmissbrauch und Depressionen.«[*]

Zu dem Resultat der glücklichen Finnen passte ja auch wunderbar die Nachricht über ihre mit 36 Jahren jüngste finnische Regierungschefin, Sanna Marin. Denn diese lebenslustige Präsidentin tanzte und feierte mit ihren Freunden und Freundinnen im Sommer 2022 ganze Nächte durch, wie Danny aus der Presse vom 22.08.2022 erfuhr. Er dachte sich dabei: »Kein Wunder, dass die Finnen so glücklich sind.«

Allerdings schienen auch die Deutschen zufrieden wie nie zu sein, wenn man dem dpa-Bericht vom 06.11.2019 Glauben schenkt. Demzufolge fühlten sich laut ›Glücksatlas‹ die Menschen in Schleswig-Holstein am besten. Und Rheinländer seien glücklicher als Westfalen.

»Immer am Jammern? Das Glas eher halb leer als halb voll? Nicht doch: Die Deutschen sind laut ›Glücksatlas 2019‹ so zufrieden wie noch nie. 30 Jahre nach dem Mauerfall liege die Lebenszufriedenheit der Menschen in Deutschland auf einem Allzeithoch, heißt es im ›Deutsche Post Glücksatlas 2019‹, der in Berlin vorgestellt wurde. Die wissenschaftliche Studie untersucht seit neun Jahren in Folge das Glücksniveau der Bundesbürger. Die Gründe für die Zufriedenheit seien etwa Gesundheit (Sport ist in, und selbst die Alten sind fit), Gemeinschaft (die Scheidungsraten etwa sind gesunken) und Geld (es macht statistisch gesehen doch glücklich) ... Im Vergleich der deutschen Regionen sind Tabellenführer und –schlusslicht gegenüber 2018 unverändert: Die zufriedensten Menschen sieht der Glücksatlas in Schleswig-Holstein (7,44 Punkte), die unglücklichsten in Brandenburg (6,76), wo etwa die Arbeitslosigkeit vergleichsweise höher ist. Die Werte der übrigen Regionen sind dicht beieinander. Heraus ragt Schleswig-Holstein — offenbar spielt die Nähe zum besonders glücklichen Dänemark eine Rolle. Dann folgen West- und schließlich

---

[*]   *dpa – Finnen sind die glücklichsten Menschen, in: Westfälische Rundschau Hagen, 15.03.2018*

Ostdeutschland. Dass die Dänen im Europa-Vergleich Spitzenreiter sind, wird häufig mit dem dortigen Verständnis von Gemütlichkeit erklärt. Deutschland hingegen kommt nach Daten des Eurobarometers auf Platz 10 und liegt damit klar vor Nachbar Frankreich (17). Aber zum Beispiel auch Briten und Österreicher schneiden etwas zufriedener ab als die Deutschen. Westfalen bleibt dem Glücksatlas zufolge mit dem 13. Platz im regionalen Vergleich westdeutsches Schlusslicht. Direkt vor Westfalen in seiner Gesamtheit schaffte es auf Platz 12 die Region um Düsseldorf und den Niederrhein ...« [*]

Und dann zog die Corona-Pandemie über die Erde, über Europa, auch über Dänemark, Deutschland und Westfalen. Da war die Stimmung getrübt, das gerade frisch erworbene Glück nicht mehr so präsent. Allerdings waren die ›Deutschen trotz Corona weiter optimistisch‹, wie Panorama vom 13.11.2020 in der Westfälischen Rundschau berichtet: »*Trotz erheblicher Einschränkungen durch die Corona-Pandemie ist das Glücksniveau in Deutschland in diesem Jahr nur leicht gesunken. Wie aus dem am Mittwoch vorgestellten Glücksatlas der deutschen Post hervorgeht, sind 80 % der Befragten froh, während der Krise in einem Land wie Deutschland zu leben.*« [**]

Ja, selbst Finnland litt und leidet unter der Corona-Pandemie, aber trotzdem ist und bleibt Finnland das zufriedenste Land der Welt. ›Glücklich zwischen See und Sauna‹ hieß dann auch die dazu passende Überschrift von Andre Anwar in der Westfälischen Rundschau vom 24.03.2020. Er fragte dabei: ›Wie machen die Nordländer das bloß?‹ : »*Ja, auch Finnland leidet unter der Corona-Krise. Der erste Patient ist gestorben, mehr als 500 sind infiziert. Doch die Finnen zeigen sich erstaunlich gelassen. Grundschulkinder dürfen weiter zum Unterricht gehen, wenn ihre Eltern sie nicht betreuen können. Über die Ansage, sich möglichst aus dem Weg zu gehen, beschwert sich sowieso niemand. Selbst gewähltes Alleinsein hat in Finnland mit seinen abgeschiedenen Landschaften schließlich eine lange Tradition. Die 5,5 Millionen Einwohner pflegen die freundliche Distanz. Ob es gerade diese finnischen Tugenden sind, die das nordische Land laut dem neuen UN-›World Happiness Report‹ nun schon zum dritten Jahr in Folge zur glücklichsten Nation auf Erden machen (Deutschland: Platz 17)?*

---

[*]   *dpa – Die Deutschen sind zufrieden wie nie, in: Westfälische Rundschau Hagen, 06.11.2019*
[**] *Deutsche trotz Corona weiter optimistisch – Panorama-Bericht, in Westf. Rundschau 13.11.2020*

Schwierig zu beantworten, Glück ist komplex. Der jährliche UN-Bericht schaut vor allem auf sechs Faktoren: Wohlstand, gesunde Lebenserwartung, soziale Unterstützung, Freiheit, Vertrauen, Korruptionsausbreitung und Offenheit auch bezüglich Einwanderern.

Die Finnen witzeln jedenfalls darüber, wie es angesichts dieser Auszeichnung um den Rest der Welt bestellt sein muss.

Finnland galt in Skandinavien lange als der arme Verwandte, dem Schwermütigkeit, Schweigsamkeit, Genügsamkeit und eine Vorliebe für den Alkohol nachgesagt wurde … Der dänische Glücksforscher Meik Wiking sieht als Quelle des gesellschaftlichen Friedens die soziale Marktwirtschaft mit hoher steuerlicher Umverteilung: ›Die nordischen Länder sind gut darin, Wohlstand in Wohlgefühl umzuwandeln.‹ … Die Tabelle der glücklichsten Länder 2020 führt Finnland vor Dänemark, Schweiz, Island und Norwegen an … Deutschland landete auf Platz 17.« [*]

Nach den Finnen, die als die glücklichsten Menschen der Welt zählen, sind es aber inzwischen heutzutage die Vogelbeobachter. Denn die glücklichsten Menschen sind die, die verschiedenste Vögel in ihrem Garten oder sonst um sich beobachten können. Guckstu hier in der Collage: Erlenzeisig, Stieglitz, Schwanzmeisen, Grünfink, Dompfaff-Pärchen und die ganze Vogelschar: die Vielfalt der heimischen Vögel, und diese zu beobachten, macht Danny und Moni zu glücklichen Menschen.

Und der Grünspecht ruft bezeichnender Weise immerzu ›Glück-Glück-Glück‹ …

… wenn er durch den Garten fliegt.

»Wenn jemand einen Vogel hat, dann ist das umgangssprachlich nichts Gutes. Hat er jedoch vor seinem Fenster oder im nächsten Park nicht nur einen Vogel, sondern kann viele verschiedene Arten beobachten, dann macht ihn das zu einem sehr zufriedenen Menschen … Das Glück liegt in der Vielfalt. Die Wissenschaftler zeigen dies am Beispiel von Vögeln. ›Die glücklichsten Europäer sind unseren Ergebnissen zufolge diejenigen, die in ihrem täglichen Leben viele verschiedene Vogelarten erleben können oder in einer naturnahen Umgebung

---

[*] *Andre Anwar – Glücklich zwischen See und Sauna‹, in Westfälische Rundschau, 24.03.2020*

leben, in der viele Arten beheimatet sind‹, sagt Erstautor und Umweltwissen-
schaftler Joel Methorst von der Helmut-Schmidt-Uni in Hamburg.«[*]

Der 31-jährige Ökologe hatte mit seinem Forscherteam für ihre Studie
die Daten der ›europäischen Erhebung zur Lebensqualität‹ von 2012 untersucht, bei der mehr als 26.000 Erwachsene aus 26 Ländern zu ihrem
Wohlbefinden befragt wurden.

---

* *Maren Schürmann – Der Spatz in der Hand, in Westf. Rundschau Hagen, 20.03.2021*

Danny, der Katzenflüsterer

»Heute ist internationaler Tag des Glücks.
Wo immer eine Katze sich niederlässt, wird das Glück sich einfinden ...«
las Danny am 20.03.2021 in der Westfälischen Rundschau

Wo viele seiner Freunde und Freundinnen das Glück oder die Glücks-
erlebnisse durch eigene Kinder und später dann Enkel erfahren, hatte
Danny diesen Aspekt nie im Leben. In seinem entscheidenden Alter, also
so circa zwischen seinen 30er und 40er Jahren, hatte er nacheinander drei
Freundinnen, die alle alleinerziehende Mütter waren, genauer zwischen
1983 und 1991. Und zusätzlich hatte er in seinem wahren und wirklichen
Leben im Alltag und Berufsleben sechzehn Jahre lang durch seine Kinder-
und Jugendarbeit von 1978 bis 1994 in drei verschiedenen Einrichtungen
gearbeitet. Und zwar als Leiter des Abenteuerspielplatzes in Meschede, des
Jugendzentrums Hohenlimburg und des Jugendinformations-Zentrums
Volkspark in Hagen. Und alle diese früheren Kinder und Jugendlichen, mit
denen er zu tun hatte, die freuen sich mit ihm heutzutage immer noch sehr,
wenn es mal zu einer Begegnung kommt. Da scheint er ja vieles ›richtig‹
gemacht zu haben, in der ›Erziehung‹ von Kindern der fremden Elternfa-
milien. Denn er hatte damals ja mehr als genug Kinder fremder Familien
zu betreuen. Das reichte ihm an Kinderwunsch für den Rest seines Lebens.

In der gleichen Zeit hatte ihm in seiner Freizeit seine alleinerziehende
Freundin Kirsten mit ihrer Tochter auch noch genügend Kinder- und
Babypflege verschafft, die dann zum Kakao-Kochen mitten in der Nacht
oder zum Wechseln vollgeschissener Windeln führte. Boah, und das alles
aus Liebe. So kam es bei Danny aus den gegebenen Umständen dann auch
nie zu einem eigenen Kinderwunsch ...

Als dann Dannys Hochzeit mit seiner Moni erst in seinem – für eine
erste Ehe – späten Alter von 55 Jahren stattfand, war es für beide für eigene
Kinder sowohl theoretisch als auch biologisch viel zu spät.

Deshalb waren ihre ›Kinder‹ dann auch ihre schwarze Katze Lilli ab 2006,
und später ihre schwarz-braun-weiße ›Glückskatze‹ Nelly ab 2022 ..., ihre
kleinen flauschigen zu versorgenden ›Kindchen‹.

Zuerst war es eigentlich nur Moni, die eine Katze wollte. Aber Lilli, das kleine schwarze Kätzchen, legte sich schon nach ein paar Tagen auf Dannys Brust, rollte sich genau über seinem Herzen ein, um den Puls von Danny ›einzuatmen‹. Das war natürlich schon eine starke Zuneigung. Trotzdem war die kleine süße Lilli erst ›Monis Katze‹.

Außer wenn sie irgendwo eine Zecke hatte …, und da hatte sie verdammt viele von. Denn sie war ja eine eifrige Freigängerin und lungerte oft zwischen Pflanzen und im Gebüsch herum. Wenn sie dann mit einer Zecke im Fellchen heim kam, dann war ›Danny-Time‹. Denn er konnte die fiesen Blutsauger mit seinen bloßen Fingernägel raus ziehen, genau genommen zwischen dem Daumennagel und dem Zeigefingernagel. Als Lilli einmal gemerkt hatte, wie angenehm das war, dass ihr jemand die lästigen Zecken entfernte, von da an ließ sie ihn auch gerne ans Fell.

Und später 2018, als Moni mal wegen der Nierentransplantation ihrer Schwester Bine ganze sechs Wochen lang in Hessen bleiben musste, da hatte sich Lilli so an die Zweisamkeit mit Danny gewöhnt, dass es erschien, als sei sie jetzt ›Dannys Katze‹ geworden. So mutierte Danny zum ›Katzen-Flüsterer‹ …

Na ja, aber immerhin hatte Danny zum Thema der ›drei Dinge im Leben, um ein Mann zu sein‹, also ein Kind zeugen, ein Haus bauen und einen Baum pflanzen, die Zusatz-Option geschafft: ein Buch zu schreiben. Das ja dann sogar im Oktober 2007 als der Roman ›Straßnroibas‹ beim Verlag Books on Demand veröffentlicht wurde …

Als Glückshormone werden populärwissenschaftlich häufig bestimmte Botenstoffe bezeichnet, die Wohlbefinden oder Glücksgefühle hervorrufen können. Das erreichen sie meist durch eine stimulierende, entspannende oder schmerzlindernd-betäubende Wirkung.

Oxytocin wird ähnlich wie Endorphine zu den Glückshormonen gezählt und umgangssprachlich auch als Kuschel- oder Treuehormon bezeichnet.

Das sind sie also, die Oxytocine oder Glückshormone, die beim Streicheln ihrer Katze und beim Kuscheln mit ihr bei Danny oder Moni frei gesetzt wurden. Ja ja, das ist dann das Glück, eine Katze zu streicheln, sie zum Schnurren zu bringen und ihr Wohlbehagen zu besorgen …

›Katzenflüsterer‹ Danny mit den Katzen Lilli und Nelly

So galt auch Dannys Dank an Lilli für immer: »Danke an unsere gemeinsame schwarze Katze Lilli, unserer ›Fellnase‹, diesem halb-norwegischen Raubtier, die uns mit vielem Schnurren und flauschigen Streicheleinheiten innere Ruhe und Behaglichkeit gab und uns damit eine stetige Freude bereitete. Sie hatte nicht nur den von mir geschriebenen Kriminalroman ›Keine Leiche, keine Kohle‹ überlebt, als sie – in der Fiktion – einen Messerangriff erleiden musste, sondern auch andere gefährliche Situationen in der Realität mit hohen Bäumen und Nachbarkatzen mit Bravour überstanden.«

Lilli ging über die Regenbogenbrücke

Aber zum Glück gehört auch Leid, denn das kommt ja von Leidenschaft, denn das Glück ist ja ein unsteter Gesell.

»Und so ging sie, unsere Lilli, am 22.04.2022 über die Regenbogenbrücke ...«

Das war ein trauriger Tag im Leben von Moni und Danny, als ihre Lilli über die Regenbogenbrücke ging. Viele Freunde und Freundinnen hatte Anteil an ihrer Trauer. So schrieb Danny hinterher eine anrührende Danksagung: »Liebe Freunde/Innen, wir möchten uns ganz herzlich bei euch bedanken, für eure Anteilnahme, die schönen Worte und Bildchen in den zahlreichen Kommentaren. Immer wieder kamen uns die Tränen, mal einzeln, mal abwechselnd oder gemeinsam, wenn wir dadurch an unsere geliebte ›Fellnase‹ Lilli erinnert wurden, die uns die letzten 15 1/2 Jahre das Leben verschönert hat. Sie war wie ein Kindchen für uns und wird deshalb immer in unserem Herzen wohnen ...: Lilli for ever.

Ich habe deshalb eine Collage von und mit Lilli gebastelt, wie sie in den letzten Tagen in ihrem Revier verbrachte ...

... jetzt spielt sie mit all den vielen Katzen jenseits der Regenbogenbrücke, gleichzeitig wohnt sie für immer in ihrem Revier. Eines Tages werden wir wieder zusammen kommen, wenn wir auch den Gang über die Regenbogenbrücke gegangen sein werden ...«

Nelly, die Glückskatze

Vom Weltkatzentag hörte Danny am 08.08.2022 im Radio, dazu stellte er fest: »unsere Nelly bleibt da sehr entspannt.«

Seit dem 12. Juli 2022 wohnt jetzt Nelly bei Danny und Moni. Sie ist eine ›Glückskatze‹, denn sie hat ein dreifarbiges Fell: weiß, rot und schwarz. Tobias Langhelm, Dannys ehemaliger Kollege und Katzenmensch, also jemand, der mit Katzen zu Hause lebt: »Ich wusste, dass ihr nicht widerstehen konntet. Ein Haus ohne Katze ist nur ein Haus, ein Haus mit Katze ist ein Heim.«

»Glückskatzen nennt man die seltenen dreifarbigen Katzen. Eine Glücks-
katze weist die Farben weiß, rot und schwarz auf.

Was ist eine Glückskatze? Haben Sie eine Katze zuhause? Dann schauen
Sie mal nach, wie viele Farben sie aufweist. Etwa drei? Wenn sie jetzt noch
die Farbkombination schwarz-rot-weiß aufweist, dann haben Sie eine echte
Glückskatze daheim. Doch die Wahrscheinlichkeit ist relativ gering, denn sie
sind selten. Das liegt an dem speziellen Chromosom-Mix, der die Vorausset-
zung für die Dreifarbigkeit einer Katze ist. Nur Katzen, die ein Scheckungsgen
und zwei X-Chromosomen besitzen, können zur Glückskatze werden. Diese
Kombination tritt so gut wie nie bei männlichen Katzen auf, weshalb über 99
Prozent der Glückskatzen weiblich sind.

Ursprung der Glückskatze. Bereits im Mittelalter glaubten die Menschen an
den besonderen Mythos der dreifarbigen Glückskatzen. Wer eine besaß, war ein
echter Glückspilz, wie schon in Brehms Tierleben aus dem Jahr 1893 zu lesen
war: ›Eine dreifarbige Katze schützt das Haus vor Feuer und anderem Unglück,
die Menschen vor Fieber und löscht das Feuer, wenn man sie in dasselbe wirft.‹

Welchen Charakter hat eine Glückskatze? Immer wieder wird spekuliert, ob
der Charakter einer Glückskatze anders ist als bei einfarbigen Katzen. Besitzer
einer Glückskatze sind davon überzeugt und es gab sogar schon Umfragen, die
dies bestätigen sollen. Der Wahrheitsgehalt dürfte eher fragwürdig sein, denn
Katzen sind nun einmal äußerst individuell, und so verwundert es nicht, dass
fast jeder seine Katze als speziell bezeichnet.

Glaubt man den Umfragen, sind Glückskatzen ein wenig hitzköpfiger, auf-
müpfiger und etwas divenhafter. Außerdem sollen sie etwas unberechenbarer
sein. Auf der anderen Seite berichten Besitzer, dass ihre dreifarbige Katze sehr
freundlich, ausgeglichen und kontaktfreudig sei.«[*]

Danny und Moni hatten eine echte Erfolgsgeschichte mit ihrer ›Glückskatze‹ Nelly, wie sie selber es beschrieb: *»Hallo, ich bin die Nelly, ich bin 6*
Jahre alt und zähle als Glückskatze, weil ich ein buntes Fell habe: schwarz-
rot-weiß, oder ›Tri-Color‹, wie die Fachleute sagen. Früher in Ahaus hieß ich
wohl Mietzi, aber das ist ja schon so lange her. Ihr wisst ja, man sagt, dass wir
Katzen nicht so ein gutes Erinnerungsgedächtnis haben.

---

[*]   *Animals Digital, Tierportal der Tierexperten – ›Glückskatze – Mythos + Wirklichkeit‹, 2022*

Glückskatze Nelly

Ignaz und Nelly

Glücks-Katze Nelly macht Danny und Moni glücklich.
Und Nelly war nach sechs Wochen bei ihnen sehr glücklich.
Denn sie hat ihr Gartenrevier, und sie kommt genauso gerne rein zu den Menschen:
sie sind jetzt ihre Leute, die sie gern haben, und die sie gern hat.
Links unten: Nelly zusammen mit Igel Ignaz

Ist ja auch egal, jetzt bin ich hier, in meinem neuen Revier, das soll wohl in Hagen-Fley sein, hat man mir gesagt …

Puuh, und was mir meine neuen Leute sonst noch alles so erzählt haben: sie hätten wohl im Juli 2022 bei Facebook auf der Seite des Hagener Tierschutzes gelesen, dass Mietzi, (also ich) die nette Glückskatze, leider Pech in ihrem Leben hatte.

Denn nachdem mein altes Herrchen erkrankte, wurde ich von jemandem aus der Familie übernommen. Leider konnten sie mir aber in meinem neuen Zuhause in Hagen meine gewohnte Freiheit als Freigängerin nicht bieten. Sie haben alles versucht, um aus mir eine Wohnungskatze zu machen, aber darunter litt ich sehr. Ich wollte raus und herumstreunen, so wie ich es ja all die Jahre kannte …

Auf die Frage des Hagener Tierschutzes, wer einen Platz für mich zauberhafte Katze hätte, damit ich wirklich eine ›Glückskatze‹ werden könnte, antworteten meine neuen Leute noch am selben Tag. Sie hatten sich wegen der schönen Fotos von mir gleich in mich verliebt. Und sie konnten mir genau das bieten, was ich suchte: einen schönen großen Garten, fast am Ende einer ruhigen Sackgasse, ideal für mich Freigängerin.

Am selben Abend besuchten sie mich. Da ich die beiden mochte und sie mich anscheinend auch, holten sie mich direkt am nächsten Tag zu sich in ihr Zuhause, das nun auch meins ist. Und hier ist es echt toll für mich, hier will ich bleiben!

Wie sie mir erzählten, gab es dort in der Nachbarschaft mal eine Mietzi (interessanterweise auch eine Glückskatze), und so war für sie dieser Name schon besetzt. Ja, ja, die Menschen mit ihren Namen …!?!

Und so wurde ich von ›Mietzi aus Ahaus‹ zu ›Nelly aus Hagen-Fley‹. Ist mir doch egal, Hauptsache, die Rahmenbedingungen stimmen.

Anfangs konnte ich, die Nelly, nur aus dem Fenster raus gucken, um mir mein zukünftiges Revier genau anschauen.

Aber es war dann alles bestens für mich. Denn meine beiden Leute, also Frauchen Moni und Herrchen Danny, die mochten mich von Anfang an. Und ich mag sie auch beide und kann sie gut riechen. Deshalb suche ich auch immer wieder ihre Nähe, da ich sehr verschmust bin. Sie geben mir lecker zu essen und zu trinken, und das mit dem Katzen-Klo klappt auch super. Alles ist gut organisiert. Gleich bei meinem Einzug bin ich sofort aus der Transportbox gesprungen und habe die ganze Wohnung bis in den Keller erkundet.

Raus durfte ich noch nicht, hieß es, sollte mich erst mal an mein neues Zuhause und meine neuen Leute gewöhnen. Aber ich bin ja an sich eine unkomplizierte liebe Katze und hab mich total schnell bei meinen neuen Leuten eingelebt.

Und ich bin ja auch sehr neugierig und aufgeweckt. Wenn ich anfangs aus den Fenstern vorne und hinten schaute, da sah ich schon ein super Revier, mit Bäumen, Büschen und Wiesen. Da wollte ich gerne rum stromern. Deshalb war ich doch hier, so war doch mein Vertrag, oder ...!?

Na ja, meine neuen Leute waren da auch recht einsichtig. Da ich mich nach einigen Wochen so gut eingelebt hatte, wagten sie den Schritt und ließen mich raus. Erst guckte ich vorsichtig, dann kecker, und wagte mich in mein neues Revier. Immer wieder kam ich zurück von meinen Ausflügen durch den Garten oder die nähere Nachbarschaft, denn ich wurde mit Leckerchen und lieben Worten empfangen.

Inzwischen lebe ich schon zwei Monate hier bei meinen neuen Leuten. Und unser Zusammenleben hat sich gut eingespielt. Ich kann als Freigängerin raus in mein Revier und jederzeit durch die Katzenklappe zurück in die Wohnung. Ich komme auch immer wieder gerne zurück. Denn meine Leute sind ja nicht nur meine ›Dosenöffner‹, sondern sie lieben mich auch beide sehr. Das merke ich durch ihre regelmäßigen Streicheleinheiten immer wieder.

Aber ich bin ja auch sehr dankbar, fange hin und wieder ein Mäuschen, das ich ihnen als Geschenk mitbringe.

Ich bin mittlerweile durch und durch glücklich mit meinem Leben und mit meinen neuen Leuten. Und sie auch mit mir.

Tschüsschen Eure Nelly.«

Nelly hatte ja inzwischen auch einen tierischen Kumpel im Garten gefunden: Igel Ignaz kommt jeden Abend vorbei und freut sich, die Reste von Nellys Katzenfutter essen zu dürfen, die sie nicht mochte oder nicht aufgegessen hatte. Sie akzeptiert den stacheligen Genossen in ihrem Revier, und er freut sich auf die all-abendlichen Katzenfutter-Rationen für sich. Der gegenseitige Respekt voreinander scheint sicher zu sein ...

Ein halbes Jahr später: inzwischen ist es Winter geworden, und Ignaz hat sich zum Winterschlaf in den Garten zurückgezogen. Da Nelly in die winterliche Nass-Kälte nicht so gerne rausgeht, und wenn, dann nur kurz, gab es eine tolle Überraschung für sie ...

Nelly freute sich mit behaglichem Schnurren: »*Meine Leute haben mir einen neuen Kratzbaum gekauft. Der steht am Wohnzimmer-Fenster, und ich habe mein eigenes Bettchen. Von drinnen kann ich jetzt ›Vogel-Kino‹ draußen im Garten gucken. Ja, ja, ich bin eine ›Glückskatze‹ . Und sie spielen auch immer mit mir. Denn ich bin ja noch so verspielt. Danke, danke, ich bin sehr zufrieden mit dieser Entwicklung ...*«

VIII. Glück durch Gesundheit und Annehmen von Krankheit

»Ach, das Glück kommt nie doppelt,
aber das Unheil selten allein!«
Mengzi (um 370 – 290 v.Chr.),
konfuzianischer Philosoph[*]

Dannys letzter Fußball-Unfall

Wie aufreibend und zehrend sich der Fußballsport auf einen menschlichen Körper auswirken kann, das kann man gut verstehen. Ja, so entpuppten sich schließlich für Danny die Sportarten der Erwachsenen als eine Mischung aus Vernunft, Notwendigkeit und Reife. Es bedurfte der vernünftigen Einsicht, dass es für ihn als Erwachsener nicht mehr jugendliche Sportarten wie Skaten, Breakdance oder Bungee-Springen angesagt waren, um ihm einen Thrill zu verschaffen. Außerdem gab es schlichte Notwendigkeiten wegen verschiedener Sportverletzungen und dem unvermeidlichen Verschleiß seiner Knochen und Sehnen. Dadurch entstanden entsprechende Defizite in den einzelnen Körperfunktionen.

1991 hatte Danny allein zwei Operationen. Die erste OP war nach seinem letzten Fußball-Unfall im Leben, und zwar am rechten Knie eine Meniskusoperation   nach einem Press-Schuss beim Fußballspielen. Es geschah im Frühling 1991, bei einem Spiel mit einigen Kindern und Erwachsenen auf einer Wiese im Jenisch Park in Hamburg. So hieß da ein

---

[*]   *Mengzi, in Westf. Rundschau am 30.12.2022*

Park zwischen Elbe und Elbchaussee. Die Wiese mitten in dem Park war von der Baron-Voigt-Straße erreichbar, die wiederum von der Elbchaussee abging. Danny machte einen Press-Schlag mit einem der anderen Erwachsenen. Das bedeutete, kurz für den Laien erklärt, dass beide Spieler gleichzeitig mit dem Fuß gegeneinander schossen, nur befand sich der Ball genau zwischen den beiden gegnerischen Füßen. Danach hatte Danny besagte OP am Knie, in Form einer Arthroskopie.

Der zweiten OP musste Danny sich nach einem Fahrradunfall im Sommer 1991 am gebrochenen Rollhügel des rechten Oberschenkels unterziehen. Das bedeutete damals vor 32 Jahren, als es in den Krankenhäusern noch gemächlicher und bedeutend weniger straff als im neuen Jahrtausend zuging und die Behandlungsmethoden noch andere waren, dass er zweimal jeweils für zwei Wochen im Krankenhaus behandelt wurde. Er lief zweimal wochenlang mit Unterarmstützen herum, oder auch als Krücken bekannt. Und er musste zweimal vermittels wochenlanger Krankengymnastik wieder neu laufen lernen. Zudem hatte er jeweils zwei Monate lang eine Arbeitsunfähigkeit-Bescheinigung und fehlte deshalb wegen der beiden Krankenscheine vier Monate lang an seiner Arbeitsstelle.

Danach riet ihm sein Orthopäde dringend: »Herr Kowalski, das mit Ihren Knien, das wird nicht mehr besser, weil die Knorpel schon so abgenutzt sind. Es wäre besser, mit solchen Sportarten wie Fußball, Tischtennis und Badminton aufzuhören.   Betreiben Sie lieber   andere Sportarten, die die Knie schonender behandeln.« Das Wort seines Orthopäden, die Sportart zu wechseln, nahm sich Danny dann auch besser mal zu Herzen. Nach diesem Veto wegen seiner beiden Unfälle 1991 meldete sich Danny 1993 beim Hagener Fitness-Center WOS an, dem ›World of Sports‹. Dort wurde er auf Grund seiner körperlichen Defizite in den Knien sportmedizinisch zu einem speziellen Circle angeleitet. Das waren zehn verschiedene Krafttrainingsgeräte für die verschiedenen Muskelpartien des Körpers. Zusätzlich benutzte er die Ausdauergeräte Laufband, Rudermaschine, Fahrrad-Hometrainer und Crosstrainer, die er nacheinander ausprobierte. Schließlich entschied er sich für Fahrrad-Hometrainer und Crosstrainer, weil diese am schonendsten für die Knie waren. In diesem Studio verbrachte er immerhin sieben lange Jahre, in denen er sich regelmäßig sportlich betätigte. Obwohl natürlich die Übungen im Fitness-Center sehr einsam und entsprechend wenig Spaß bereitend waren. Ganz im Gegenteil zu den meisten Ballsportarten, die er immer gerne zu Zweit, zu Viert oder als Mannschaft mit großem Spaß gespielt hatte.

Zu seinem 40.Geburtstag am 27.09.1991 hatte er sich dann auch die Reife erworben, bei seiner großen Feier mit fast dreißig Gästen eine Tombola zu veranstalten, wobei er alle seine gesundheitsgefährdenden Sportgeräte verloste: die komplette Skiausrüstung, seinen Tischtennis-Schläger und seinen Badminton-Schläger. Das tat er ohne Wehmut, sondern mit reifer Einsicht in die Notwendigkeit, seine Knochen in den nächsten Jahrzehnten etwas mehr zu schonen. Auf dieser Feier bekam er das Buch ›Die fünf Tibeter‹ geschenkt. Das las er sich äußerst interessiert durch. Nach dieser Methode soll man angeblich 100 Jahre alt werden. Es handelte sich um eine Beschreibung einer fünfteiligen asiatischen Gymnastik. Diese Übungen begann er damals als 40-jähriger und betreibt sie bis heute: jeden Morgen etwa eine Viertelstunde lang. Und jeden Abend kam noch ein halbstündiges Radeln auf dem Hometrainer dazu.

Apropos Krankengymnastik, die Danny immer wieder nach seinen zahlreichen Unfällen zur Wiederherstellung seiner Bewegungsfähigkeit benötigte. Viele Elemente aus den verschiedenen Übungen der Krankengymnastik übernahm er für seine tägliche Morgengymnastik. Die erweiterte er zusammen mit den ›Fünf Tibetern‹ zu einem viertel-stündigen Morgen-Programm, das er nun schon seit Jahrzehnten regelmäßig absolviert: und zwar jeden Morgen, auch vor der Arbeit.

Badminton spielte er ein paar Mal mit Moni nur so aus Spaß. Im Gegensatz zu den 1980er Jahren, als er mit Cora in einem Verein Badminton trainierte. Aber das machte halt nicht so Spaß, einfach den Federball hin und her zu schlagen, statt wie früher nach Punkten zu hetzen. Nur so zu spielen, das war dann eher Urlaubs-Federball.

Zu den körperlichen Ertüchtigungen eines Erwachsenen gehörten natürlich für ihn wie für die meisten Menschen ausgedehnter und befriedigender Sex. Aber reifer und ruhiger, ganz im Gegensatz zu seiner Ende der 60er Jahre erlebten Erotik, als für ihn noch wildes Knutschen, Streicheln und

Petting angesagt war. Und er hatte ja auch erst Anfang der 70er Jahre den ersten richtigen Sex, aber alles noch in der Anfangs- und Übungsphase. Aber dann, so etwa in den 1990er Jahren des 20. Jahrhunderts erwarb er sich erst die Fähigkeit zu reifem Sex. Der fand dann nicht mehr hinter Schulgebäuden oder auf dem Rücksitz eines Käfers statt, sondern ganz gepflegt im eigenen Bett mit der jeweiligen Lebensgefährtin und später im neuen Jahrtausend auch mit der eigenen Ehefrau. Aber es gab da nicht nur saftigen und leidenschaftlichen Sex, es wurde auch Wert auf ein geiles Vorspiel und viele schöne Stellungen gelegt.

Ansonsten praktizierten Danny und seine Moni in den 1990er Jahren und im neuen Jahrtausend all die ›Sportarten für Erwachsene‹. Diverse Fahrradtouren führten die beiden in ihrer näheren Heimat von Hagen und Hohenlimburg entlang der Lenne und der Ruhr. In anderen Teilen Deutschlands radelten sie im Frankenland an der Altmühl, in Rheinland-Pfalz entlang der Mosel und auf den ostfriesischen Inseln Juist und Langeoog. Oder gar die Wochenend-Radtour im Münsterland mit Moni, seinen Geschwistern Gerry und BärBel und ihren Partnern. Ausgehend von Münster ging es westlich bis nach Darfeld bei Rosendahl, wo die drei Paare die drei einzigen waren. Sie hatten einfache Zimmer auf dem Darfelder Immenhof gebucht. Dort schliefen sie nach einem frugalen Mahl den Schlaf der Gerechten, da sie die 40 km Hinweg fast ausschließlich mit westlichem Gegenwind gemeistert hatten. Am nächsten Morgen fuhren sie mehr oder weniger frisch auf ihren Drahteseln zurück nach Münster. Im Südbadischen radelten sie von Steinenstadt am Rhein aufwärts oder abwärts, einmal sogar von Neuenburg ein Stückchen nach Frankreich rein.

Dieser Abstecher nach Frankreich blieb aber nicht der einzige ›Auslandseinsatz‹ mit Fahrrädern. Denn Danny radelte mit Harry im niederländischen Maastricht entlang des Maas-Tals. Und mit Moni fuhr er 1997 per Fahrrad ab Nieuwvliet im südholländischen Flandern nach Breskens. Dort setzten sie mit der Fähre über nach Vlissingen auf die Halbinsel Walcheren.

Die Orthopäden empfehlen ja bei Kniebeschwerden immer gerne viel Radfahren und Schwimmen. Das Radeln schmierte durch die gleichmäßigen Bewegungen die Gelenke. Und das Schwimmen galt als sehr gelenkschonend, weil im Wasser das Gewicht nicht auf den Gelenken lastet. Aber Danny musste gestehen, dass ihn die vielen Aufenthalte in tropischen Gefilden mit 28 ° bis 30 ° C Meerwassertemperatur eher zum ›Warmduscher‹ gemacht hatten. Schwimmen in der deutschen Nordsee oder in klassischen Frei- und Hallenbädern kämen für ihn nur in Notfällen in Betracht. Da müsste schon das warme Badewannenwasser der Karibik oder des Indischen Ozeans her. Aber Meerwasser, egal wie warm oder kalt, hatte auch immer eine gewisse Härte. Und Salzwasser zu schlucken, schmeckte auch nicht wirklich lecker, sondern eher bitter. Dagegen war Flussbaden eine willkommene Abwechslung. Moni und Danny schwammen mal während des besonders schönen und heißen August 1998 in der Mosel. Das Moselwasser umspielte dabei weich und angenehm ihre Körper. Das goutierten auch eine einheimische Badenixe aus Bullay und ein Schwanenpaar mit seinen drei flauschigen Küken, die links und rechts um die Eltern paddelten. Da machte es natürlich noch mehr Spaß, in wärmeren Gefilden wie 1979 auf der Karibik-Insel Dominica in einem der vielen Flüsse zu baden oder 1999 auf der philippinischen Insel Palawan eine Dusche unter einem warmen Wasserfall zu genießen. Oder gar noch besser gefielen ihm heiße Thermen. Da saß er 2005 mal alleine in den ›Fluten‹ des Thermalbades Bad Bellingen am Oberrhein, zwischen Freiburg und Basel. Und zur gleichen Zeit wohnte er in einem Ferienhäuschen aus Holz auf einer FKK-Anlage in Steinenstadt, dort wo Fuchs und Naturisten, Hase und Nudisten sich gute Nacht sagten … Und weil es so schön war, besuchte er ein Jahr später 2006 das Balinea-Thermalbad in Bad Bellingen noch ein weiteres Mal. Bei dieser Gelegenheit erlebte er die erquickende Wärme der Therme zusammen mit seiner Moni. Denn das minerale Thermalwasser der Balinea-Therme hatte genau die Funktion der Kohlensäure für das Sulfatmolekül, dass nur in dieser Symbiose das Sulfat über die Haut in den Körper eingeschleust wurde. Dieses Heilwasser wirkte somit interaktiv therapeutisch und nachhaltig. Dadurch wurde die Alterung verlangsamt und gleichzeitig das Wohlgefühl gebessert. Danny persönlich hatte ja auch schon vorher Erlebnisse mit heißen Quellen: zweimal auf der Insel Taiwan und drei Mal in verschiedenen Thermen in Deutschland. Auf jeden Fall war ihm das doch immer sehr angenehm, wenn ihm heiße Wassersprudel um den Körper wirbelten.

Das Wandern durch die Natur wurde zu einer ständigen, aber unregelmäßigen Einrichtung bei Danny und Moni. Das Wandern war ja auch die intensivste Art des Reisens, weil sie dabei langsam vorwärts kamen. Und dabei stand die Begegnung von Mensch und Natur im Vordergrund, wenn es seltene Pflanzen oder Tiere zu beobachten galt. Hagen mit seinen vielen Wäldern bot sich ja geradezu an, ausgedehnte Wandertouren zu unternehmen.

Und später im neuen Jahrtausend kam dann noch das Walking hinzu. Moni mit ihren Karbon-Stöcken bevorzugte das Nordic Walking. Danny machte erst nur die klassische Form des Walkens ohne Stöcke. Aber bei seiner Reha im schleswig-holsteinischen Mölln 2011, wo Walking mit zum Sportprogramm gehörte, lernte er auch das Nordic Walking. Das machten sie öfters zusammen im Fleyer Wald, nahe ihrer neuen Heimat in Hagen-Fley seit 2005. Bis heute absolviert Danny in den Sommermonaten sein Nordic Walking-Programm. Er macht seit 2011 wechselweise im Sommer Outdoor-Übungen, also Walken und Radeln, und in den acht kälteren Monaten geht er in sein neues Fitness-Center, das Fun-Out in Hohenlimburg. In der Reha in Mölln erlernte Danny auch noch das chinesische QiGong und PM, also progressiven Muskelentspannung nach Jacobson, bei der durch die willentliche und bewusste An- und Entspannung bestimmter Muskelgruppen ein Zustand tiefer Entspannung des ganzen Körpers erreicht werden konnte. Diese Übungen machte er noch einige Jahre regelmäßig zu Hause.

Aber trotz all seiner Bemühungen um sportliche Fitness eröffnete Dannys neuer Orthopäde ihm 2017 nach dem gemeinsamen Betrachten seines Röntgenbildes, dass man da wohl schon mal über ein neues Kniegelenk nachdenken könnte. Danny mit seinen mittlerweile 67 Lenzen wusste um seine Arthrose. Deshalb dachte er da auch nur kurz drüber nach, verschob aber jede Knie-OP-Planung auf einen unbestimmten Termin in die Zukunft: »Solange es noch ohne Schmerzen geht, lasse ich mich noch nicht operieren.«

Nun gut, er konnte keine ausgiebigen Wanderungen mehr wie früher machen, aber das Radeln ging noch gut. So kaufte sich erst Moni und dann auch Danny selber ein E-Bike, also ein Pedelec, womit sie gut unterwegs waren.

Im Sommer 2018 machten die beiden einen zweiwöchigen Urlaub an der Elbe in Brandenburg. Da wohnten sie in Kietz, in einem Haus direkt am Elbdeich. Was lag da näher, als das schöne Wetter im Juni 2018 zu nutzen, um fast jeden Tag auf dem Elbdeich zu radeln. Da sahen sie die für die Mittel-Elbe typischen Bunen und Sandstrände. Mal fuhren sie fluss-abwärts nach Mecklenburg-Vorpommern oder flussaufwärts in Brandenburg.

Und im Jahre 2022 entdeckten sie die Halbinsel Butjadingen an der Nordsee nach einem ersten Besuch 2019 wieder. Sie ist umgeben von drei Gewässern: dem Jadebusen im Westen, der Nordsee im Norden und der Wesermündung im Osten. Dort konnten sie nach Herzenslust in alle Richtungen auf ihren E-Bikes unbeschwert radeln. Da diese relativ unbekannte Landschaft um Fedderwardersiel und Burhave ihnen sehr gefiel, und sie trotz Nordseeküste noch nicht so touristisch überlaufen war, liebten sie es, ihre Ferien dort zu verbringen …

Die Krankheit, also die Arthrose, konnte Danny natürlich nicht überwinden. Aber er lernte, damit umzugehen. Gut für ihn war und ist, dass er sich die Fähigkeit angeeignet hat, aus allen Situationen das beste zu machen. Das macht zwar nicht unbedingt glücklich, hilft aber, weniger unglücklich zu sein.

Der Glückskalender

»*Glück ist niemals ortsgebunden,*
Glück kennt keine Jahreszeit,
Glück hat immer der gefunden,
der sich seines Lebens freut.«
Clemens von Brentano

Danny Kowalski hatte von Geburt an einen Blockwirbel zwischen dem 4. und 5. Halswirbel. Dadurch entwickelten sich im neuen Jahrtausend als Spätfolgen chronische Nackenschmerzen. Deswegen hatte er ab 2006 schon zwei Reha-Maßnahmen, eine Schmerztherapie und sogar bei Dr. Glustick in Mettmann eine Ohr-Implantat-Akupunktur hinter sich gebracht. Der hatte darum bei chinesischen Medizinern eine Zusatz-Ausbildung gemacht. Wegen der Schmerzen, und um überhaupt arbeiten und leben zu können, nahm Danny von 2006 bis 2013, also sieben lange Jahre fast durchgehend und mehr oder weniger regelmäßig täglich Ibuprofen-Schmerztabletten. Er dachte schon, dass das jetzt bis zum Ende seines Lebens so weiter gehen musste …

Denn alle anderen Maßnahmen hatten bei Danny leider nichts genutzt.

Bis auf einmal der Glückskalender in sein Leben trat. Denn früher, von 2006 bis 2011 hatte er immer ein Schmerztagebuch geführt. Dann aber gab bei einer Reha in der Till Eulenspiegel-Stadt Mölln im Jahre 2011 der dortige nette Psychologe Dr. Folgt dem bis dahin von Nackenschmerzen geplagten Danny den Ratschlag, statt minutiös sein Schmerztagebuch zu führen, lieber auf einen sogenannten Glückskalender umzusteigen. Das empfand Danny als eine hervorragende Idee und begann noch dort mit seinem Tagebuch-ähnlichen Glückskalender. Dadurch besserte sich zumindest rein psychisch seine Einstellung. Das war schon mal viel wert für den Anfang der Heilung.

Dann hatte er im Sommer 2013 einen erfolgreichen operativen Eingriff nach der Pasha-Methode in der Schwerter Marien-Klinik. Seitdem hat er – trotz anfangs erheblicher Schmerzen – keine Schmerzmittel mehr genommen. Stattdessen machte Danny lieber viel Sport. Jeden Tag absolvierte er sein regelmäßiges Sportprogramm. Zusätzlich besuchte er dann auch noch regelmäßig dreimal die Woche das Fitness-Center Fun-Out in Hagen-Hohenlimburg. So schaffte es Danny, innerhalb von drei bis vier Monaten seine Schmerzen durch ein umfangreiches Sportprogramm gegen Null runter zu schrauben. Und er führte fleißig von 2011 bis 2017 seinen Glückskalender. Am Ende – also 2017 – war er nämlich voll und konnte erfolgreich beendet werden. In der Zwischenzeit hatte Danny immer wieder kleine Glücksmomente, die er dort aufschrieb. Doch der größte Glücksfall war sicherlich der, als er im Sommer 2013 zum letzten Mal eine Schmerz-Tablette gegen seine Nackenschmerzen nahm …

Glücks-Tagebuch

Danny bekam dort in Mölln beim Abschiedsgespräch mit dem Psychologen Dr. Folgt am 19.08.2011 die Aufgabe, mehr soziale Kontakte und kulturelle Veranstaltungen zu besuchen. »Vielleicht wären solche Events ja für ihn doch nicht so schmerzhaft?« Und wenn dann doch mal Schmerzen im Anmarsch wären, dann lieber Sport oder Entspannung dagegen zu halten. Statt einem regelmäßigen Schmerztagebuch lieber einen Wochenrückblick mit maximalen bzw. minimalen Schmerzen gestalten, wobei dann u. U. auch Text dabei stände, um die Umstände zu erklären.

Außerdem solle er sich um eine Schmerzklinik und eine Psychotherapie bemühen. Beides hatte Danny erfolgreich gemacht. Wenn er auch eine lange Wartezeit bei der Schmerzklinik in Schwerte in Kauf nehmen musste. Aber letztlich führte ja schon zwei Jahre später der Eingriff nach der Pasha-Methode dazu, dass er zum letzten Mal eine Schmerztablette nahm. Und auch um einen Platz in einer Psychotherapie zu bekommen, musste er lange herum telefonieren, sich ordentlich strecken und in Geduld üben. Aber auch das schaffte er. Bei einer Hagener Psychotherapeutin bekam er einen Platz und begann am 23.11.2011 mit dem ersten Gespräch mit ihr, was ihm gut gefiel. Er führte mit ihr vier Monate lang insgesamt neun Behandlungs-Gespräche, bis sie meinte, sie könne ihm jetzt nichts mehr beibringen. Es gäbe keinerlei weitere Anlässe mehr, diese Therapie fortzuführen.

Glücks-Kalender

aus dem Schmerztagebuch von 2006 –2011 wurde ein Glückskalender von 2011 – 2017

Interessant waren auch die Erfolgsangaben über seine Gewichts-Abnahmen. Auf der ersten Seite, ganz am Anfang des Kalenders, stand die Eintragung seines Eingangswiegens bei der Reha in Mölln am 04.08.2011: da brachte er 75,9 kg, inklusive der schweren MBT-Sandalen, auf die Waage. Das war sozusagen sein Allzeitrekord-Höchstgewicht. Durch jede Menge sportlicher Betätigung während der Reha stand zu Hause in Hagen am 25.08.2011 schon nur noch 70,5 kg Gewicht. Zwar nackig gewogen, aber trotzdem nicht schlecht, was …!?

Aber Danny ließ nicht locker, machte auch in Hagen noch mehr Sport, ging auch mittlerweile ins Fitness-Center Fun-Out, und acht Monate später, am 29.04.2012, fand sich die Eintragung im Glückskalender von 65 kg, die Danny nur noch wog. Das war dasselbe Gewicht, das er bei Bundeswehr und Zivilem Ersatzdienst 1971 als 20-jähriger gewogen hatte. Und das nun vierzig Jahre später, nur durch regelmäßigen Sport und Weglassen von Schoko und Plätzchen: alle Achtung …!

Ein Vierteljahr nach seiner Reha, am 11.11.2011, telefonierte Danny mit dem Psychologen Dr. Folgt in Mölln. Er teilte ihm dabei mit, dass sein Vorschlag bei Danny ein voller Erfolg war, einen Glückskalender statt eines Schmerztagebuchs zu führen. Der Psychologe freute sich natürlich sehr über dieses positive Feedback seines ehemaligen Patienten. Im Glückskalender waren aber auch Einträge zu Lesungen, die Danny damals mit seinem jeweils neuesten herausgebrachten Roman hielt. Allen voran die Lesung im Hagener Kolpinghaus am 09.11.2011, die Danny mit 26 Teilnehmern eine Rekord-Beteiligung für seine Lesungen bescherte. Alle angebotenen Exemplare, die er noch hatte, wurden dabei verkauft. Alle Teilnehmer waren zufrieden. Es gab zu essen und zu trinken, und für unterhaltsame Kurzweil sorgte Danny. Oder bei einer anderen Lesung am 15.05.2012 in Hagen bei Verdi. Da gab es leider nur 9 Teilnehmer, aber immerhin konnte er vier Romane seines Buchs ›Der Junge, der eine Katze wurde …‹ verkaufen.

Da gab es Eintragungen über seine Nordic Walking-Touren durch den Fleyer Wald, über seine Bücher-Verkäufe der neuesten Romane, und über den schönen Urlaub auf Fuerteventura im September 2012 mit viel Sonne und neun Badetagen.

Den entscheidendsten Abschnitt in dieser Zeit der Genesung bedeutete für Danny allerdings tatsächlich der Zeitraum vor dem schmerzensreichen Eingriff nach der Pasha-Methode in der Schwerter Marien-Klinik Anfang August 2013 bis zum Renteneintritt im Herbst 2013. Erst die Schmerzen beim Eingriff, als ihm bei vollem Bewusstsein – also ohne Narkose – eine Sonde vom Rücken durch die Wirbelsäule hoch bis zum Kopf geschoben wurde, damit er sagen konnte, wo was weh tat oder besser wurde: eine scheußliche Erfahrung, absolut nicht für eine Wiederholung geeignet. Aber das war der Grund dafür, dass er 3 Tage vor dem Eingriff mit den Schmerztabletten aufhören sollte, damit er merkte, wo es mit der Sonde gut tat oder auch nicht: boah! Tja, und danach kamen die Entzugs-Schmerzen, da er nach dem Eingriff einfach aufhörte, weiter Schmerzmittel zu nehmen. Nach sieben Jahren mehr oder weniger regelmäßiger Schmerzmittel-Verabreichung fehlte dem Körper offensichtlich etwas. Er reagierte mit Entzugs-Schmerzen, und die waren nicht ohne. Tagsüber konnte Danny dem mit einem vielseitigen Sportprogramm entgegen wirken, aber nachts, wenn er im Bett lag, dann kamen die Schmerzen angekrochen: stundenlang.

Eintragung im Glückskalender vom 29.08.2013: »*Heute 67,5 kg. Seit 4 Wochen keine Schmerzmittel mehr genommen. Nach wie vor lange Schmerzen in der Nacht: vorletzte Woche durchschnittlich 6 Stunden, letzte Woche durchschnittlich 4 Stunden Schmerzen gehabt, also eine leichte Besserung erfahren!*«

Sehr interessant war sein Eintrag zu seinem 62. Geburtstag am 27.09.2013, der auch gleichzeitig sein letzter Arbeitstag bei der Stadt Hagen bedeutete, bevor er ab 01.10.2013 in Rente ging: »*Nachts nur noch durchschnittlich 2 Stunden Schmerzen. Gewicht: 67 kg. Abschiedsfeier auf der Arbeit in zwei Schichten, mit insgesamt 10 Gästen: sehr schön und entspannt. Insgesamt kamen zum 62. Geburtstag am 27.09.2013 vierzehn Personen, die persönlich gratulierten, Geschenke gab es von 12 Personen, Anrufe von 10 lieben Menschen, Briefe und Karten mit der ›gelben Post‹ von 6 Personen, E-Mails von 9 Freunden, Stayfriends-Glückwünsche von 19 und Facebook-Glückwünsche von 90 Personen.*«

Im seinem Fitness-Center hatte er sich inzwischen sehr gut eingelebt. Vor allem in der Gruppe von Elisa Perlbein, dem Wirbelsäulen-Gymnastikkurs, fühlte er sich sehr wohl. Er wurde dort nicht nur durch seinen Öko-Sci-Fi-Roman ›Zeitmaschine STOPP!‹ als Amateur-Schriftsteller bekannt, sondern integrierte die ganze Gruppe in seinen nächsten Krimi ›Das Geheimnis um YOG'TZE‹. Alle, wie die inzwischen leider verstorbenen Ella Tieffrau und H.K, sowie Horst Bleibtreu, bekamen Pseudo-Namen und halfen bei der Aufklärung des Falles. Dadurch wurde das Buch im Fun-Out ein voller Erfolg, und der Zusammenhalt Gruppen-intern wurde noch besser. Weil auch noch andere Mitglieder des Fitness-Centers und Trainer wie Carlitos V., der ihm wertvolle Tipps und Trainingsanweisungen gab, in diesem Krimi mitspielten, wurde Danny sogar am 04.04.2015 zum ›Mitglied des Monats‹ gekürt, was ihm weitere Glücksgefühle brachte. Ein Foto von ihm und seinem Roman hing für einen Monat an einer Stellwand. »Nicht schlecht, Herr Specht, oder …!?«

Das Ende des Glückskalenders

Der Glückskalender endete nicht, weil sich Danny vorgenommen hatte, ihn 2017 zu beenden. Nein, ganz einfach und banal war die Kladde voll.

Und auf der letzten Seite unten rechts standen demzufolge die letzten Einträge: »*Mi., der 17.05.2017, heute 69,5 kg. Vom 9. Roman, dem Krimi ›Das Ekel von Horstel‹ als neuen Rekord 129 Stück verkauft.*« Und der allerletzte Eintrag hieß knapp und lapidar: »*Mo., 09.07.2017: 68 kg.*«

Ja, tatsächlich, auch sechs Jahre nach der Reha in Mölln, wo er den Glückskalender begann, besuchte Danny immer noch das Fitness-Center Fun-Out in den 8 kälteren Monaten Oktober bis Mai. Wogegen er in den 4 wärmeren Monaten Juni bis September lieber Outdoor-Sportarten wie Nordic Walking oder Radeln betrieb. Immer noch wog er sich jeden Morgen. Weiterhin veröffentlichte er jedes Jahr einen neuen Roman, 2017 schon den neunten. Er hatte es geschafft, nun schon seit 4 Jahren keine einzige Schmerztablette zu nehmen. Trotzdem blieben die Nackenschmerzen weg, dank seines intensiven regelmäßigen Sportprogramms, und natürlich auch durch sein Rentnerleben ohne psychische Anspannungen im Beruf.

Und heuer 2023, wieder 6 Jahre später: Danny war inzwischen 71 Jahre alt geworden. Er wog in den letzten Jahren beim morgendlichen Wiegen zwischen 69 bis 71 kg. Vor dem Frühstück machte er nunmehr seit über

30 Jahren morgens die ›Fünf Tibeter‹ und seit 20 Jahren übte er sich im Jonglieren mit 3 und 4 Bällen. Weiterhin besuchte er das Fitness-Center Fun-Out nach dem gewohnten Modus. Dort trainierte er regelmäßig zusammen mit seinen Sportkameraden Stefan P., Werner Sperling, Gerd ›Bobesch‹ Mattes und Enrico V. Nun denn, so was konnte er nicht gerade als Glück bezeichnen, aber als Wohlbehagen immerhin schon, innerhalb einer Gruppe Gleichgesinnter zu trainieren. 2022 hatte er inzwischen seinen 15. Roman ›Abenteuer & Impfen‹ veröffentlicht. Mittlerweile hatte er seit 10 Jahren keine einzige Schmerztablette mehr genommen. Und ihm blieben glücklicherweise auch jedwede Nackenschmerzen erspart.

Dannys Gesundung

Zwei Jahre nach seiner Reha in Mölln hatte er im Sommer 2013 seinen Klinik-Aufenthalt, dann einen sechswöchigem Krankenschein, um nur kurz zurück zu seiner Arbeitsstelle zu kommen, der Hagener Betreuungsbehörde. Von dort aus ging er zum 1. Oktober 2013 in die Rente. Das war für ihn ein absoluter Glücksfall, dass der Klinikaufenthalt und der Rentenbeginn fast zeitgleich zusammen trafen. Denn dadurch fielen sämtliche Stressfaktoren weg, die in den letzten Arbeitsjahren schmerzhaft ›auf seinen Nacken drückten‹. Das war ihm wirklich gut bekommen und für ihn und seine weitere anhaltende Schmerzfreiheit ein voller Erfolg. Denn er hatte inzwischen seit über zehn Jahren keine einzige Schmerztablette mehr genommen. Das machte ihn zugleich stolz und auch sehr glücklich.

Über das Altern und über die Demut

›In hundert Jahren ist alles vorbei.‹
Ralph Waldo Emerson[*] wurde zitiert, als beruhigender Kommentar
wegen großer Sorgen, wie 2021 die Corona-Pandemie

Eines Abends im Oktober 2021 hatte Danny DFB-Pokal im TV geschaut
und war mehrmals dabei eingeschlafen. Und danach kam noch der Uwe
Seeler-Film. Eigentlich war er früher nicht so der Uwe-Fan. Zumal ja
auch die richtig gute Zeit im deutschen Fußball erst nach Uwe's Rücktritt
begann. Aber der Film über Uwe berührte ihn schon: der war ja zu Uwes
85. Geburtstag gemacht, entsprechend kam er dann auch daher, mit Stock
und seiner gleichaltrigen Frau, und meinte: »wir hören nicht mehr so gut,
und sehen nicht mehr so gut, und gehen nicht mehr so gut …. aber das
gehört halt dazu. Das müssen wir so nehmen …«

Ja, der Uwe Seeler, der erinnerte Danny dann auch an seine eigene Vergänglichkeit. Uwe Seeler ist ja genau 15 Jahre älter als er. Danny überlegte:
»Ja, wie war ich vor 15 Jahren: 2006 im Alter von 55 Jahren begann meine
Leidensgeschichte mit den Nackenschmerzen, die mich mit über sieben
Jahre lang Schmerzmittel-Einnahme beschäftigte … Und inzwischen
geht's mir ähnlich wie Uwe (»*wir hören nicht mehr so gut, und sehen nicht
mehr so gut, und gehen nicht mehr so gut*«), hab ein Hörgerät, eine Lesebrille
und ›gehen‹ geht auch nicht mehr so gut.«

Nun denn, so ist das halt mit dem Alter, aber gejammert wird nicht.
Denn das gehört halt dazu, zum Leben, wie auch der Tod hinterher …:
alles im Fluss, und alles nimmt seinen Lauf. Wenn Danny sich an seinen
Vater erinnerte, wie der in seinem Pflegeheim-Bett fast blind und sehr
schwach das letzte Lebensjahr verbrachte … Aber gejammert hat er nie …!!
Oder seine Oma und Opa Saargebiet, die starben beide Anfang der 1980er
Jahre, erst die Gretel …. und der Oppa Peter lag dann die letzten Lebens-

---

[*]   US-amerikanischer Philosoph und Schriftsteller (1803 – 1882). In seinen zahlreichen Vorträgen,
      Schriften und Gedichten betonte Emerson in vielfältiger Form seine Forderung nach einer
      radikalen Erneuerung und geistigen Selbstbestimmung der amerikanischen Kultur und Literatur.

jahre nur noch auf der Couch und meinte: »Ich will zur Gretel …« Was ihm ja dann auch bald gelungen war …

Danny grübelte weiter: »Tja, so ist das mit uns Menschen. Die Vergänglichkeit ist gleich mit im System eingebaut, da kannste machen, was du willst, das ist halt so: der einzige Unterschied ist halt der, wie du oder ich oder sie damit umgehen. Ich kann nur versuchen, mein eigenes Leben so gut es geht zu leben. Mit Demut lebe ich deshalb, weil der Sinn des Lebens erscheint mir das Leben an sich …« Und dann starb Uwe Seeler im Juli 2022 mit 85 Jahren, während gerade die Frauenfußball-Europameisterschaft in England lief. Da gab es ein Spiel der deutschen Mädels. Und vor Beginn des Spiels eine Gedenkminute für Uwe mit groß eingeblendetem Foto von Uwe im Stadion. Alle Zuschauer, auch die englischen, verharrten eine Minute in Stille, für den großen Spieler Uwe Seeler, der seit 1966 und dem unglücklich verlorenen WM-Endspiel der Deutschen gegen die Engländer wegen seines fairen Verhaltens als Spielführer seiner Mannschaft immer noch großen Respekt beim englischen Publikum hatte: großes Kino …!

»Das Alter ist nichts, worauf man sich gemeinhin freut. Alt werden wollen die meisten. Aber alt sein? Viele assoziieren damit Gebrechen, Gedächtnisprobleme, Krankheit – kurz: Verfall. Doch es gibt eine gute Nachricht: Das Alter birgt auch große Chancen. Denn irgendwann ist man wieder alt genug, um glücklich zu sein.

Statistisch gesehen ist der Mensch in der Mitte seines Lebens am unglücklichsten. Tobias Esch, Arzt, Neurowissenschaftler und Professor für Integrative Gesundheitsförderung an der Universität Witten/Herdecke, setzt sich in seiner Forschung vorrangig mit dem Thema Glück auseinander. Er spricht von einer ›U-Kurve des Glücks‹. Diese entwickle sich von eher kurzfristigen Glücksmomenten in der Jugend im Laufe der Jahre zu einer eher gelassenen Grundzufriedenheit im höheren Alter. Dazwischen – meist im Alter zwischen 30 und 59 Jahren – stecken die Menschen oft in einem ›Tal der Tränen‹, wie Esch es nennt: Stress, Verantwortung, Verpflichtungen, Sinnsuche – und der Ausblick auf das Altern.« [*]

---

[*] *Anne-Kathrin Neuberg-Vural – Glück im Alter: So kann es gelingen, in Westf. Rundschau, 28.09.2020*

Tja, da hatte der Glücksforscher echt ein wahres Wort im Sinne von Danny Kowalskis ›Glück als unsteter Gesell‹ gesprochen bzw. hier geschrieben. Die hatte Danny ja auch selber zu Hauf erlebt, diese ›kurzfristigen Glücksmomente in der Jugend‹. Aber inzwischen war er mit seinen 71 Jahren auch ›alt genug, um glücklich zu sein. Diese sogenannte ›U-Kurve des Glücks‹ hatte er nämlich ebenso selber erlebt, als es mitten in seinem Berufsleben teilweise bis zur Erschöpfung ziemlich stressig zu ging, als ihn das über Jahre krank machte … Und dann auf einmal das große Ausatmen mit dem Beginn des Renteneintritts, mit dem Wegfall des dienstlichen Stresses, mit dem Eintritt in die Welt des ewigen ›Wochenendes‹ : Freiheit für die Zeit, um glücklich zu sein …

Weiter im Text, schauen wir, welche Tipps die Glücksforscher für ein glückliches Alter geben: »*Es gibt Dinge, die jeder selbst tun kann, um seinem Glück auch für später auf die Sprünge zu helfen: Beziehungen pflegen, Sport treiben, das Rauchen aufhören, sich mit jungen Menschen umgeben und sich auf diese einlassen, Neues ausprobieren. Vieles davon beschreibt auch Bestsellerautor und Glücksforscher Florian Langenscheidt in seinem neuen Buch ›Alt genug, um glücklich zu sein‹, das er gerade zusammen mit Co-Autor André Schulz und mit Gastbeiträgen von Experten zu Themen wie Selbständigkeit oder Altersarmut veröffentlicht hat.*

Auch er ist davon überzeugt, dass man im Sinne einer sogenannten Self-fulfilling Prophecy, also einer sich selbsterfüllenden Vorhersage, vieles mit einer positiven Grundhaltung beeinflussen kann. ›Sie bedeutet, vier bis fünf Jahre länger und auch besser zu leben‹, so Langenscheidt. Außerdem betont er, wie wichtig es ist, die richtigen Menschen um sich zu haben. ›Hier sollte man sehr selektiv sein und sich auf die Menschen konzentrieren, die einem wirklich wichtig sind und für diese alles geben, immer für sie da sein.‹«[*]

»Das ist ja mal interessant«, fand Danny, »denn diese ›Self-fulfilling Prophecy‹, also eine sich selbsterfüllenden Vorhersage, genau diese Kategorie war mir in meinem sozialwissenschaftlichen Studium in den Fächern Soziologie, Sozialpsychologie und empirische Sozialforschung in den 1970er Jahren an der Ruhr-Uni Bochum mehrfach untergekommen.«

---

[*] *Anne-Kathrin Neuberg-Vural – Glück im Alter: So kann es gelingen, in Westf. Rundschau, 28.09.2020*

Schließlich resümierte Glücksforscher Langenscheidt: »*Auch Dankbarkeit und die Fähigkeit, loslassen zu können, sind für den Autor mit Blick auf glückliches Altern essenziell. ›Es ist einfach so, dass irgendwann einige Dinge nicht mehr so gut funktionieren‹, so Langenscheidt. Es helfe, sich auf das Positive zu fokussieren, um nicht zu verbittern. ›Dann wäre da noch frische Luft, ausreichend Bewegung, Humor, Gelassenheit‹, zählt Langenscheidt auf.*«[*]

Der Kölner Sportwissenschaftler Ingo Froböse benennt im Artikel von Petra Koruhn ›das Geheimnis der Hundertjährigen‹. Dabei berichtet er über bestimmte Regionen auf dieser Erde, in denen überdurchschnittlich viele Hundertjährige leben, die oft so vital wie Menschen hier mit sechzig sind. Als Beispiel hierfür wird die Insel Okinawa in Japan genannt. »*Das Zauberwort dafür lautet: Bewegung – und zwar an der frischen Luft. Dann sind Höchstleistungen möglich. Auf Okinawa gebe es eine Reihe über 80-jähriger, die noch täglich für den jährlichen Zehnkampf trainieren. Schöne alte Welt! Denn in der neuen Welt ist Bauchspeck keine Seltenheit mehr. Junge Leute haben auch in der Abgeschiedenheit die Macht des Fast Food entdeckt – und nach getaner Arbeit steht nicht Judo und Karate auf dem Plan, sondern Playstation … Doch wie sieht es mit dem Glück im Alter aus? In Japan seien alte Menschen oft genauso glücklich wie junge. Schuld ist ›Ikigai‹, ein Lebensmotto, das abstrakt bedeutet: Immer weitermachen wie bisher. Und konkret: Arbeit, Arbeit, Arbeit. In dem Ort Ogimi, wo viele Hundertjährige leben, existiert nicht einmal ein Begriff für Rente oder Ruhestand. Die Menschen fühlen sich nicht überflüssig. Hier wissen Hundertjährige genau, warum sie morgens aufstehen. Die Frage nach dem Lebenssinn stellt sich nicht.*

Weltweit gibt es etwa 533.000 Hundertjährige – eine neue Rekordzahl. Die wirklich Glücklichen seien die, die noch etwas vorhaben im Leben. So wie Phyllis (100) und John Cook (103) aus Ohio. Im vergangenen Jahr haben sie geheiratet. Es mag merkwürdig klingen, sagte Phyllis und fügte hinzu: ›Aber wir haben uns verliebt.‹«[**]

---

[*] *Anne-Kathrin Neuberg-Vural-Glück im Alter: So kann es glingen, in Westf. Rundschau, 28.09.2020*

[**] *Petra Koruhn über Ingo Froböse – Das Geheimnis der Hundertjährigen, in Westf. Rundschau, 16.12.2020*

Noch besser, noch witziger beschreibt Georg Howahl das Älterwerden: »*Das ist ja so eine Sache. Keiner hat das gewollt, aber eines Tages guckt man auf die Uhr – und die steht schon auf kurz vor 50. Dass dann auf einmal so viele Jüngere um einen herumturnen und so viele neue Dinge einem vollkommen hirnrissig vorkommen, das ist ja wohl eine Unverschämtheit. Und dass man plötzlich ein paar Pfunde mehr an sich entdeckt, obwohl man doch genauso wenig Sport macht wie früher, als man noch schlanker war … Geschenkt! Wer das alles allzu gut verstehen kann, für den hat die Bochumerin Sabine Bode (über 50 und fühlt sich auch so) das richtige Buch geschrieben: ›Älterwerden ist voll sexy, man stöhnt mehr‹ steht seit einem Jahr auf den Paperback-Bestsellerlisten ….«*[*]

Die Autorin und Satirikerin Sabine Bode propagierte in diesem Interview mit Georg Howahl dann auch nicht zu unrecht: »*Die Jugend kommt nicht zurück, das Alter aber auch nicht.*«

Und zu guter Letzt gab sie auch noch einen guten Rat zum Älterwerden: »Augen zu und durch! Und sich nicht immer vor Augen führen, wie alt man ist. In Zeitschriften sieht man immer so was wie: Johnny Depp, 57, Meryl Streep, 71. Im nächsten Buch, das ich gerade schreibe, habe ich einen Text darüber, dass Zahlen nicht mehr so wichtig sein sollten. Stattdessen sollte man sich fragen: Was tut mir gut, wer tut mir gut?«[**]
Aber so oder so hatte sie allein mit der Wahl ihres Roman-Titels den Vogel abgeschossen: ›Älterwerden ist voll sexy, man stöhnt mehr‹ …

Tja, und nach dem Älterwerden kommt irgendwann der Tod, weshalb der lateinische Ausdruck ›Memento Mori‹ auch sehr passend ist: ›sei dir deiner Sterblichkeit bewusst.‹ »*Denn ›Memento mori‹ bedeutet wörtlich ›gedenke des Todes‹ oder ›bedenke, du musst sterben‹. Die Bedeutung dahinter ist, dass alles im Leben vergänglich ist und materielle Dinge unbedeutend sind.*«[***]

---

[*]   *Georg Howahl – Alt ist: Zehn Jahre älter, als man selbst, in Westf. Rundschau, 17.12.2020*
[**]   *Sabine Bode – Älterwerden ist voll sexy, man stöhnt mehr, München 2019*
[***] *Wikipedia vom 07.08.2022 – Der Ausdruck Memento mori*

»Da der Tod zum Leben ganz natürlich dazu gehört, ist er auch nicht schlimm, blöd oder böse. Er ist einfach da, wenn er da sein will …

… mit diesem Bewusstsein und der entsprechenden Demut lässt es sich besser leben und den Tod gelassener entgegen sehen«, meint jedenfalls Danny.

Epilog

»Glück – Glück im Unglück – Glück.
… und hier kommt Glückskatze Nelly,
she is really ein unsteter Geselli …
ja-ja-ja, unsere neue Katze Nelly,
ist eine Glückskatze
und hat uns mucho Glück gebracht«,
ist sich denn auch Danny für 2022 absolutely sicher.

Gut, dass ihre neue Katze Nelly, die Glückskatze, Danny und Moni 2022 Glück gebracht hat …

Denn sonst befand sich zumindest die Hälfte der Deutschen in der Corona-Zeit nicht auf der Glücks-Seite, nämlich die weibliche Hälfte von Deutschland. Das kommentierte Petra Koruhn in ihrem Artikel vom 19.11. 2020 mit ›Frauen im Glückstief‹ . Weil nämlich die *»Zufriedenheit der Deutschen laut ›Glücksatlas‹ während Corona gesunken sei: Kinder, die nicht in die Kita dürfen, Eltern, die im Home-Office versuchen, es dem Chef und dem Nachwuchs recht zu machen. Soziale Kontakte? Mangelware. Klar, dass das Glück der Deutschen einen Dämpfer erhalten hat, wie auch der ›Glücksatlas‹ zeigt, der am Mittwoch vorgestellt wurde. Vor allem Frauen haben Glücksdefizite, so die Forscher … Die Deutschen, gemeinhin nicht gerade für ihre Euphorie bekannt, seien besser als ihr Ruf: Immerhin seien ›45 % der Befragten optimistisch, im kommenden Jahr wieder so zufrieden zu sein wie vor der Pandemie‹ … Aber im Alltag hakte es. Da sei das große Glück ganz schön auf der Strecke geblieben … Das Chaos zu stemmen, das sich aus geschlossenen Schulen und Kitas ergab, sei für Familien die ›herbste Pille‹ gewesen … Frauen hätten mit minus 0,47 Punkten einen ›wahren Glücksabsturz‹ erfahren. Der Grund sei naheliegend: Kinderbetreuung und Home-Schooling seien eben vornehmlich an ihnen hängen geblieben.«*

Tja, solch eine lange Zeit von Entbehrungen und Einschränkungen wie

---

*   *Petra Koruhn – Frauen im Glückstief, in: Westf. Rundschau Hagen, 19.11.2010* die Corona-Pandemie von 2020 bis 2023 kann schon sehr dämpfend auf das allgemeine Glücksgefühl empfunden werden.

Aber letztlich ist das Glück eine Allzeit-Kategorie, die philosophisch betrachtet und empfunden werden sollte. Der hier vorliegende Roman hat es sich zur Aufgabe gemacht, das Glück in verschiedensten Facetten zu betrachten und zu erleben, in den unterschiedlichsten Lebens- und Reife-Abschnitten von Danny Kowalski in Kindheit, Jugend, Adoleszenz, Erwachsenenwelt und schließlich als Rentner …: da ist für jeden etwas dabei. Denn das möchte es sein: ein Buch nicht nur für Spaß, Sport, Spiel und Spannung, sondern auch direkt etwas zum Miterleben und dadurch zum Nachdenken anzuregen. Das soll hier nicht als Glücks-Ratgeber zu verstehen sein, sondern eher ein ›Aha-Erlebnis‹ bieten: »*Boah eh, jau, das kenn ich, das hab ich so oder so ähnlich auch schon mal erlebt …!*«

Aber nun, und nichtsdestoweniger trotz …

… nach diesem seinem 16. veröffentlichten Roman fragte sich Danny plötzlich selber, ob das womöglich sein letzter Roman gewesen sein würde …?

Hat sich seine Geschichte nun ausgeschrieben?

Oder würde es doch noch mal eine Zugabe geben …?

So oder so, er bekam aufmunternde Grüße seiner Instagram-Freundin Sandra Leoni aus der Schweiz am 20.08.2022 mit auf den weiteren Weg: »*Hallo lieber Danny, na, das nenn ich tolle News aus dem Weltall. Und wir wissen ja längst, dass Parallel-Universen und andere Tao Heart Dimensions Realität sind. Da glaub ich es gut und gern, dass d' Sandra & d‹ Danny ebenso fröhlich die Reise zusammen genießen und viele coole Abenteuer zusammen erleben, the real Magic of life eben, und wenn ich da grad intuitiv in Pastlife experiences eintauche … Aha, gut auch zu wissen, dass Zeit und Raum nicht linear sind und drum jeder Zeitpunkt, Gedankensprung und Download aus dem Universum wertvoll und einzigartig ist, auch lustig und vertraut. Denn der Mensch hat im Laufe seiner Seelenleben eben nicht nur eine Anhäufung von vielen Vorfahren, aber eben auch von wundervollen Weggefährten, die das Leben einzigartig und lebenswert machen, so wie du! Gruß von der Sandra.*«

»Howgh, gut gesprochen, kluge Squaw aus Switzerland«, antwortete Danny ihr sofort.

Und Sandra hakte nach: *»Ja, da bin ich gespannt, was es da zu lesen geben wird, und hoffe, alle Sandras benehmen sich anständig, haha.«*

»Ja, na klar, liebe Sandra. Natürlich benimmt sich die Roman-Sandra anständig«, konnte Danny sie beruhigen.

Danny hatte das Glück, durch den Hagener Freund Claudius vom Eilperfeld die Portugal-Krimserie ›Lost in Fuseta‹ von Gil Ribeiro kennen zu lernen und lesen zu lieben. Leander Lost heißt darin der liebenswerte Held und Asberger-Autist. Er arbeitet als Austausch-Kommissar aus Hamburg an der Algarve und ist dabei Soraia angenehm aufgefallen, der jüngeren Schwester seiner Chefin, Inspektorin Graciana Rosado. Drei Romane lang währte die spannende Romanze zwischen Leander und Soraia, bis sie sich endlich am Ende des dritten Romans gefunden hatten. *»Leander hatte jetzt eine Ahnung davon, was Glück war. Und wusste um dessen Flüchtigkeit. Es wehte vorbei, und man tat gut daran, nur vorsichtig die Nase in die Brise zu halten und zu genießen. Festhalten konnte man das Glück ohnehin bloß, indem man es weitergab. Und das taten Soraia und er gerade.«*[*]

Damit spricht Leander Lost ganz genau Danny aus der Seele, wenn von der Flüchtigkeit des Glücks die Rede ist …

… denn das Glück ist ein rastloser Gesell‘ …

---

[*] *Gil Ribeiro – Weiße Fracht. Lost in Fuseta, Köln 2019, S. 400*

Literaturverzeichnis

Animals Digital, Tierportal der Tierexperten – ›Glückskatze – Mythos + Wirklichkeit‹, 2022

Anwar, Andre – Glücklich zwischen See und Sauna, in Westf. Rundschau 24.03.2020

Bach, Bodo, in Westf. Rundschau vom 31.12.2020

Balzac, Honoré de, in Westf. Rundschau Hagen, 13.10.2022

Bertelmann, Fred, in Wikipedia vom 10.07.2022

Biermann, Wolf – Soldatenmelodie, 1965

Bode, Sabine – Älterwerden ist voll sexy, man stöhnt mehr, München 2019

Dahl, Arne – Vier durch Vier, München 2020, S. 72

Dänen eröffnen Glücksmuseum, in: Westf. Rundschau Hagen 15.07.2020

Depping, Uwe – ›Widerhaken von Depping‹, HAKEN, April 2019

dpa – Finnen sind die glücklichsten Menschen, in Westf. Rundschau Hagen 15.03.2018

dpa-Artikel ›Mehrheit der Deutschen fühlt sich glücklich‹, in Westf. Rundschau 20.03.2019 dpa – Die Deutschen sind zufrieden wie nie, in: Westf. Rundschau Hagen 06.11.2019

Emerson, Ralph Waldo, US-amerikanischer Philosoph und Schriftsteller (1803 – 1882)

Epikur, aus: Wikipedia vom 21.08.2022

Epikur, in: Ludwig Marcuse – Philosophie des Glücks, München 1962

Halm, Friedrich, in Westf. Rundschau vom 08.05.2021

Hornby, Nick – High Fidelity, München 1998

Howahl, Georg – Alt ist: Zehn Jahre älter, als man selbst, in Westf. Rundschau, 17.12.2020

Insterburg, Ingo – ›Ich liebte ein Mädchen …‹, 1972

Kerouac, Jack – Unterwegs, Reinbek 1968

Kerouac, Jack – Engel, Kif und neue Länder, Reinbek März 1971

Kerouac, Jack – Gammler, Zen und Hohe Berge, Reinbek, Mai 1971

Koruhn, Petra, über Ingo Froböse – Das Geheimnis der Hundertjährigen, in Westf. Rundschau, 16.12.2020

Koruhn, Petra – Frauen im Glückstief, in: Westf. Rundschau Hagen, 19.11.2010

Laue, Mara – Smaragdjungfer, Erfurt 2011, S.191

Lichter, Horst – Ich bin dann mal still, München 2020, S. 164 f. + 195

Maas, Anna – Die Happiness-Lüge – Wenn positives Denken toxisch wird, Hamburg 2021, in Viactiv, Bochum, Herbst 2022, S. 34/35

McFayden, Cody – Die Blutlinie, Köln 2006, S. 276

Mengzi, in Westf. Rundschau Hagen, 30.12.2022

Müssig, Lena Vanessa – Wie wirkt sich Lachen auf Hormone, Geist und Glück aus?, 5.5.19

Neuberg-Vural, Anne-Kathrin – Glück im Alter: So kann es gelingen, in Westf. Rundschau, 28.09.2020

Panorama – Deutsche trotz Corona weiter optimistisch, in Westf. Rundschau 13.11.2020

Ribeiro, Gil – Weiße Fracht. Lost in Fuseta, Köln 2019, S. 400

Robbins, Tom – PanAroma – Jitterbug Perfume, Hamburg 1985

Schätzing, Frank – Die Tyrannei des Schmetterlings, Köln 2018, S. 555

Schloßer, Manfred – Hochzeitsgeschichten, in Zur steten Erinnerung – Hagener Kostbarkeiten, Hagen 1994, S.109

Schürmann, Maren – Der Spatz in der Hand, in Westf. Rundschau Hagen, 20.03.2021

Sørensen, Poul/Stentoft, Aage – ›Moderne tiders ungdom‹ (dänischer Schlager)

Sophie Sommer – Vom Glück, allein zu reisen, in Westfalenpost Hagen, 01.10.2022

Steinfest, Heinrich – Die Haischwimmerin, München 2011, S. 15

Stöwing, Oliver – ›Wenn Paare keinen Sex haben‹, in Westf. Rundschau 26.07.2021

Wikipedia vom 10.05.2020 – Über das Tao-De-Ging von Laotze

Wikipedia vom 07.08.2022 – Der Ausdruck Memento mori

Wilde, Oscar, irische Lyriker, 1854 – 1900, in Westf. Rundschau 10.06.2022

Wittkamp, Frantz – Das Glück ist süß wie Kuchen, in Westf. Rundschau 31.10.2020

Danke an alle

Ich möchte mich bei den vielen Menschen bedanken, die tat- und ratkräftig dabei mitgeholfen haben, diesen Roman fertig zu stellen:

- besonders meiner lieben Frau Petra. Für sie habe ich eine große Hochachtung dafür, dass sie sich immer wieder mit meinen Manuskripten auseinander setzt. Außerdem gibt sie mir nicht nur den Freiraum, mich kreativ in meinen Romanen auszuleben, sondern unterstützt mich auch beim Redigieren und Diskutieren des Manuskripts. Dabei ist sie mir eine große Hilfe in Fragen der Grammatik, des Stils und der Logik. Sie hat mit dazu beigetragen, dass mein Schreibstil in den letzten Jahren eine positive Fortentwicklung bekommen hat.
- unseren Katzen Lilli, die selige, die uns 15 1/2 Jahre begleitete, bevor sie im April 2022 über die Regenbogenbrücke ging, und Nelly, unsere seit Juli 2022 neue ›Glückskatze‹, die uns glücklich macht, weil sie gerne mit uns zusammen ist und sich über unsere Streichel-Einheiten freut.
- meiner Schwester Rosemarie Schloßer, neben mir die letzte aus unserer Familie in Datteln: sie steht im regelmäßigen Austausch mit mir und ist immer für mich da.
- meinem Freund Harry, der über Jahrzehnte, nun fast schon ein halbes Jahrhundert im häufigen konstruktiven Dialog mit mir steht, zu Fragen über das Glück, aber auch über Befindlichkeiten der Gesundheit und des täglichen Lebens.
- meinem alten Schulfreund Pitter O. aus der ›Runkeltaiga‹, der unregelmäßige aber pointierte Berichte zum Fußball im Speziellen und zur Lage der Nation im Allgemeinen gibt.
- meinen Sportkollegen/Innen aus dem Injoy Hohenlimburg Angie T.,

Martin G., Stefan S., Werner Sperling, Enrico V. und seinem Sohn Carlitos V., die mir die sportliche Bewegung im Fitness-Center mitsamt anschließender Sauna angenehmer gestalten und dort zu meinem Wohlbehagen beitragen.

- meinem Hagener Freund Claudius vom Eilperfeld, durch dessen Buchgeschenk ›Lost in Fuseta‹ ich die Portugal-Krimserie von Gil Ribeiro kennen- und lieben lernte.
- meiner Schweizer Instagram-Freundin Sandra Leoni von der Tao Heart Dimension, die mir durch ihre Begeisterungsfähigkeit und besondere Sichtweise immer wieder Mut zuspricht, meine Kreativität weiter auszuleben.
- außerdem auch bei Frau Kaja Raff von meinem Verlag Books on Demand. Sie wirkt mit bei der Herstellung & Autorenservices, Team Buchdesign & Lektorat, und ohne ihre engagierte Mitarbeit wäre mein sechzehnter Roman optisch nie so schön gestaltet worden.

Allen Teilnehmern/Innen an den inzwischen einundzwanzig Lesungen, die ich in den letzten fünfzehn Jahren gehalten habe, und natürlich auch allen Leser/Innen und Käufer/Innen meiner ersten fünfzehn Romane ›Straßnroibas‹, ›Spätzünder, Spaßvögel & Sportskanonen‹, ›Keine Leiche, keine Kohle …‹, ›Der Junge, der eine Katze wurde …‹, ›Leidenschaft im Briefkuvert‹, ›Zeitmaschine – STOPP!‹, ›Das Geheimnis um YOG'TZE‹, ›Wer andren eine Feder schenkt‹, ›Das Ekel von Horstel‹, ›Die sieben Jahreszeiten der Musik‹, ›Es geht eine Leiche auf Reisen‹, ›Die sieben Leben eines Fußball-Fans‹, ›Textilfrei unter Straßenräubern‹, ›Brexit in Westfalen‹ und ›Abenteuer und Impfen‹, die mich dadurch ermunterten, fleißig weiter zu schreiben.

Die bisherigen 15 veröffentlichten Romane von Manfred Schloßer

Straßnroibas, Liebe – Länder – Leidenschaften

… ein autobiographischer Roman über Manfred Schloßers Alter Ego Danny Kowalski, der genauso wie er während der letzten 3 ½ Jahrzehnte durch die Kontinente gereist ist und dabei allerlei interessante und aufregende Abenteuer erlebte, die mit fremden Kulturen, der jeweiligen Zeitgeschichte, lustigen Dödelkes und prickelnder Erotik gewürzt wurden.
>> Der afghanische Soldat hielt mir seine geladene Kalaschnikow gegen die Brust und herrschte mich an: »Verschwinde!«, worauf ich mich schleunigst und bereitwillig in die Wüste am östlichen Stadtrand von Herat verkrümelte … <<
Dieser 2007 veröffentlichte Roman hat 408 Seiten, 17 farbige Illustrationen und ist im Buchhandel bereits vergriffen.

Aus der Presse: »*Liebe, Länder und Leidenschaften: Ob Indien, Thailand, Nord- und Mittelamerika, Europa – es gibt kaum einen Ort auf der Welt, den Manfred Schloßer in den letzten 35 Jahren nicht besucht hat …*«
WESTFÄLISCHE RUNDSCHAU Hagen, Oktober 2007

Vom ersten Kuss bis zur Traumfrau: meine Jugend hat spät begonnen …

… ist die Geschichte von Danny Kowalski, der auszog, das Leben und die Liebe zu lernen. Als Spaßvogel und ›Sportskanone‹ war er ein Frühstarter, aber in der Liebe ein Spätzünder. Sein zweiter Roman von 2009 hat 368 Seiten, ist unter der ISBN-Nr. 978-3837032697 veröffentlicht und im Buchhandel oder im Internet zu beziehen.

Aus der Presse: Vom Leben und der Liebe: Der prickelnde Titel: »Spätzünder, Spaßvögel & Sportskanonen – Vom ersten Kuss bis zur Traumfrau: Meine Jugend hat spät begonnen« verspricht denn auch viel. Erzählt wird die Geschichte von Danny Kowalski, der von Westfalen auszog, das Leben und die Liebe zu lernen …
WAZ RECKLINGHAUSEN, März 2009

KEINE LEICHE, KEINE KOHLE …

… ist ein Ruhrgebiets-Krimi, wobei der verschwundene Tommy Gölzenleuchtner gesucht wird. Die Hagener Kripo um Bandura und Julia Finkensiep rätselt, ob er tot oder gar ermordet worden ist? Danny Kowalski sucht jedenfalls im Auftrag für seine Versicherung den Verschwundenen und jagt so einem Phantom durch drei Kontinente und über zwei Jahrzehnte hinterher: diese Jagd führte ihn in Städte wie San Francisco, New Orleans, Taipeh und Bangkok oder Khao Lak. Sein dritter Roman von 2011 hat die ISBN-Nr. 978 -3- 8423-2009-3, ist mit 9 Farbfotos verschönert, hat 150 Seiten und kostet 9,95 €.

Aus der Presse: Sein allerneuestes Produkt hat auch, aber nicht nur mit Reisen zu tun. Vielmehr ist ein ›Hagen-Krimi‹ entstanden. ›Keine Leiche, keine Kohle …‹ ist ein deutscher Krimi, der zumeist im westfälischen Ruhrpott spielt, aber die Handlung führt den Leser in einem Zeitraum von zehn Jahren auch einmal rund um die Erde.
WOCHENKURIER HAGEN, Februar 2011

DER JUNGE, DER EINE KATZE WURDE …

In diesem abgefahrenen Roman nimmt der junge Danny Kowalski Ende der 1960er Jahre in Domburg einen LSD-Trip, von dem er nicht mehr runter kommt. Die Handlung führt den Leser in einer abenteuerlichen Odyssee durch Süd-Holland, durch das Amsterdam der Hippies, durch die Wälder des Niederrheins und entlang der Flüsse und Kanäle Westfalens, in deren Verlauf Danny sich in eine Katze verwandelt. Sein vierter Roman von 2012 hat die ISBN-Nr. 978-3-8448-2827- 6, ist mit 10 Illustrationen verschönert, hat 132 Seiten und kostet 8,95 €.

Aus der Presse: »*Auf Drogen-Trip am Kanal. In seinem neuesten Buch ›Der Junge, der eine Katze wurde‹ nimmt der in Datteln aufgewachsene Manfred Schloßer seine Leser mit auf eine ungewöhnliche Reise.*«
DATTELNER MORGENPOST, April 2012

LEIDENSCHAFT IM BRIEFKUVERT

… ist eine spannende Romanze mit historischem Hintergrund. Die Geschichte beginnt während des ›kalten Krieges‹ in den 1960er Jahren, als eine Ost-West-Brieffreundschaft die Gefühle der Beteiligten in Wallung brachte: »... aber sie konnten zueinander nicht kommen!«
Sein fünfter Roman von 2013 hat die ISBN-Nr. 978-3-8482-3785-2, ist mit 18 Illustrationen verschönert, hat 152 Seiten und kostet 9,90 €.

Aus der Presse: »*Komm nach Hagen, werde Popstar, mach Dein Glück!*«
In seinem aktuellen Roman »*Leidenschaft im Briefkuvert*« *– eine spannende Romanze mit historischem Hintergrund – schildert der Autor die Lebenslinien zweier Frauen.*
STADTMAGAZIN HAGEN, Juni 2013

Zeitmaschine – STOPP!

In seinem Öko-Science-Fiction entführt uns der Autor Manfred Schloßer in die historische Zeitkultur der 1960er und 70er Jahre. Seine beiden Protagonisten Danny Kowalski und sein griechischer Freund Alexis machen sich mit ihrer Zeitmaschine auf der Suche nach Jim Morrison und den Doors. Da die altertümliche Höllenmaschine sich als leicht defekt herausstellt, landen sie zwar erst in unserer Vergangenheit des letzten Jahrhunderts, stolpern aber immer wieder haarscharf an ihren anvisierten Zielen vorbei. Sein 6. Roman wurde 2014 veröffentlicht, hat die ISBN-Nr. 978-3-7357-7338-8, ist mit 17 Illustrationen verschönert, hat 108 Seiten und kostet 7,95 €.

Aus der Presse: Der Hagener Autor Manfred Schloßer hat jetzt sein sechstes Buch veröffentlicht. Hauptfigur ist wieder der schon durch seine anderen Romane recht bekannt gewordene Danny Kowalski. Er ist diesmal mit der Zeitmaschine unterwegs …
WOCHENKURIER HAGEN, März 2014

Das Geheimnis um YOG'TZE

In diesem Kriminalroman klären die Protagonisten Kommissar Danny Kowalski und Kollegin Fanny Bevenbreucker einen 30 Jahre alten historischen Kriminalfall von 1984 auf. Ein Krimi muss nicht immer todernst sein, weshalb der Autor Manfred Schloßer oft humoristisch und augenzwinkernd unterwegs ist. Sein siebter Roman wurde 2015 veröffentlicht, hat die ISBN-Nr. 978-3-7386-7530-6, ist mit 14 Illustrationen verschönert, hat 120 Seiten, kostet 7,99 €, ist aber nicht mehr zu bekommen.

Aus der Presse: »Der seit 35 Jahren in Hagen lebende Manfred Schloßer hat sein siebtes Buch veröffentlicht. Der Krimi trägt den Titel ›Das Geheimnis um Yog'Tze‹. Dieses Mal hat er akribisch recherchiert, hat in Polizeiberichten gelesen und alte TV-Aufzeichnungen angeschaut. Denn obwohl die Handlung fiktiv ist, basiert sie auf einem echten Mordfall. Und den versucht Kommissar Kowalski zu lösen.«
WESTFALENPOST HAGEN, März 2015

WER ANDREN EINE FEDER SCHENKT

In seinem 8. Roman taucht der Autor Manfred Schloßer tief in die 1970er Jahre ein, denn es geht um ›Eine Freundschaft seit der Hippie-Zeit‹. Eine Männerfreundschaft mit seinem ewigen Freund Harry, die 1974 begann und auch heute noch – über 40 Jahre später – währt. Dabei erleben die beiden so allerlei und vertiefen sich anschließend in Gespräche über Liebe, Lachen, Nächte. Und es wird wieder mal eine geballte Ladung an Sex, Drugs und Rock'n Roll geboten. Dieser achte Roman aus der Danny-Kowalski-Reihe von Manfred Schloßer wurde 2016 veröffentlicht, hat die ISBN-Nr. 978-3-7412-1512-4, ist mit 18 Illustrationen verschönert, hat 188 Seiten und kostet 7,99 €.

Aus der Presse: »Abenteuer aus der Hippie-Zeit. Ein Tagebuch mit Eintragungen, Erinnerungen und Abenteuern aus den 70er Jahren hat Manfred Schloßer zu seinem neuen Roman animiert. In dem Roman taucht er tief in die Zeit seiner Jugend.«
WESTFÄLISCHE RUNDSCHAU HAGEN, März 2016

DAS EKEL VON HORSTEL

In seinem 9. Roman ›Das Ekel von Horstel‹ klären Kommissar Danny Kowalski und seine junge flippige Kollegin Fanny Bevenbreucker eine alte Mord-Serie aus Horstel und Berlin von 2003, 2005 und 2007 auf. Er sucht aus seinem Keller-Büro bei der Hagener Kripo im Sonder-Dezernat ›Z‹ für unaufgeklärte Mordfälle zwei Mörder oder gar einen Auftragsmörder.
Dieser neunte Roman aus der Danny-Kowalski-Reihe von Manfred Schloßer wurde 2017 veröffentlicht, hat die ISBN-Nr. 978 3743 1709 40, ist mit 12 Illustrationen verschönert, hat 180 Seiten und kostet 7,99 €.

Aus der Presse: >> Ein neuer ›Schloßer‹: Das Ekel von Horstel. Ein Hauch von ›True Crime‹, einem besonders in den USA gern gelesenen Genre, ist dem Roman zuzuschreiben. Autor Manfred Schloßer ist auch im neunten Teil der Danny-Kowalski-Reihe wieder humoristisch und augenzwinkernd unterwegs.<<
WOCHENKURIER HAGEN, MÄRZ 2017

Die sieben Jahreszeiten der Musik

In seinem zehnten Roman ›Die sieben Jahreszeiten der Musik‹ kommt sein literarisches Alter Ego Danny Kowalski wieder groß raus. Autor Manfred Schloßer führt im 10. Teil der Danny-Kowalski-Reihe humorvoll durch ein musikalisches Kaleidoskop voller prickelnder Erotik und Abenteuerlust. Eine ganze Generation wird bedient, und der Zeitgeist der 60er, 70er und 80er Jahre wird wieder erweckt. Dabei werden die besonderen Gefühle bei besonderen Momenten im Leben beleuchtet, wie der erste Kuss, die erste Liebe oder der erste Sex …

… und was dabei für eine Musik im Hintergrund lief.

Der 10. Roman von Manfred Schloßer ›Die sieben Jahreszeiten der Musik‹ aus dem Jahr 2017 ist unter der ISBN-Nr. 978-3-7460-5129-1 veröffentlicht worden, hat 224 Seiten, ist mit 28 Fotos verschönert und kostet 8,99 €.

Aus der Presse: Manfred Schloßer: Zehn Bücher in zehn Jahren. In ›Die sieben Jahreszeiten der Musik‹ begibt sich Schloßer in Form seines literarischen Alter Egos ›Danny Kowalski‹ durch die musikalische Zeitgeschichte der 60er, 70er, und 80er Jahre. Gefühle und besondere Momente finden Berücksichtigung und vor allem – die Hintergrundmusik des Lebens. Wer sich nun fragt, warum es bei Manfred Schloßer gleich um sieben und nicht um vier Jahreszeiten geht, der sollte sich mit ›Danny Kowalski‹ auf die Reise begeben. Mehr wird hier nicht verraten.
WOCHENKURIER HAGEN, Dezember 2017

Es geht eine Leiche auf Reisen

In seinem elften Roman ›Es geht eine Leiche auf Reisen‹ klären Kommissar Danny Kowalski und seine Kollegin Fanny Bevenbreucker den Fall der 2015 in Hagen gefundenen skelettierten Leiche aus Dülmen auf. Erneut eine Story aus dem Genre True Crime. Wenn der Tod der jungen Frau nicht so eine ernste Angelegenheit wäre, könnte man fast von einer Kriminalkomödie sprechen.
Der 11. Roman von Manfred Schloßer ›Es geht eine Leiche auf Reisen‹ aus dem Jahr 2018 ist unter der ISBN-Nr. 978-3-7528-0930-5 veröffentlicht worden, hat 124 Seiten, ist mit 11 Fotos verschönert und kostet 7,99 €.

Aus der Presse: Autor greift für sein neues Buch auf Tötung einer Frau zurück. Der Hagener Autor Manfred Schloßer bringt seinen elften Roman heraus und lässt seinen Kommissar Danny Kowalski diesmal ein Verbrechen untersuchen, das in Hagen 2015 für Aufsehen sorgte. Das hier ist die Realität: Zwei Jahre nach dem Fund einer skelettierten Frauenleiche an der Hammacher Straße im Lennetal war ein Familienvater aus Dülmen im vergangenen Jahr zu sieben Jahren Haft verurteilt worden.
WESTFALENPOST HAGEN, September 2018

DIE SIEBEN LEBEN EINES FUSSBALL-FANS

Sein 12. Roman ist gleichzeitig eine Ode an Freundschaft, Treue und unge-
zügelte Spielleidenschaft des jungen Fußballers und Fans Danny Kowalski.
Aber auch an die Liebe, Zärtlichkeit und Erotik, wenn es um die sechs
Gründe außer Sex geht, keinen Fußball zu gucken. So ist für Frauen wie
für Männer in diesem Roman was dabei.

Der Autor schwelgt in einem Kaleidoskop aus den Bereichen des Fußball-
Schwärmlings und Ball-Lehrlings, dann als Spieler, Tisch-Kicker, immer
als Fan, Sammler und Dokumentartor, leider auch öfters mal als Fußball-
Verletzter, später als Tipper und schließlich als ›Fachmann‹ und Diskus-
sionspartner …

Der 12. Roman von Manfred Schloßer aus dem Sommer 2019 ist unter
der ISBN-Nr. 978-3-7494-7368-7 veröffentlicht worden, hat 204 Seiten,
ist mit 18 Fotos verschönert und kostet 10,– €.

Aus der Presse: Die sieben Leben des Fußballfans
In den 60er-Jahren fand sich der heutige Autor Manfred Schloßer auf
den Aschenplätzen von Datteln ein und kickte oder pölte den Ball immer
in Richtung Tor. Allerhöchste Zeit, diesen Fußballerinnerungen ein Buch
zu widmen … Buchhändler Wolfgang Tänzer freut sich über den Besuch
des fleißigen Schreibers. Er weiß um die Dattelner Fans von Schloßer und
nimmt gerne auch das 12. Werk in seinen Bücherregalen auf.
DATTELNER MORGENPOST, August 2019

Sein 13. Roman beschreibt einfach mal was lockeres Humorvolles, relaxte Abenteuer-Geschichten aus allen fünf Erdteilen. Denn genau so was können die Leserinnen und Leser gut gebrauchen, in diesen schweren Zeiten der Corona-Krise.

Danny Kowalski erlebt dabei Abenteuer auf fünf Kontinenten, dieses Mal aus der Sicht seiner T-Shirts. Was die so alles mitgemacht haben …? In diesem phänomenalen Textil-Album befindet sich eine Ansammlung von Textilien aus allen Kontinenten. Es zeugt davon, dass alle T-Shirts, Hemden, Hosen, Sarongs, Decken und Lungis an irgendeinem Körper fehlen, also irgendwann – irgendwo – irgendwie ausgezogen worden waren. Das ist ein wahrer Trumm von einem Folianten, 4 kg schwer, 45 cm hoch, 36 cm breit und 11 cm dick.

Der neue 13. Roman von Manfred Schloßer ›Textilfrei unter Straßenräubern‹ aus dem Sommer 2020 ist unter der ISBN-Nr. 9-783751- 946810 veröffentlicht worden, hat 228 Seiten, ist mit 21 Fotos verschönert und kostet 10,– €

Aus der Presse: Große Abenteuer nur noch im Kopf
In diesem Roman versteckt sich Manfred Schloßer mal wieder hinter seinem Lieblingsprotagonisten Danny Kowalski. Dem schrieb Schloßer lockere, humorvolle, relaxte Abenteuergeschichten auf den Leib; Abenteuer, die er selbst auf fünf Kontinenten erlebte.
Dattelner Morgenpost, August 2020

BREXIT IN WESTFALEN

In diesem Krimi klären Kommissar Danny Kowalski und seine eigenwillige Kollegin Fanny Bevenbreucker den Fall des 2019 in Hagen gestrandeten Wagens aus Großbritannien auf. Nachdem sich der Fahrer eines Nissan-Pickups mit britischem Nummernschild einer Verkehrskontrolle durch Flucht entzogen hat, liefert er sich mit mehreren Polizeiwagen eine filmreife Verfolgungsjagd kreuz und quer durch Hagen. Dabei kommt es zu einer Karambolage, bei der ein Streifenwagen gerammt wird und ein zweites Polizeiauto mit geplatztem Reifen nicht mehr fahrfähig ist. Später findet ein Polizeihubschrauber das verlassene Kraftfahrzeug. Vom Täter jedoch fehlt jedwede Spur. Erneut eine Story aus dem Genre True Crime.

In der Fiktion dieses Romans hat der Fall eine Vorgeschichte, die sich quer durch halb Europa zieht. Ausgehend von der irischen Volksgruppe der Traveller verläuft der Spannungsbogen von Irland über Wales, England, Belgien, Niederlande bis nach Westfalen. Dabei gibt es einen Toten in Vreden, eine Schlägerei in Datteln und die Verfolgungsjagd durch Hagen nach Hohenlimburg, der ›Brexit in Hagen‹. Schließlich kann der Fall durch Fanny Bevenbreuckers abenteuerlichen Undercover-Einsatz vom Rheinland bis nach Hessen mit jeder Menge Sex and Crime aufgeklärt werden.

Der neue 14. Roman von Manfred Schloßer ›Brexit in Westfalen‹ aus dem Frühling 2021 ist unter der ISBN-Nr. 9-783753-452753 veröffentlicht worden, hat 148 Seiten, ist mit 18 Fotos verschönert und kostet 8,– €.

Aus der Presse: Hagener Autor schreibt neuen Krimi-Roman
In der Fiktion dieses Romans hat der Fall eine Vorgeschichte, die sich quer durch halb Europa zieht. Ausgehend von der irischen Volksgruppe der Traveller verläuft der Spannungsbogen von Irland über Wales, England, Belgien, Niederlande bis nach Westfalen. Dabei gibt es einen Toten in Vreden, eine Schlägerei in Datteln und die Verfolgungsjagd durch Hagen nach Hohenlimburg.
Westfalenpost, Juli 2021

ABENTEUER & IMPFEN

In seinem neuen Roman ›**Abenteuer & Impfen**‹ kämpfen Autor Manfred Schloßer und sein literarisches Alter Ego Danny Kowalski gemeinsam gegen die Corona-Pandemie, indem sie zum Impfen und Boostern auffordern und aufklären …

»Nur ein kleiner Piekser am Oberarm,
… aber ein großer Schritt für die Menschheit«

Denn die Kinder wie Danny und seine Freunde und Mitschülerinnen in den 1950er und 1960er Jahren waren schon Impf-Profis.
Und als die großen Reisen in aller Weltgeschichte kamen, erst als Rucksack-Traveller in den 1970er Jahren, dann als Fernreisender in den 80er und 90er Jahren, da war dann dem Danny auch vor nix ekelig. Um irgend wohin einreisen zu dürfen, da ließ er sich freiwillig gegen Cholera, Pocken oder gar Gelbfieber impfen.
Und jetzt auf einmal in der Neuzeit der Jahre 2020/21 die Corona-Pandemie: da schien es alles desolat und aussichtslos, bis auf einmal die ersten Impfstoffe dagegen entwickelt und dann sogar auch verimpft wurden. Das gab doch Auftrieb und Hoffnung auf das Überwinden der Pandemie. Wo früher – per se – oder später freiwillig, um in ferne Länder gelangen zu können, gerne und oft geimpft wurde, was das Zeug hielt …
… da kam doch Freude auf, dass es jetzt sogar eine gesamtgesellschaftliche Notwendigkeit gab, sich impfen zu lassen, um Corona zu vermeiden. Unglaublich, dass sich tatsächlich dagegen eine aus schwurbeligen Verschwörungstheoretikern gebildete ›Querdenker‹–Szene entwickelt hatte, die nicht an Corona glaubten, und sich dabei und deshalb auch in asozialer Weise an nix und niemanden störten.
Tja, früher ließ man sich gegen alles Mögliche impfen, ohne zu überlegen, was da wohl drin sein mag. Und jetzt ist das auf einmal so entscheidend wichtig.

Der neue 15. Roman von Manfred Schloßer ›Abenteuer & Impfen‹ aus dem Frühling 2022 ist unter der ISBN-Nr. 9-783756-299096 veröffentlicht worden, hat 190 Seiten, ist mit 17 Fotos verschönert und kostet 10,– €.

Aus der Presse:

Schloßer stellte sich die Frage, ob seine Fans nach über zwei Jahren Corona noch etwas übers Impfen lesen wollen? Wollen sie, stellt er freudig fest, auch dieses Buch kommt wieder an. Vielleicht liegt es an seinem literarischen Alter Ego Danny Kowalski, den er hier wieder auf Reisen schickt. Denn ehemalige Kinder wie Danny und seine Freunde werden bereits in den 60er und 70er Jahren zu wahren Impfprofis: Keuchhusten, Tuberkulose, Kinderlähmung, Masern, Mumps, Röteln und Polio. Die Tetanusimpfung gibt es obendrein, weil echte Kinder sich tiefe Kratzer beim Klettern in den Bäumen oder beim Kriechen durch Scherben im Gebüsch holen.
Dattelner Morgenpost, Mai 2022

231

Ökologisches Prinzip.

Mein Verlag Books on Demand druckt nur auf direkte Nachfrage. D.h.: jedes Buch ist gewollt. Deshalb gibt es keine Halden und keine Lager voller ungewollter und ungenutzter Bücher. Das ist ein klares ökologisches Zeichen an den Umweltschutz: kein Baum wird unnötig gefällt …!